KB116208

정치권

안마당의 비화

어느 정책전문위원의 드라마틱한 이야기

정치권 안마당의 비화

초판 1쇄   2016년 2월 1일

지은이   박두익
발행인   김재홍
디자인   박상아, 이슬기
교정·교열   김현경
마케팅   이연실

발행처   도서출판 지식공감
등록번호   제396-2012-000018호
주소   경기도 고양시 일산동구 견달산로225번길 112
전화   02-3141-2700
팩스   02-322-3089
홈페이지   www.bookdaum.com

가격   12,000원
ISBN   979-11-5622-143-2 03810

CIP제어번호   CIP2016000684
이 도서의 국립중앙도서관 출판예정도서목록(CIP)은 서지정보유통지원시스템 홈페이지(http://seoji.nl.go.kr)
와 국가자료공동목록시스템(http://www.nl.go.kr/kolisnet)에서 이용하실 수 있습니다.

정치권
안마당의 비화

어느 정책전문위원의 드라마틱한 이야기

지식공감

적절한 테마를 적절한 사람이

황병태(黃秉泰) 전 주중대사,
통일민주당 정책심의회 의장

저자는 내가 통일민주당 정책의장으로 일할 때 당의 정책전문위원 채용공모에 응시하여 우수한 성적평가를 받고 발탁된 경제전문가다.

당시 통일민주당(統一民主黨)은 1987년 12월 대통령선거에서 낙선하고, 이듬해 1988년 4월의 총선에서는 제2야당으로 당세가 위축되어 있었다. 당수였던 김영삼(金泳三) 총재가 나에게, "민주화 투쟁정당(鬪爭政黨)인 통일민주당의 체질과 이미지로서는 더 이상 정치정당(政治政黨)으로 발전하기에는 한계에 다다른 만큼, 이제 수권정당(授權政黨)으로 변모시키고 정책정당(政策政黨)으로 발전시켜야 할 시점에 이르렀다. 그러기 위해서는 먼저 유능한 정책전문위원을 공개채용, 확보토록 하라"는 지시가 있었다. 그리하여 야당으로서는 처음으로 신문공고를 통하여 정책전문위원을 선발, 채용하였다.

정책전문위원으로서의 저자는 매사에 적극적이고 긍정적인 태도로 정당이 챙겨야 할 중요한 문제들에 대하여 연구하고 건의하는 일에 남다른 노력과 정열을 보였다. 그래서 오랜 야당생활에 물든 당내 국회의원들에게는 성가시게 문제를 제기하고, 난해한 정책용어를 들고 나오는 저자가 오히려 매우 거추장스러운 존재로 비치기도 하였다.

정책정당화와 과학정당화에 워낙 강한 의욕과 집념을 가지고 계시던 김영삼 총재의 두꺼운 그늘 밑에서 저자는 당시로써는 생소했던 부동산실명제(不動産實名制), 토지공개념(土地公槪念) 등을 제의하면서 때로는 해당 상위(常委)의 국회의원으로부터 핀잔을 받는 수모를 겪으면서도 정책개발과 연구에 초지일관했다.

나는 늘 저자와 함께 일하고 때로는 조정해주기도 하면서 언젠가 통일민주당이 수권정당이 되기 위해서는 정책정당화의 중간과정이 있어야 하고, 그리고 박두익과 같은 정책전문위원들의 참여가 있어야 할 것이라고 믿어왔다.

이제 그 통일민주당의 총재였던 분이 대통령이 되고 당시의 야당은 지금의 집권당이 되었다. 이 같은 과정을 거치면서 박두익 전문위원은 많은 것을 했고, 경험했고, 보고 느꼈을 것이다.

저자의 『정치권 안마당의 비화』는 정치(政治)와 정책(政策)이 새삼 논란이 되는 작금의 상황에서 볼 때 적절한 테마를 적절한 시기에 적절한 사람이 쓴 지난 일에 대한 경험담이고, 앞으로의 일에 대한 정책 길잡이가 될 것을 믿어 확신한다.

많은 독자의 일독과 강평이 있기를 바라며 이에 추천의 글을 쓴다.

활발한 토론의 소재로 삼아주기를

이신범(李信範) 전 국회의원,
통일민주당 정책연구실장

　우리나라 정당을 정책정당(政策政黨)으로 체질개선 해야 한다는 논의는 어제오늘 시작된 것이 아니다. 이것은 정당민주화만큼이나 당위이면서도 현실적으로 쉽지 않은 과제이다. 특히 선거가 정책대결보다는 지역대결 따위의 전근대적 양상을 띤 현실에서는 더욱 그렇다. 이러한 점에서 박두익 위원의 이 책은 정치의 중심논의가 정책(政策)을 중심으로 이루어지기를 바라는 사람들의 좋은 자료가 될 것으로 믿는다.

　나는 1988년 7월 당시 통일민주당의 정책연구실장으로 일하기 시작하면서 박두익 위원을 만났다. 정책정당·과학정당으로 당을 개혁하겠다는 김영삼(金泳三) 당시 총재의 방침에 따라 박 위원이 정책전문위원으로 선발되면서부터이다. 그는 당시에도 자신이 쓴 두툼한 책 여러 가지와 토지공개념 등의 자료를 가지고 와서 의욕적으로 정책개발에 나섰다. 당시는 여소야대(與小野大)의 정국으로 통일민주당은 여러 정당 중에서 정책으로 1등을 하겠다는 의욕적인 목표를 설정하고 악법 개폐와 정책개발에 정책실이 바쁘게 움직일 때였다.

　야당으로서의 넉넉하지 못한 살림, 정보와 자료 부족으로 일하는

데 많은 난관이 있었지만, 박 위원은 자신의 호주머니를 털어가며 자료를 수집하고 전문가들을 만나러 뛰어다니며 신선한 정책대안을 제시하곤 했다.

실장으로서 제대로 뒷받침을 못해 늘 안쓰러웠지만, 당의 개혁과 수권정당으로의 체질개선에 박 위원의 숨은 노력은 참으로 큰 것이었다. 그의 이런 노력이 적으나마 밑거름이 되었고, 김영삼 총재가 대통령에 선출되는 데 이바지했다고 생각하고 있다.

엄청나게 변화하고 있는 세계사적 전환기에 정치가 어떻게 변해야할 것인가? 이런 고민을 함께하는 사람들에게 이 책의 일독을 권하며, 활발한 토론의 소재로 삼아주기를 기대한다.

진실(眞實)을 이해하기 위하여

박두익(朴斗翼) 사실련(사회정의실현시민연합) 중앙회 대표
전 통일민주당 전문위원, 영남대학교 겸임교수

　김영삼 총재(YS)가 대통령에 취임하기 직전 대통령 당선인일 시절, 그러니까 1993년 2월 19일, 나는 한국일보사 송현클럽에서 각계각층 수백 명의 내빈을 모시고 『최신 경제원론 상·하』 출판기념회를 가진 바 있다.

　당시 리셉션 와중에 저자를 두고,

　"박두익 전문위원은 여권에 몸담고 있으면서 상당히 개혁적인 정책을 좋아한단 말이야…"

　하던 소리가 지금도 귀에 쟁쟁하다.

　그러면 경제평론가(經濟評論家)로서 이쪽 방면에 글을 쓰는 것으로만 만족할 것인가?

　상황이 그렇지 못하였고, 뭔가 모르는 절박감이 나를 휘감고 있었다. 최근 들어 현임 대통령인 YS를 비판하는 세력이 많아지고 있고, 나는 그 비판의 근거를 찾고 보니 수많은 YS 관련 유사서적들이 몽땅, 젊은 나이에 운 좋게 국회의원이 되었고 야당 총재로 단식투쟁 등만 일삼다가 뒤늦게 그가 그토록 싫어하던 군사정권과 야합하여 바로 대통령이 된 양으로 일관되었다는 데서 놀라지 않을 수 없었다.

나는 3당 합당 전후를 통하여 YS의 정책계열에서 줄곧 봉직해 온 사람으로서 현임 대통령의 국정수행입지를 정책적으로 안정화시키는 것은 국가이익, 즉 국익에 바람직한 것이고, 그러기 위해서는 YS가 대통령이 되기 전에 반독재투쟁을 전개하면서 내면적으로 정책정당·과학정당을 꾸준히 추구하여 수권정당의 면모를 갖춰가고 있었음을 명백히 밝힐 필요가 있었다.

　따라서 나는 숙명적으로 과거 야당시절의 YS의 국가정책(國家政策)에 대한 일부 그릇된 국민인식을 고쳐잡아 대통령으로서의 통치입지(統治立地)를 튼튼하게 하는 것이야말로 도덕적·윤리적으로 화급한 과제로 인식하고 있었다.

　다시 말하면, 우리 국민 사이에는 YS가 대통령이 되기까지의 과정이 너무 한쪽으로 치우쳐 알려졌기 때문에 그에 대한 입체적인 평가를 시도하는 것이다.

　내가 이 글을 쓰고 있는 동안 TV 생중계로 '신교육을 위한 교육개혁방안'이 발표되고 있다. 교육개혁위원회가 대통령에게 보고하는 형식을 취하고 있는 이번 교육개혁은 글자 그대로 너무도 개혁적이어서 교육문제를 비롯한 모든 분야에서 나라의 장래를 걱정해 온 많은 사람으로부터 뜨거운 찬사와 전폭적인 지지를 받을 것임에 틀림없다.

1년 넘는 연구와 개발작업 끝에 나온 이번의 교육개혁도 그러나 별로 놀라운 일이 못 된다. 왜냐하면, 그것은 YS가 지금껏 추구해 온 일련의 개혁작업 가운데 하나이기 때문이다.

많은 사람은 그의 진실을 이해하지 못하고 있다. 그의 진실이란 잘못을 보면 참지 못하는 불같은 신념과 의지일 것이다. 그것이 바로 개혁정신이 아닌가. 잘못을 뜯어고치려면 어느 것이 잘못이고 어느 것이 옳은가를 판가름할 줄 알아야 한다. 그는 그 같은 능력을 지니고 있었다. 그의 판단력은 예리하다. 그러나 사람들은 때로는 그것을 과소평가하고 있다. 그래서 오도된 허위증언들이 난무하고 있는 것인가.

특히 이 책에는 내가 김영삼 총재의 캠프에 입문하여 사명감과 긍지를 가지고 국가정책개발에 심혈을 기울이고 있는 와중에, 의정활동에서 사회정의와 청렴·공정사회에 역행하면서 대표적으로 잘 나가던 한 재선 국회의원과 정면으로 충돌하여 극복해 가는 과정이 정말로 드라마틱하다. 극적이고 연극적인 파란곡절이 많이 일어나고 있어 흥미롭다.

세계는 급변하고 있다. 시간도 화살처럼 빠르다. 그래서 인생은 어차피 짧을 수밖에는 없다. 그만큼 짧은 인생이니까 우리는 좀 더 보람있게 살 필요가 있다. 진실이 요구되는 것은 그 때문이다.

나는 YS와 가까운 거리에서 당의 정책방향 설정이나 각종 법률안 마련에 미력하나마 기여해 온 사람이다. 그가 대통령이 되기 전 한 정당을 일선에서 이끌고 있을 때의 일이다. 그래서 하는 말이지만, 그의 일생은 투쟁과 개혁정신으로 일관되어 있었다.

그의 투쟁정신은 민주주의를 기필코 쟁취하고야 말겠다는 불같은 신념을 바탕으로 하고 있었다. 그러나 그것은 그의 삶의 전반부에 속하는 일이었다. 이제 투쟁의 시대는 갔다. 오로지 미래에 대한 새로운 설계와 그 추진만이 요구될 뿐이다. 그것을 위해 그는 꾸준히 준비해 왔다. 그 시기가 바로 3당 통합이 있기 전의 수년 동안이었다.

민주악법의 대명사로 지탄받아오던 각종 법률의 개정작업도, 그리고 '토지공개념'으로 이해되는 토지기본법의 제정과 지금까지도 대형개편이라는 평가를 받기에 조금도 모자람이 없는 각종 세제개편 등은 모두가 다 그 무렵에 추진되고 성취된 것들이었다. 그리하여 그가 대통령에 취임하면서 곧 착수한 작업이 바로 '한국병의 치유'였던 것이다. 어째서 그에게 정책(政策)이 없었단 말인가. 그는 언제나 관찰하면서 행동하였다. 그렇기 때문에 그에게는 양심이 있었다. 개혁은 바로 그 양심을 바탕으로 하고 있다.

우리는 지금 한 시대의 한 위대한 지도자를 만나고 있다.

그럼에도 그는 끊임없이 시련과 맞닥뜨렸다. 그러나 그의 마지막 시련은 자신을 따르는 많은 사람에게 진실과 용기를 가슴 깊이 심어주는 일이다. 그래서 그는 위대하다. 위대한 지도자를 만난 우리는 행복하다. 이제 더 이상 무엇을 바랄 것인가.

이 책은 그의 진실에 바탕한 개혁정신의 기본을 전개하고 있다. 그리고 이 책의 행간에는 미래 이 나라의 진로를 예측할 수 있는 허다한 단서와 근거들이 함께 숨 쉬고 있다. 따라서 이 책은 그것을 이해하는 하나의 훌륭한 해설서일 수도 있다. 이 책이 국가운영의 일익을 담당하고 있는 모든 공직자와 정치인들, 그리고 나라의 장래를 걱정하는 모든 분에게 널리 읽히기를 바라는 것은 그 때문이다.

끝으로 이 책의 출판에 직간접적으로 도움을 주신 우리들의 공동체인 사회정의실현시민연합 약칭 사실련의 중앙회 및 광역시·도지부와 시·군·구 지회의 회원님들과 추천사를 써주신 황병태 전 통일민주당 정책심의회 의장님, 이신범 전 통일민주당 정책연구실장님께 감사드리며, 원고를 정리해준 두 딸 선하, 은하 그 배우자 현석, 인수에게도 고마움을 전한다. 그리고 민주동지회, 6·3운동 공로자회, 도학회, 영지회, 신제회, 정우회, 경주회, 성광회 회원님들, 대우건설 이사님들, 특히 올해 결혼 39주년을 맞이하며 인생의 반려자인 나의 아내 서옥순(徐玉順) 선생에게 의미 깊은 감사를 드린다.

●● 차례

1장 **연설문 작성**

- -

2장 **스타는 사라지다**

- -

제**1**장

연설문 작성

통일민주당 총재 소련 방문 연설문 작성, 한·소 관계의 선각자로

'3당 합당' 전해인 1989년, 통일민주당은 김영삼(金泳三) 총재의 소련 방문계획을 극비리에 추진하고 있었다. '여소야대' 정국 구도하에서 국회의사당은 하루도 빠짐없이 '5공 청산'을 외치고 있을 때였다. 나는 그 무렵 통일민주당의 정책전문위원으로 일하고 있었다.

그해 5월 초순, 황병태(黃秉泰) 당 정책심의회 의장이 느닷없이 전문위원실로 들어섰다. 당 고위간부가 전문위원실로 직접 들어오는 것은 드문 일이지만, 학자 출신인 황 의장은 다른 사람들과는 달리 전문위원실을 자주 찾는 편이었다.

그 무렵 통일민주당은 마포 공덕동로터리에 위치한 제일빌딩에 세들어 있었다.

두 해 전, 노태우 민정당 대표위원이 출처도 아리송한 '6·29선언'이라는 것을 내놓았고, 그리고 어쨌든 그 덕분으로 전국 도처에서는 민주화의 열기가 한창 본격적으로 달아오르는 상황이 되어 있었지만, 그럼에도 집권 여당인 민정당을 비롯한 수구세력들의 저항도 만만치 않아 그들의 마지막 발버둥이라고나 할까, 이름깨나 드날리는 야당인사라면 그 뒤로는 정보원들이 시도 때도 없이 따라붙고 있는 형편이어서,

'4·26총선'에서 제2야당으로 전락하여 정국 주도권마저 상실한 통일민주당의 처지에서는 번듯한 당사 마련도 그야말로 힘에 부치던 시절이었다.

이 같은 어려운 상황이니만큼, '해태'니 '미원'이니 하는 등의 선전간판이 옥상을 요란스럽게 장식하고 있던 제일빌딩의 12층부터 14층까지의 3개 층이 통일민주당 당사의 전부였다.

맨 위층은 총재를 비롯한 당 중진들의 집무실이 있었고, 그 아래층은 사무국이, 그리고 또 그 아래 12층의 한 귀퉁이에 당 수뇌부로부터 주야 없이 하달되는 각종 정강·정책의 입안이나 기타 주요 법안의 연구·개발 작업을 전담하는 정책전문위원실이 있었다.

당 정책전문위원들은 모두가 정치·경제·통일·교육·농수산·노동 등 각 분야에서 적어도 석사학위 이상의 학위를 보유한, 그야말로 전문가들로 이루어진 떳떳한 공채(公採) 출신자였다. 당원의 지위나 위상이 당사의 층수에 따라 좌지우지되는 것은 결코 아닐 터이지만, 맨 아래층에 눌려 지내는 전문위원들의 처지에서는 바로 위층의 실세(?)인 당 사무국 요원들의 기세에 한풀 꺾여 지내온 것도 사실이었다.

통일민주당이 전문위원을 공채하기 시작한 것은 '6·29선언' 직후 전국이 민주화의 열기로 뜨겁게 달아오르던 1987년도부터였다. 김영삼 총재는 전국적으로 민주화의 열기가 한창 달아오르던 바로 그 무렵부터 이 나라의 다음 지도자는 바로 자기 자신이라고 확신하고 있었음이 틀림없다. 그렇기 때문에 정책정당·책임정당·수권정당을 자임하고, 당직자와 현역의원에 대한 재교육 실시와 학자와 전문가를 초빙한 분야별 세미나의 정례화 및 야당사상 처음으로 '정책전문위원 공채제도'를 도입하였던 것이다.

1987년 제1기 전문위원 공채에 이어 제2기 전문위원을 추가로 모집

했다. 나는 그러니까 1988년도에 실시된 제2기 정책전문위원 가운데 한 사람이었다. 이른바 'TK'라는 울타리를 과감히 벗어던지고 제2야당인 통일민주당에 입당원서를 제출한 나를 직접 면접한 김영삼 총재는 매우 고무적인 표정을 지었던 것으로 기억한다.

그러나 말만 허울 좋은 정책전문위원이지, 실상은 투쟁경력도 휘황찬란한 사무국 요원들로부터는 '외인부대' 정도의 어정쩡한 취급을 받는 게 고작이었다. 그들은 전문위원의 자질이나 실력보다는 자신들의 투쟁경력을 더 내세우는 경향이 있었다. 능력보다는 경력을, 자질보다는 인간관계를 앞세우는 그분들의 프로필에 나는 조금은 안쓰러운 심정이었다. 결국 가장 민주적이고 보편타당성을 견지해야 할 통일민주당이 오히려 권위적이고 우월주의에 물든 엉뚱한 모순을 내재하고 있었던 셈이다.

그 같은 미묘한 분위기에서 당 중진인 황병태 의장이 몸소 전문위원실을 찾아온 것은 매우 화급하면서도 중요한 지시가 있다는 움직일 수 없는 증거였다. 나는 한눈에 무슨 중요한 일이 있구나, 하고 생각했다. 과연 그 예측은 딱 들어맞았다.

"그래 요즘 재미가 어떠시오?"

하필이면 나의 책상 앞에 멈추어선 황 의장이 온화한 얼굴로 물었다. 나는 재빨리 몸을 일으켰다.

황병태 의장은 김영삼 총재의 핵심 브레인이었다. 서울대학교 상과대학 경제학과 재학 중에 이미 외무·행정고시에 패스한 그는 졸업도 하기 전에 외무부 서기관으로 공직사회에 뛰어든 이래, 경제기획원 경협국장과 조사통계국장을 지낸 다음 미국으로 유학을 떠나기 전까지는 그곳 운영차관보를 역임한 고위관료 출신이었다.

학문을 계속해야겠다는 일념으로 미국으로 건너간 그는 곧 하버드

대학교에서 행정학 석사학위를, 그리고 버클리대학교에서는 정치학 박사학위를 각각 수여했으며, 귀국한 다음에는 잠시 정부 연구기관인 한국개발연구소 연구위원으로 있다가, 1982년부터는 한국외국어대학교 정치외교학과 교수를 거쳐 1988년 김영삼 총재의 권유로 통일민주당에 입당하기까지의 5년 동안 그는 동대학교의 총장을 역임했다. 그야말로 관계와 학계, 두 분야에서 뚜렷한 족적을 남긴 화려한 경력의 소유자였다.

"네, 조금…."

나는 너무도 당황하여 미처 대답을 옳게 못 하였다.

다른 전문위원들은 놀란 눈빛으로 우리 두 사람의 대화를 귀담아 듣고 있었다. 당시 12층에는 10여 명의 전문위원이 포진하고 있었다.

"내 방으로 좀 오시겠어요?"

머뭇거리는 나에게 황 의장이 거두절미하고 말했다.

"네에."

도대체 무슨 영문인지도 모르는 채로 나는 그렇게 대답할 수밖에 없었다.

전문위원실을 비잉 한 바퀴 둘러본 다음 다시 나에게로 시선을 돌린 황 의장은,

"그럼, 한 5분 후에 내 방으로 좀 와주세요."

그렇게 시간까지 일러주고는 몸을 돌려 밖으로 나갔다.

황 의장이 '5분 후'라고 시간을 정한 것은 다 까닭이 있어서였다. 그는 시간을 분 단위로 쪼개 쓰는 컴퓨터였다. 깐깐하기가 대쪽 같아서 그를 대하기도 여간 조심스러운 게 아니었다. 그러나 개인적으로 부닥치면 도도한 한강을 다 품을 수 있으리만큼 아량이 넓고 인정이 따사로웠다. 나는 황 의장을 수차례 접촉하고 난 다음에야 그의 대해(大海)

같은 성품을 파악할 수 있었다.

"다른 바쁜 건 없지요?"

내가 들어서는 것을 본 황 의장이 소파를 권했다.

"토지공개념(土地公槪念) 도입에 관한 자료를 검토하는 중입니다."

문민시대 들어 지금은 귀에 익은 말이 되었지만, 그 무렵까지만 하더라도 토지 공개념이니 주택 공개념이니 농산물 공개념이니 하는 말들은 아직 생소했다. 그러나 황 의장을 비롯한 통일민주당 수뇌부에서는 벌써부터 개혁 차원에서 경제 분야와 관련한 갖가지 법안들을 이미 심층적으로 연구하고 입안하는 단계에 있었다. 집권을 목표로 하고 있는 정당이니만큼, 그리고 김 총재만 하더라도 장차 이 나라의 대통령이 된다는 확신을 갖고 있었던 만큼 통일민주당은 이미 당차원의 개혁준비를 착착 준비하고 있었던 것이다. 그리고 그로부터 불과 3년 후, 김 총재가 제15대 대통령으로 취임하자마자 토지공개념을 비롯한 이른바 '공개념(公槪念)' 시리즈가 잇따라 발표·시행됨으로써 비로소 경천동지할 일련의 개혁작업이 강력하게 추진될 수 있었던 것이다.

"이건 극비인데요… 박 위원이 좀 수고를 해주어야겠어요."

느닷없이 황 의장이 말했다.

"총재께서 곧 소련을 방문하게 되어 있잖아요? 그래서 방문 동안 그곳 과학 아카데미에서 행하실 연설문을 작성하라는 분부입니다."

"아니 제가요?"

극비라고는 하지만 김 총재가 소련방문을 계획하고 있다는 말은 이미 언론에서 조금씩 내비쳐지고 있던 참이었다. 그리고 당내에서도 전문위원 서너 명이 벌써 석 달 전부터 합숙을 하며 그 일에 매달려 있다는 말도 파다해 있던 참이었다.

"하지만…."

"박 위원 말고 또 누가 있겠어요? 내 자료를 다 줄 테니 빨리 착수하도록 하세요."

"하지만 총재님 연설문은 다른 전문가가 세 사람이나 전담하고 있지 않습니까?"

"나 참! 노태우 대통령 퇴임촉구 출정식 의원총회 결의문이나, 또 DY(김동영 의원)가 중국 갈 때의 연설문을 작성한 노하우도 있잖아요? 난 박 위원의 실력을 인정하고 있어요."

황 의장이 지난 일들을 되새겼다.

이 지시는 물론 김영삼 총재가 황 의장에게 직접 내린 것이었다. 그러나 황 의장은 그 말을 하지 않았다.

"네에⋯."

대답은 했지만 나는 도무지 엄두가 나지 않았다.

머뭇거리는 나를 보고 재야 출신 이신범(李信範) 정책연구실장이 옆구리를 쿡쿡 찌르며 좌우지간 빨리 지시를 받으라고 부추겼다.

정책전문위원으로서 당 총재의 연설문 원고를 쓴다는 것은 참으로 복 받은 일일 수도 있다. 그만큼 필력을 인정받고 있다는 뜻도 된다. 그렇지 않아도 당 수뇌부의 눈도장을 받지 못해 안달인 사람들이 수두룩한 판이었다.

이 작업은 벌써 석 달 전부터 3명의 동료 전문위원이 꾸준히 진행해 온 일이었다. 그런데 갑자기 연설문 작성자를 바꾸려는 것이다. 사태가 동료 전문위원들로부터 시기심은 물론 인심을 잃고 왕따 당하는 분위기로 흘러가고 있었다. 이렇게 한·소 관계의 선각자로서 김영삼 총재의 소련방문 연설문 원고작성은 글자 그대로 007작전을 방불케 했다. 김 총재의 방소 날짜를 2주 정도 앞둔 터에 앞서 언급한 바와 같이 몇 개월 전부터 이 관계 작업을 해오던 전문위원들이 이신범 정책조정실장의 장담과는 달리 전연 자료협조가 없었던 것이었다. 황병태 정책의 장도 별다른 자료를 갖고 있지 않았다.

　나는 자료를 구하기 위해 백방으로 뛰었다. 정부 부처 내에서 사회주의국가의 경제통으로 잘 알려진 경제기획원 대외협력국의 최만범(崔万範) 사무관을 비롯하여 정부 각 부처에 포진하고 있는 나와 친분이 있는 행정고시 출신들의 도움이 컸다. 특히 최 사무관에게는 돼지갈비와 소주를 나누며 사정을 이야기했더니 흔쾌히 도와주었다.

　황 의장은 집필을 위해 특별히 방을 하나 내주었다. 당사 1층의 총재실 바로 옆방은 당 해외동포위원장실이었는데, 그 방은 사실상 1년 내내 주인 없이 비어 있었다. 위원장은 김동영 수석부총재였다. 나는 그 방의 임시 주인이 되었다. 생소한 페레스트로이카의 개념을 처음 익히면서 그로부터 만 일주일 후에 김영삼 총재의 방소 연설문 「한국 경제개발 경험에서 본 소련 경제발전의 방향」이란 역사적인 원고를 탈고할 수 있었다. 그리고 이 원고는 당시 김영삼 총재 비서였던 김희완 씨(훗날 서울시 부시장 역임)에게 건네졌다.

　김영삼 총재가 모스크바 과학 아카데미에서 행한 연설은 매우 시의적절했다는 평가를 받았다.

　　　"…한국의 경제개발 경험과 우수한 인력, 그리고 귀국의 풍부
　　　한 자원을 결합한 경제합작(經濟合作)을 성취함으로써 양국 간
　　　의 선린우호 증진은 물론 귀국의 경제발전에도 큰 계기를 마련
　　　할 수 있을 것입니다…."

　이 같은 내용이 함축된 원고를 들고 김 총재는 1989년 6월 2일, 모스크바로 향하는 여객기의 트랩을 오름으로써 역사적인 한·소 관계의 실마리를 푸는 대장정의 막을 올리기 시작한 것이었다.

김 총재의 방소는 세계의 이목을 집중시킨 핫이슈였다. 한국 야당 지도자로서는 최초의 방소라는 사실 말고도, 이를 계기로 앞으로 한국의 국제무대에서의 위상이 점증할 것이라는 기대감과 함께 어쩌면 한·소 두 나라의 외교관계수립도 가시화할 것이라는 조심스러운 예측도 쉽게 타진되고 있었으니 말이다.

방소 기간 중 김 총재는 프리마코프 소련 연방회의 의장 등 소련 공산당 중앙위원회 간부들과 가진 일련의 회담에서 두 나라 사이의 관계증진방안을 비롯한 사할린 교포 송환 문제 등 양국 간의 현안을 심도 있게 논의했다. 회의는 매우 진지하고도 생산적이었다.

그리고 모스크바를 떠나오기 전 김 총재와 IMEMO측은, "지금까지의 한·소 두 나라 관계는 지극히도 비정상적이었다는 데 인식을 같이하고, 이번 김 총재의 소련방문을 계기로 쌍방 국교정상화를 위한 돌파구가 마련되었다는 데 인식을 함께했다."는 등 다섯 가지에 달하는 합의사항을 채택하는 공동성명을 발표하기에 이르렀던 것이다.

김 총재가 소련을 방문 중이던 6일 저녁, 숙소인 동퓨로에모프 영빈관으로 북한의 조국평화통일위원회 허담(許淡) 위원장이 방문했다. 허위원장은 김일성(金一成) 주석의 직접 지시로 방소 중인 김 총재를 찾아온 것이었다. 두 사람은 극비리에 2시간 동안에 걸쳐 회담을 진행했다. 이 회의석상에는 통일민주당 측에서는 김상현(金相賢) 부총재와 박관용(朴寬用) 국회통일특위 위원장 및 황병태 정책위 의장 등이, 북한 측에서는 전금철(全琴哲) 조국평화통일위 부위원장과 안병수 서기국장이 배석했다.

이 회담에서 허위원장은, "통일문제 논의를 위해서는 먼저 양국 간의 분위기 조성이 선결되어야 한다."고 전제한 다음, 그러기 위해서는 남한이 먼저 팀스피리트 훈련 중지, 주한 미군 철수, 군사력 감축 및 양국 고위급 책임자의 정치·군사회담 개최 등을 제시했다.

이에 대해 김 총재는, "통일 실현에는 원칙을 지키는 것도 중요하지만 무엇보다도 추진과정이 더 중요하다."고 전제하고, 국회회담을 비롯한 경제·적십자회담 등 이미 추진해 오던 각 부문의 회담부터 재개할 것과 남북한 정상회담의 조속한 실현을 촉구했다.

김 총재는 특히, "통일문제를 비롯한 민족의 장래문제를 가장 확실하고 효과적으로 논의하는 방법은 오로지 노태우 대통령과 김일성 주석이 직접 만나는 것만이 최선의 방책입니다."라고 덧붙였다.

김 총재의 이 같은 언명은 이미 지난해 8월 25일, 외교·통일문제 등은 정부에 협조하고, 각종 비리 등의 국내문제는 철저히 견제하고 척결하겠다는 이른바 '외협내견(外協內牽)' 표방과 그리고 12월 22일 송년 기자간담회에서, "정치정국과 의회정국을 분리하여, 정책별로 독자입장을 고수하겠다."는 정책정당으로서의 통일민주당의 입장을 천명한 것과도 그 맥을 함께하는 것이었다.

그리고 그해가 다 가기 전인 10월 22일, 이번에는 답방형식으로 마리티노프 IMEMO 소장이 통일민주당의 초청으로 한국을 방문, 다시 한번 양국 간의 공동관심사를 논의함으로써 지난번의 김 총재 방소가 예사로운 행사가 아니었음을 내외에 널리 전파하였다.

비록 정부나 집권당의 측면지원 없이 전개하는 야당 당수의 외로운 외교활동이지만, 그럼에도 막상 북한의 책임 있는 간부를 만난 자리에서는 자신의 언행이 전적으로 국가의 이익에 우선해야 한다는 철학과 원칙을 그는 굳건히 견지하고 있었던 것이다. 이 회의 끝에 허 위원장은 김 총재에게 평양을 방문하도록 요청하였으나, 김 총재는 그럴 시기가 아니라고 그 제의를 간단히 유보했다.

그로부터 두 달 후 일본을 방문한 김 총재는 기자클럽에서, "한반도 통일과 민족문제를 논의하기 위해 평양을 방문, 김일성 주석과 만날 용의가 있다."고 되풀이하고, 그러나 아직도 그 시기가 무르익지 않았다고 덧붙였다.

김영삼 총재의 그해 소련방문은 결코 즉흥적이거나 돌발적인 것은 아니었다. 그 당시 김 총재의 외교활동을 보고한 국내외 언론들이 이를 가리켜 '초당외교(超黨外交)'니 '북방외교(北方外交)'니 하며 그 비중을 높이 평가한 것만 보더라도 알 수 있는 일이었다(그 후 북방외교는 나중 6공화국 노태우 정권이 이어받아 주요 업적이 되었다). 그만큼 대(對) 공산권 국가와의 외교수립 물꼬트기는 김 총재가 벌써 수년 전부터 심혈을 기울여온 노선이자 정치철학이었다.

김 총재가 소련을 방문하기 전인 1988년, 김동영 수석부총재와 서석재(徐錫宰) 사무총장을 극비리에 중국으로 특파한 것도 모두가 다 김 총재의 북방외교 노선을 잘 설명하는 한 예가 아닐 수 없다.

그 노력의 결과로 김 총재가 소련을 다녀온 지 다섯 달 후인 11월 29일, 한·소 양국은 영사관계수립에 합의하였으며, 다음 달 8일 드디어 양국 간의 영사관계 의정서가 발효되면서 상호 무역사무소 내에 영사처를 설립하는 등의 급진적인 관계정상화가 이루어졌던 것이다. 그리고 김 총재의 뒤를 이은 다음 해 12월 23일, 한국 대통령으로서는 처음으로 노태우 대통령이 3박4일간의 소련방문 여정에 오른 것도 국민이 모두 알고 있는 사실 그대로다.

그뿐만이 아니다. 1988년 8월, 일본을 방문한 자리에서 한반도의 평화정착을 위해 '동북아 6개국 의원협의체 구성'을 제의하기도 하였고, 이와 함께 일본 사회당 위원장의 방한이 이루어지기도 하였으며, 이듬해 2월 1일에는 재차 일본으로 건너가서 도이(土井) 위원장과 회담을 통해 양당관계의 교류강화 방안 등을 논의한 것 등도 모두가 다 이 같은 적극적인 외교활동의 일환이었던 것이다.

6·29선언과
중간평가

피가 튀고 살이 찢기는 일대 백병전을 치른 끝에 청와대 입성에는 성공했지만, 단 하루도 마음 편한 날이 없는 노태우 대통령이었다. 자다가 소스라치게 놀라 잠을 깨기도 여러 번이었다. 그럴 때면 온몸이 식은땀으로 범벅이 되었고, 겨우 마음을 다잡아 다시 눈을 붙이려 해도 잠은 이미 천리만리나 달아나고 난 다음이었다. 이러다가는 머리가 다 돌아버릴 지경이었다. 그처럼 악을 쓰지 않아도 되었을 것을 무엇 때문에 그 같은 망발을 내뱉었는지, 지금 생각해도 발등을 콱 내리찍고 싶은 심경이었을 것이다.

제13대 대통령 선거를 며칠 앞두고 있던 1987년 12월 초순경의 일이었다. 100만 명 이상의 인파가 구름처럼 몰려든 여의도 유세장에서 노태우 후보는 너무도 다급한 나머지 그만 일생일대의 대실수를 저질러버린 것이다.

"이 사람, 보통사람 노태우, 한번 한다 하면 꼭 해내는 사람입니다. '6·29선언'을 보세요. 저는 그 선언으로 국민 앞에 발가벗어버린 몸입니다. 저는 그 선언으로 여러분들에게 항복을 했습니다. 그리고 그 선언으로 이렇게 우리나라의 민주화가 착착 진행되고 있지 않습니까? 그

마무리를 제게 맡겨주세요. 저에게는 그 마무리를 지어야 할 책임이 있습니다…."

여기까지는 아무런 실수가 없었다. 지지자들의 박수가 터져 나온 것이 그 상황을 잘 설명하고 있었다. 그런데 그다음 말이 아주 중대한 실책의 시발이었다. 아마도 흥분으로 너무 들떠서 그랬을 것이다.

"…이 사람, 보통사람 노태우, 앞으로 어떻게 하는지 두고 보십시오. 내년 9월이면 세계인의 축제인 올림픽이 열립니다. 요 앞의 두 올림픽은 반 쪼가리였습니다. 모스크바 때는 서방 국가가 참가하지 않았고, L.A. 때는 동구권 국가가 나오지 않았습니다. 그러나 이번 서울 올림픽은 다릅니다. 167개 IOC 회원국가 중 벌써 참가의사를 보내온 나라가 161개국이나 됩니다. 북한, 쿠바, 알바니아, 에티오피아 등 불과 대여섯 개 나라가 아직까지 참가 의사를 보내오지 않았습니다. 그야말로 대단한 성공입니다. 우리나라가 그만큼 발전했다는 것입니다. 한국의 민주화 발전에 대한 세계인의 지지다, 이렇게 생각해도 좋습니다. 하긴 북한이라는 나라는 떡을 준다 해도 안 올 나라인 만큼 그렇게 보면 이건 거의 100퍼센트다, 이렇게 보아도 무방한 것입니다. 그러니까 우리들은 무슨 일이 있더라도 서울 올림픽을 성공리에 완수해야 한다, 바로 이 말을 여러분들에게 하고 싶은 것입니다."

또 와―! 하는 함성과 함께 박수가 터져 나왔고, '노태우! 노태우!'를 연호하는 소리도 섞여 있었다.

이 대목까지도 실언이라 할 것이 없었다. 그러나 그다음 말이 아주 본격적인 대실책이었다.

군중을 비잉 둘러보고 난 노후보가 말을 이었다.

"이 사람, 보통사람 노태우, 서울 올림픽을 성공적으로 치르고 난 다음 여러분들로부터 중간 신임평가를 받고자 합니다. 그때까지 이 사람,

보통사람 노태우가 하는 것을 유심히 지켜보시기 바랍니다. 그것을 보고 다시 심판해 주시기 바랍니다. 만약 그 심판에서 국민 여러분의 지지를 받지 못할 경우(오른손으로 자신의 왼쪽 가슴을 툭툭 치면서) 저는 두말 않고 대통령직에서 미련없이 물러나겠습니다. 당연한 일 아닙니까?"

와아아아 —!

여의도가 떠나갈 듯한 함성이 메아리쳤다.

그러나 노태우 대통령의 그 말이 몰고 온 파문은 실로 일파만파였다. 도끼로 제 발등을 꽉 내리찍은 꼴이었다. 게다가 '4·26총선'에서 집권당인 민정당이 참패하면서 사상 처음으로 여소야대 상황이 펼쳐지자 정국을 주도하게 된 야당은 걸핏하면 중간평가를 하자고 들고 나왔다.

노태우 대통령이 취임하고 서너 달이 지난 6월, 국회에는 '5·18 광주민주화운동 진상조사 특별위원회'와 '제5공화국에 있어서의 정치권력형 비리조사 특별위원회' 등 2개의 국정조사권을 가진 특별위원회가 기동을 시작하였다.

- 광주사태 진상 규명
- 군부 책임자 처벌
- 김대중 내란음모사건 조작진상 규명
- 전두환 친·인척 비리 척결
- 1980년 당시 언론통폐합 및 기자 강제해직 규명 등

그해 말까지 청문회 방식의 각종 조사의 진행과 이 모든 것들을 포괄적으로 묶은 이른바 '5공 청산'이 본격화되면서 드디어 노태우 대통령 자신이 발설한 '중간평가' 문제가 고개를 치켜들기 시작한 것이었다.

다급해진 노태우 대통령은 국민이 납득할 만한 수준으로 '5공' 관련

자들을 줄줄이 구속시켰는데, 그해 연말 설치된 검찰의 5공 비리 특별 수사부는 △차규헌 전 교통부장관, 김종호 전 건설부장관, 이민하 전 동양고속 회장 등을 구속한 데 이어(12월 29일), △전두환 처삼촌 이규승 구속(1989년 1월 6일), △이학봉 민정의원 구속(1월 13일), △김인배 일해재단 사무총장 구속(1월 20일), △안기부장을 지낸 장세동 전 대통령 경호실장 구속(1월 27일) 등 일련의 사법조치가 전격적으로 이루어졌다.

그런 다음 검찰은 1월 31일, "5공 비리 사건에 대한 수사를 통해 지금까지 모두 47명을 구속하였으며 29명을 불구속 입건했다."고 밝히고 이로써 특별수사부는 해체한다고 말했다.

이보다 일주일 전에 진정한 5공 청산을 위해서는 정호용, 이희성, 이원조, 장세동, 허문도, 안무혁 등 6명을 사법처리해야 한다는 의견을 모은 바 있는 평민·민주·공화 3당의 3김 총재들은 당연히 검찰의 발표를 '축소지향'이라고 성토할 수밖에 없었다.

사면초가에 몰린 노태우 정권은 그래서 기왕에 공약한 바 있는 '중간평가'로 정면돌파한다는 고육지책을 내놓았다. 이를 끈질기게 주장한 사람이 5공의 핵심인사로 지목된 정호용 의원이었다.

대세는 처음에는 중간평가 수용으로 보였다. 그러나 심약한 '보통사람'은 지난 2월까지만 하더라도 언제라도 중간평가를 받을 수 있도록 만반의 태세를 갖추라고 지시하는 등 퍽 여유가 있는 듯한 자세에서 돌연히 3월 20일 느닷없이 중간평가를 유보하겠다고 선언했다. 노태우 정권을 가리켜 '되는 것도 없고, 안 되는 것도 없는…'이라는 자못 희화적인 말이 횡행하기 시작한 것도 다 이 무렵의 일이었다.

통일민주당 의원 총회 결의문 작성, 군정종식(軍政終熄)을 구호로

통일민주당이 노태우 대통령의 퇴진을 위한 출정식을 결정한 것은 5공 청산에 미온적인 노태우 정권에 대한 '본때 보이기' 작전 가운데 하나였다. 출정식인 만큼 출정에 앞서 대국민 결의문이 발표되어야 했다.

결의문을 작성하는 소관부서는 원내총무실이었다. 그런데 갑자기 급선회하여 정책위원회 소속인 나에게 결의문을 작성하라는 특명이 떨어졌다. 결의문은 강성과 온성, 두 가지로 작성해야 했다. 지시가 내려진 시각은 오후 6시, 퇴근시간이었다.

여자 타자수들이 모두 귀가하고 난 다음이었다. 게다가 요즘처럼 컴퓨터나 워드 프로세서도 없던 때였고, 복사기조차도 구둣발로 힘껏 내질러야 겨우 두어 장을 뱉어내는 그런 고물딱지였다.

나는 밤을 새울 수밖에 없었다.

'우리의 요구가 받아들여지지 않을 경우 육지로 걸어 다니지도 못하고, 물속에서 헤엄도 치지 못하도록…' 이라는 말은 강성 결의문에 포함된 문안이었다. 나는 강성과 온성 두 가지 결의문을 각각 100부씩 만들어 서류 더미 속에 숨겨놓은 다음 자정이 넘어서야 집으로 돌아갈 수 있었다. 이때쯤에는 각 언론사의 보도진들도 통일민주당의 출정식을 알고 있었으므로 결의문 초안을 미리 빼내기 위해 혈안이 되어 있었기 때문이었다.

다음 날 아침 일찍 당사에 출근한 나는 강성과 온성 두 가지의 결의문을 들고 의원총회장 입구에서 김 총재의 입장을 기다렸다.

아침 8시 반, 김 총재를 필두로 당 3역을 비롯한 당직자들이 모습을 나타냈다. 나는 이들을 헤치고 김 총재 앞으로 다가가 두 가지 종류의 결의문을 내밀었다.

"총재님, 이것은 강성 결의문이고, 이것은 온성 결의문입니다."

김 총재의 장작 패는 사람 같은 거친 손이 먼저 강성 결의문을 잡았다. 뒤이어 당직자들도 김 총재와 마찬가지로 강성 결의문을 움켜쥐었다.

김 총재는 매우 속독(速讀)인 편이었다. 아무리 복잡한 문안이라도 단숨에 읽어 내려갔다. 그러고는 곧 그 내용을 파악했다. 그러면서도 여간 까다롭게 문맥을 다듬는 게 아니었다. 그래서 자신이 중대한 연설을 할 때는 반드시 실무자에게 초안을 잡게 하고, 그것을 다시 자신의 스타일로 조정한 다음 비로소 실전에 임하는 것이다.

통일민주당 수석부총재 중국 방문 연설문 작성, 한·중 교류의 선각자로

　나는 김동영(金東英) 수석부총재가 한중(韓中) 수교의 선각자로서 중국을 방문할 때 그의 연설문 전문(全文)을 작성한 바 있는데 그 경위는 이렇다.

　중국방문을 며칠 앞두고 김 총재가 황병태 정책의장실로 직접 찾아왔다. 수석부총재가 수하 사람의 방으로 직접 찾아가는 예는 거의 없다. 자신의 방에서 인터폰으로 부르면 그만인 것이다. 그러나 김 수석부총재는 그런 위인이 아니었다.

　심지어는 김 총재에게도 그냥 '총재'라고만 호칭하지 절대로 '님'자를 붙이는 법이 없다. 그럼에도 김 총재는 언짢아하기는커녕 오히려 "그래 그래, 김 의원, 내 다 알아."하고 위로하기를 마다하지 않았다. 그만큼 김 총재는 김동영 의원을 '동료' 이상의 '동반자'로 예우하고 있었다.

　그럼에도 김동영 수석부총재는 김 총재를 절대적인 존경심과 숭앙의 염으로 모셨다. 언제이던가, 김 수석부총재가 측근들에게 혼잣소리로 이렇게 말한 적이 있다.

　"나는 나를 잘 알아요. 나는 하나도 잘난 게 없는 사람이오. 만약 거산(巨山: 김영삼 총재의 아호)을 만나지 못했더라면 이 김동영이란 사람은 존재하지도 않을 거요. 11대 선거에서 떨어진 다음의 일인데요, 그러니 매우 궁하던 시절이었지요. 그렇다고 김 총재에게 손을 벌릴 형편도 아니구요. 추석이 닥쳤는데 장을 볼 여유도 없었단 말요. 하도 기가 차서 고개를 푹 숙인 채 일부러 골목길만 골라 가는데 어느 양반이 쫓아와서는, 지금 놀고 계시는데 추석은 어떻게 지내실 건가요? 그러면서 억지로 돈을 찔러 넣어주더란 말입니다. 눈물이 핑 돕디다. 그때 새삼 이런 생각이 들더군요. 내가 많은 사람에게 사랑을 받는 것은 거산을 모시고 있는 덕분이라고요."

하여튼 김동영 수석부총재의 방중 일자가 다가오자 곧 본격적으로 연설문 작성작업이 시작되었다. 황 의장실로 온 김 수석부총재는 거두절미하고 이렇게 말했다고 한다.

"황 의장, 우리 전문위원 가운데 상품가치가 일등인 사람은 누구요?"

김 수석부총재의 뜻을 첫마디로 알아들은 황 의장이 대뜸, "박두익이라고… 우리 전문위원들 가운데서 경제통이지요. 행정고등고시 출신으로 필력도 뛰어나구요."라고 답했다는 것이다. 사실 황 의장이 이런 비슷한 칭찬의 얘기를 여러 전문위원이 있는 데서 대놓고 하는 바람에 나는 주위에서 소외되어 가고 있었다. 그러자 김 수석부총재가 "그럼 됐소. 이번에 내가 중국 가서 연설할 원고를 대학교수에게 맡겼더니 이게 영 재미가 없단 말입니다. 연설 제목은 '한국의 경제개발 경험에서 본 중국경제의 발전방향'인데, 이걸 박 위원에게 맡기면 어떻겠소?"하고 말했다는 것이다.

김 수석부총재의 방중(訪中)은 당시 백남치(白南治) 부대변인과 최기선(崔箕善) 총재비서실장 등 당 중진의원들을 대동하는 매우 비중이 큰 외교업무였다. 그의 방중은 앞으로 있을 한·중 양국 간의 수교에 엄청난 기여를 할 게 분명했다.

내가 김 수석부총재의 연설원고를 쓰게 된 것은 입당 전의 전공이 경제 분야였고, 전문위원 공채 응시 때의 논술시험도 '한국의 경제발전과정에서 고찰해 볼 때 정부가 중점적으로 투자해야 할 부문은?' 이라는 주제를 선택한 것이 아직도 당직자들의 뇌리에 깊이 각인되어 있기 때문이 아닌가 한다.

다음 날 아침 일찍 김 수석부총재가 다시 전문위원실로 왔다. 그러고는 반쯤 써내려간 원고를 대충 훑어보더니 그 두툼한 손으로 나의 어깨를 탁탁 치면서,

"그만하면 됐어!"

하고 하주 만족한 표정을 지었다. 이 자리에는 당시 김 수석부총재의 비서였던 김천락 씨가 배석하였던 것이다. 이로써 나는 초라한 일개 서생에서 거당적인 행사에 스피치 라이터로 일조하게 된 것이었다. 탈고된 원고를 읽고 난 김 수석부총재는 계속 흐뭇한 표정이었다.

중국방문길에 오르기 전날, 의원회관에서 열린 환송연에서 그는 나를 끌어안으며 기쁜 목소리로 이렇게 말했다.

"친구야! 이번에 동행해야 하는 건데 뜻대로 되지 않았어. 거긴 사회주의국가 아냐? 국교도 아직 트이지 않았고, 기자도 안 된다니 말야. 그러니 내 마음이 어떻겠나?"

중국방문을 마치고 돌아와서도 김 수석부총재는 나에게 매우 뜨거운 고마움을 표했다.

공항에는 300여 명이나 되는 당 중진인사들이 마중을 나갔다. 그러나 나는 나갈 처지가 못 되었다. 또 그럴 필요성도 없었다. 수다를 떠는 게 취미도 아닐뿐더러, 나 아니더라도 마중을 나갈 사람은 얼마든지 많았기 때문이었다. 만찬장에도 나가지 않았다.

다음 날 급한 보고사항이 있어서 총재실에 들렀다가 나오는 길에 복도에서 그와 마주쳤다. 먼저 나를 발견한 김 수석부총재는 그 커다란 손으로 등을 툭 치고는 힘껏 끌어안으며,

"아이구, 이 친구야. 어제는 왜 공항에 나오지 않았나? 암만 찾아보니 있어야 말이재."

하고 큰 소리로 말했다. 다른 당원들 같으면 감히 숨소리도 못 낼 총재실 앞 복도가 아닌가.

"죄송합니다. 급히 총재님에게 보고할 사항이 있어서요."

내가 머뭇거리자,

"뭐라꼬? 그래, 총재가 최고다, 그 말이재? 최 보좌관한테 가면 친구한테 줄 선물로 우황청심원을 맡겨놓았으니 찾아가거라."

하고는 다시 큰소리로 웃음을 터뜨리는 것이었다.

그 후 이 중국서 온 선물은 중풍 후유증이 있으신 나의 어머님께서 두고두고 자시게 되었다.

여의도 전문위원
입문배경

　나는 통일민주당의 전문위원이 되기 전까지는 고 김동영 수석부총재나 황병태 정책의장과는 일면식도 없는 처지였다. 물론 김영삼 총재와도 면접시험장에서 입당을 결심하게 된 동기 등의 질문을 받은 게 난생처음의 대면이었다.

　1988년 정책전문위원 공채 당시 필기시험 및 김영삼 총재의 면접 이전에 학력 및 경력증명서에다 '자기소개서'를 제출하게 되어 있었다. 다음에 소개하는 인용문이 바로 그것이며, K교수에게 보내는 서신형식으로 내가 여의도 전문위원에 입문하게 된 동기를 피력했다.

　　존경하는 K교수님
　　지난번 교수님 연구실에서 몇몇 연구위원들이 모일 기회가 있었지요? 그
　　자리에서 오늘 동아일보에 통일민주당이 전문위원을 공채한다는 광고를
　　냈는데 제가 응시해 보겠다는 소회를 피력한 적이 있었습니다.
　　그랬더니 교수님께서는 저를 바라보시면서,
　　"오늘날과 같은 불확실한 시대에, 그리고 아직도 미래가 불투명한 상황에
　　서 왜 하필이면 야권으로 들어가려 하느냐?"
　　라고 반문하셨습니다.
　　그 자리에서 저는 이렇게 대답하였습니다.

"교수님, 저는 물론 이번 기회에 단순히 정치인이 되어보자는 우직한 생각으로 현실 정치판에 뛰어들려는 것이 아닙니다. 지금까지의 학구적인 패턴에서 보다 진취적이고 창의적인 생활학문에로의 전환을 꾀하고 싶어서입니다."

교수님께서는 저에게 그렇다면 대학교수직으로 나아가는 게 어떠냐고 반문하실지 모르겠습니다만, 그러나 저에게 돌아온 것은 번번이 실망과 낙담뿐이었습니다.

서울대학교 환경대학원에서 도시계획학 석사학위를 취득하고, 행정고등고시 제2차 본시험에도 패스하였으며, 그동안 발표해 온 여러 가지 연구논문 등을 바탕삼아 각 대학의 교수초빙에 몇 번이나 이력서를 제출해 보기도 했지만, 상아탑도 썩어 있기는 마찬가지였습니다. 신문에는 교수초빙이라는 그럴듯한 문구로 광고를 내고 그 이면에는 이미 내밀한 사적 연줄로 합격자를 내정해놓고 있어 이미 채용 결과는 다 나와 있는 상황이었습니다. 지금 생각해 보니 나 자신이 얼마나 무지몽매 했었는가를 재삼 확인하는 것밖에는 다른 아무것도 없었습니다. 하필이면 교수님에게 이 같은 말씀을 드려서 대단히 송구스러울 뿐입니다.

존경하는 K교수님

지난 4·26총선에서 통일민주당은 국민적 지지를 받지 못하고 제3당으로 전락하는 비운에 처하고 말았습니다. 그러나 왠지 통일민주당에 대한 저의 인식은 총선 결과와는 매우 상반되게 나타나고 있습니다.

여소야대 상황이 된 작금의 정치판도를 바라보면서, 저는 집권당인 민주정의당은 분명히 말씀드리지만 확실히 잘못된 정당이고, 제2당인 평화민주당은 대표 되시는 분이 과거 60년대 이후 반독재운동 등으로 국민에게 좋은 이미지를 심어준 것은 사실입니다만, 영·호남 간 지역감정을 증폭시키는 등 당리당략과 사욕과 무리하게 결탁하고 있기 때문에 아무래도 신뢰성이 희박하기만 하였습니다. 그리고 제4당이라는 신민주공화당도 충청권이란 지역적인 연결고리에다 소수 기득권층으로부터 미련적인 지지를 받는 정도에 불과할 뿐입니다.

이 같은 잣대에서 보면 통일민주당이야말로 해방 이후 오늘날까지 군사문화와 카리스마적 문화에 정면으로 항거해 온 가장 자생적이고도 민주적인 정통성을 보유한 정당이 틀림없다고 하겠습니다. 따라서 그간의 저의 학문적인 소양을 유감없이 펼쳐 보일 수 있는 곳이야말로 통일민주당뿐이라는 확신을 갖기에 이르게 됩니다.

존경하는 K교수님

저는 경북 군위군의 월성 박씨(月城朴氏) 가문의 한 빈농에서 태어났습니다. 증조부모 대까지는 많은 전답을 소유한 부농이었으나 조부모 대에 와서 사위가 의성 광산에 전 재산을 투자했다 망해 아버지 대에 와서는 머슴살이를 해야 하리만큼 가난에 찌들어, 제가 초등학교 다닐 동안에는 소풍도 가지 못하는 눈물겨운 소년시절을 보내야만 했습니다. 그럼에도 누구보다 학구열은 불타올라 그곳 초등학교를 졸업할 때까지 단 한 번도 전체수석자리를 빼앗겨본 적이 없었습니다. 하지만 중학교 진학은 엄두조차 낼 수 없으리만큼 집안 사정이 말이 아니었습니다.

지금도 저는 초등학교 때의 허실근(許實根) 교장선생님을 한시도 잊지 못하고 있습니다. 허선생님께서는 저의 뜻과는 아랑곳없이 직접 대구로 올라가셔서 대구 능인중학교(能仁中學校)에 입학원서를 접수하셨는데, 나중에 알고 보니 입학금과 수업료 전액이 면제되는 장학생으로 학업을 계속하는 길이었습니다. 어린 나이에도 가정교사직이 숙식문제를 해결하는 가장 훌륭한 방편임을 체험으로 터득하였습니다. 중학교 2학년에 올라가자마자 허선생님께서 저를 자기 처가댁에 소개하여 그곳 초등학생의 선생 노릇을 하게 되었으니까요.

하지만 고등학교에서는 사정이 달랐습니다. 장학금 혜택에만 집착하신 허선생님의 배려로 입학한 중학교에서는 전체수석을 놓치지 않았습니다만, 대구지방에서는 일류고교로 평가받고 있는 계성고등학교(啓聖高等學校) 입학시험에서는 겨우 46등을 차지하는 참패를 당하여 그만 장학금 수혜자 명단에서 제외된 것입니다. 저는 이를 악물었습니다. 그리고 그 한 학기 후에는 전교 2등으로 약진하여 당시 담임이시던 예영수 선생님(훗날 외국

어대 사대 학장)을 놀라게 하였습니다. 당연히 반에서는 수석이었습니다.

그러나 제가 고등학교 3학년 때이던 1965년, '한·일 굴욕외교 반대' 데모대
열에 앞장을 선 것을 계기로 저의 앞날에는 커다란 그림자가 드리워집니
다. 그날 대구경찰서 앞 도로에서 대열을 형성한 경찰로부터 고립된 30여
명의 급우와 함께 당했던 모진 칼빈총대 세례는 결국 저의 사상을 반체제
와 반골적인 성향으로 전환시키고 말았던 것입니다.

그 후유증으로 독감을 얻어 6개월 동안이나 사경을 헤맨 끝에 간신히 회
생은 하였습니다만, 청춘의 전환기이기도 한 고등학교 3학년 1년에 휴학하
는 비운에 처하기도 하였습니다. 그러나 고향에 돌아가 농촌계몽운동이나,
4H 클럽활동 등은 지금도 소중한 체험으로 간직하고 있습니다. 그 아픈
경험으로 건강이 제일이라는 생각으로 무덕관 태권도장을 찾은 결과 나
중에 공인 3단을 획득하기도 하였습니다. 하지만 데모 '전과'가 신원조회에
걸려 훗날 행정고등고시 면접시험에서 탈락하는 단서가 될 줄이야 저로서
는 미처 예측하지 못하였지요.

행정고등고시 시험공부 중에 대구지방국세청 동대구 세무서에서 7급 공무
원으로도 봉직하였지요. 그러나 낙하산으로 내려온 유신 사무관의 품위
없는 언행이라든지 구태의연한 세정풍토 속에서 청렴·공정하게 살아가자
는 것이 신조인 제가 발붙일 곳이 못 된다는 생각이 불쑥불쑥 머리를 치켜
들었습니다. 저는 곧 소속 관서장이 극구 만류하는데도 그곳을 의원사직
하고 말았습니다.

1983년 서울대학교 석사과정에 입학하게 되면서 비로소 관념의 확립이라
할까, 새 세상에 대한 도전적인 웅지가 싹트기 시작한 셈입니다. 그리고 그
해 11월에야 드디어 행정고시 2차 본시험에 합격하게 됩니다. 이어서 3차
면접시험을 보게 되는데 통상적으로 가족관계, 취미 등을 묻는 장소가 아
닙니까? 그런데 면접시험관 중의 한 분이던 고려대 교수는 서류를 뒤적이
다 말고,

"운동을 했지요?"

"예. 우째 그리 잘 아십니까? 태권도를 했지요. 무덕관으로 입문하여 뒤에

공인 3단을 취득했지요."

면접관은 대뜸 큰소리로,

"그게 아니고, 나가시오."

순간, 저의 머릿속에는 그만 빨간 불이 섬광처럼 스치고 지나감을 어쩌지 못하였습니다. 나중에 알고 보니 고3 철없던 시절에 행했던 일로 경북경찰국 및 고향지서까지 6·3 한일 굴욕외교반대 시위 주동자로 기록되어 반체제 인사로 분류되어 있더군요. 이후 저는 오로지 학구에만 전념하여 석사과정 4학기를 전면 장학생으로 보낼 수 있었으며, 대학원생들로 구성된 '정우회(庭友會)'라는 친목을 도모하는 모임을 조직하기도 하였는데, 회원 모두가 행정부 등 각 분야에서 넓게 활동하고 있어 매우 든든한 마음을 금할 수 없습니다.

또한, 사회 각 분야에 대한 관심의 폭도 넓어져서, 서울대학교의 환경계획연구소의 프로젝트 수립에 참여하거나 환경청 학술논문집에 수 편의 논문이 채택되어 상을 받는 등 저술활동으로 분주하게 보냈습니다.

존경하는 K교수님

이상이 반생을 넘어 살아온 저의 진지하고도 처절한 삶의 일부분에 대한 술회입니다만, 이제 또다시 새로운 도전과 모험의 장을 찾아 새삼 변신을 꾀하고자 하는 중대한 고비를 맞으려는 이즈음에, 비록 생소하기 짝이 없는 분야이기는 하지만 특정연구 테마에 대해서만큼은 학문적인 시각에서 크게 접근 가능하리라는 자신감을 갖고 있습니다.

대학 연구기관이나 관공서에 봉직할 동안에 많이 느낀 일입니다만, 대학교수들은 그들이 '심사(深士)'이지 항간의 표현처럼 결코 '박사(博士)'는 아니라는 사실입니다. 그들의 논리라는 것이 오로지 외국의 저명한 학자들 견해나 사례들만을 인용함으로써 우리의 현실과는 동떨어진 주장을 되풀이하기가 일쑤여서, 예를 들어 서울시 산하 모 구청이 의욕적으로 실시한 '도시계획수립'과 관련한 심포지엄이 끝난 다음 당해 구청장이 말하기를,

"여러 선생님들의 고견은 매우 일리가 있기는 합니다만, 그러나 그걸 뒷받침할 예산이 허락해야지요…."

라고 아쉬움을 표한 것 등이 그 한 예라 하겠습니다.

그럼에도 불구하고 정부관서와 대학교수 간에는 아직도 이 같은 관·학협동(官學協同)의 공조체제가 지속적으로 이루어지고 있습니다만 그 결과 대학은 현실에 적용하기 적절하지 않은 편협된 논리만을 제시하는 데 그치고, 그 테마를 용역 준 정부나 정당이 재정과 시간을 쏟아 만든 제안된 서류뭉치는 결국 휴짓조각이 됩니다.

이제 와서야 마셜의 그 "나무의 논리가 반드시 숲의 논리와 일치하지 않는다."는 견해에도 어렴풋이 공감하게 됩니다. 하지만 정당이 그 같은 소비적인 행태를 계속할 수는 결코 없는 일입니다. 책임 있는 정당이라면 어떤 사안이 사회문제화되어서야 비로소 연구진이 달려든다는 것은 시기적으로나 효과적인 면에서 뒤처질 수밖에 없는 일이지요. 항상 미래를 예측하는 관점에서 한 발 앞당겨 정책을 입안하고 대처하는 자세가 아쉽다는 게 솔직한 저의 소견입니다.

K교수님!

저는 경제학이 주전공, 사회학이 부전공이라서 사회경제적인 전반에 걸쳐 보편적인 지식이 습득되어 있고, 일반직 공무원생활과 연구소의 연구경험이 다양하게 짜여 있어 숲의 견지에서 나무의 연구로 돌진할 수 있는 감각과 감수성과 성실성이 겸비되어 있다고 자부합니다.

그리하여 이번 통일민주당이 실시하는 정책전문위원의 공채시험에 응시하고자 하오니 부디 양해있으시길 바라오며, 앞으로도 변함없는 지도편달 있으시길 바라마지 않습니다.

1988년 6월 7일
박두익(朴斗翼) 삼가 올림

제 2 장

스타는 사라지다

청문회 스타

1988년 12월 9일.

지난달 11월 4일에 이어 두 번째 '일해재단(日海財團) 청문회'가 텔레비전으로 전국에 생중계되며 뜨겁게 달아오르고 있었다. 회의는 차수 변경을 한 끝에 속행하는 중이어서, 시간은 벌써 새벽 2시 반을 넘기고 있었다. 그럼에도 언제 끝날지 모를 상황이었다. 이틀에 걸치는 대장정인 것이다.

회의는 방금 평화민주당의 박실(朴實) 위원이 일해재단 초대 이사장을 지낸 최순달(崔順達) 씨를 상대로 막 신문을 끝내는 중이었다. 그러자 이기택(李基澤) 특위 위원장이 사회석에서 기다리고 있다가 마치 토끼를 낚아채는 맹금류(猛禽類)처럼 벌떡 자리에서 일어서더니,

"에에, 지금까지는 4당 간사 합의에 의해 네 명의 위원이 신문을 하였습니다만, 지금부터는 위원 각자에게 각각 10분간씩, 그렇게 해도 오늘 다 마칠 수 있을까 우려가 됩니다. 그러니 부디 시간을 지키셔서… 그러면 민주당의 김동주(金東周) 의원부터 신문하시기 바랍니다."

말을 마치고는 자기 자리에 앉았다. 기자들의 움직임이 분주해졌다. 다음 신문자는 청문회가 개시되면서 일약 스타덤에 오른 통일민주당의 김동주 위원인 것이다.

사회자의 말이 채 끝나기도 전에 김 위원이 얼른 마이크를 자신의

턱 앞으로 바짝 끌어당겼다. 청문회장의 마이크는 이미 특허를 얻어낸 자신의 소유였다. 일해재단 청문회는 지난달 4일에, 다른 어느 특위보다도 가장 먼저 문을 열었기 때문에 그는 이미 이 부문에서는 타인을 능가하는 노하우를 간직하고 있었다.

증인은 여전히 최 전 이사장이었다. 벌써 녹초가 되어야 했을 증인은 그러나 여전히 싱글거리고 있었다. 아마 그게 청문회 스타에게는 마뜩잖던 모양이었다. 곧 벼락 치는 소리가 회의장 안을 찌렁찌렁 울리기 시작했다.

김동주(이하 '김'): 증인! (처음부터 삿대질이다) 내가 증인의 거짓말을 다 듣고 있으려니까 가슴이 답답해서 중심을 못 잡겠어요. 귀하(갑자기 증인이 '귀하'로 바뀌었다)는 미국에서 박사 따고 왔죠? 박사 맞습니까?

최순달(이하 '최'): 예.

김: 또 전두환 대통령, 그러니까 군대 후배, 아니 고등학교 후배 하나 잘 두어 가지고… 그 덕분에 당신(또 호칭이 달라졌다. 청문회 스타의 전매특허다)이 체신부장관 지냈습니까?

최: …….

김: 하여튼 체신부장관 했지요?

최: 그 앞에 것까지 포함시키면 곤란합니다(무슨 말인지 모르겠다. 여전히 싱글벙글이다. 이게 아마 증인의 평소 표정 같다).

김: 아니 그러니까, 체신부장관 했지요? 전두환 대통령 밑에서….

최: 그렇습니다.

김: 좋습니다. (자신의 앞에 산더미처럼 쌓인 서류 중에서 한 장을 들어내면서) 증인은 전 국민이 이렇게 일해재단의 비리에 대해서 울분을 금치 못하고 있고, 지금 현재 올림픽 개회식보다 더 중계되고 있는 이 방송

을 많이 보고 있는데 (서울 올림픽은 이미 두 달 전에 폐회되었다) 증언대

나와서 한 마디의 양심의 가책도 느끼지 않고 뻔뻔하게 싱글싱글 웃

고 있는 이 태도, 이것이 바로 당신이 미국에서 따 가지고 온 박사

의 행동이냐, 이것부터 먼저 이야기를 하고… 우리 위원들이, 이 조

사위원들이 공부합니다! (또 서류뭉치를 들어 보인다) 지금부터 내가, 방

금 위원장께서 10분간의 여유를 주었기 때문에 10분 만에 당신에게

당신이 지금 위증을 한 것, 내가 한 다섯 가지만 딱 집어내겠습니다.

좋습니까?

최: 예.

김: 방금 우리 동료위원, 김동규 위원이 지금 화가 나서 병이 나 가

지고 있는데, 지금 김동규 위원이 당신이 언제 그만두었느냐 이렇게

하니까, 뭐라고 했습니까? 언제 그만두었어요? (일해재단 이사장직을 그

만둔 날짜를 묻고 있다)

최: 83년 3월달입니다.

김: 3월달이 아니에요! 당신은 양정모 회장을 그만두게 할 때, 85년 8

월 21일 수요일! 제4차 이사회에서 사임을 했어요! 여기에 대한 증거

는 조금 있다가 보여드리겠습니다. 또 하나, 왜 이렇게 했느냐, 나는

증인을 제가, 오늘은 증인을 상대로 답변(신문임)을 안 하려고 했어요!

엄청나게(이것도 전매특허다) 나쁜 양심을 가지고 있는 것이, 3월에 그만

둔 것하고 8월에 그만둔 것하고 엄청나게 다른 것이 있습니다. 뭐냐

하면, 지금 현재 증인이 조성희 보안사 육군 대령하고, 같이 두 사람

이 가방 들고 다니면서, 차트판 하나 들고 다니면서 강제모금한 액수

가 얼마인고 하면 369억이야! 그렇지요?

최: 아닙니다.

김: 아니라? 그래, 맞는 증거를 보여드리겠다, 이겁니다.

......

김: 그러면 거짓말한 증거에 대해서 하나하나 보여주겠습니다. (신문석에서 벌떡 일어나 성큼성큼 증인에게로 가자)

최: (깜짝 놀라면서) 김 위원님 말씀 믿겠습니다.

김: 아니, 어디 국회의원들을 그렇게 모욕하고 있어요? 이것이, 일해재단이 총 부지 매입한 것입니다. (서류대장 한 권을 펼쳐 보이며) 부지 매입할 때에 83년도에 현대 정주영 씨에게 돈을 준 게 아니고, 부동산 전매행위를 하기 위해 일해재단! 일해재단 맞지요?

......

한 보따리나 되는 복사물을 증인의 눈앞에 하나하나 펼쳐 보이며 "그렇습니다."라는 확답을 받고 나서야 그는 개선장군처럼 보무도 당당히 자신의 자리로 돌아왔다. 그동안 그는 몇 번이나 회의장을 힐끔힐끔 둘러보곤 했다.

다시 자리에 앉자마자 이어지는 호통!

김: 그래서, 제가 마지막으로 부탁하겠습니다. 제발 연세가 많은 분이 아무 자리나 감투 주거든 받지 말고, 도장을 조심해야 합니다. 알겠지요?

최: 알겠습니다.

김: 그리고 또 하나, 이 자리에서 온 국민에게 죄송하다고 사과하세요!

최: 정말······. (차분한 목소리로 사과의 말을 시작한다)

그러나 청문회 스타는 이미 자신의 차례가 끝났다고 여기고 있었다. 우격다짐과 모진 닦달 끝에 증인에게 대(對)국민사과를 하게 만들었는데도 그는 증인의 사과말은 하나도 들으려 하지 않았다. 대신 자신의 말마따나 주위의 '동료위원'들을 의기양양한 표정으로 둘러보며,

"여기 증거(물)가 다 있는데도 말이오…."

하면서 의자 등받이에다 상체를 깊숙이 파묻는 것이었다.

'때리는 시어미보다 말리는 시누이가 더 밉다'라는 말이 있다. 그날 밤 사회자(이기택)의 어투가 꼭 그랬다. 다시 사회 마이크를 넘겨받자마자,

"신문도 잘했지만, 시간도 딱 10분 잘 맞추시고…."

여소야대 상황하에서 3당이 똘똘 뭉쳐 집권당인 민정당을 밀어붙인 결과 어렵사리 길을 터 낸 청문회였다. 이 나라 의정사상 최초로 선을 보인 청문회로 해서 온 국민은 텔레비전으로 중계되는 '먹고 먹히는' 입싸움을 시청하느라 밤잠을 설쳤다. 그리고 11월 4일부터 다음 달 14일까지 장장 40여 일 동안에 걸친 5공 관련 청문회 덕분으로 몇 명의 '스타'가 탄생하였는데, 방금 최순달 씨를 상대로 멋진 어퍼컷을 먹인 김동주 의원도 그중의 하나로 손꼽히고 있었다.

신당돌풍(新黨突風)

　김동주 의원은 그때 재선(再選)이었다.

　1944년생으로, 청문회 당시 겨우 마흔 살을 갓 넘긴 그가 시절이 하좋다 보니 어른 아이 할 것 없이 아무 증인에게나 대놓고 '여보!'니 '당신!'이니, 혹은 어르고 뺨치는 식의 '귀하!'를 마음껏 내질러댈 수가 있었다. 그러니 어린아이들까지도 국회의원이란 직업이야말로 한 번쯤은 해먹어도 좋은 것이라는 비아냥이 나온 것도 무리가 아니었다.

　고등학교나 대학교는 어디를 나왔으며, 더구나 전공은 무엇인지 통 아리송한 채로, 다만 그의 최종학력이 '부산대학교 경영대학원'이고, 그리고 그곳을 거쳐 간 모든 수료생을 한데 묶어 자신이 '총동창회장'을 하고 있다는 사실만을 유독 강조하고 있는 수작이 퍽 미심쩍기도 하다. 무슨무슨 대학의 '경영대학원' 과정이라면 보나 마나 하다는 게 시중의 파다한 항설이 아닌가.

　대학원을 수료한 해가 1973년이고, 그리고 그의 고향인 양산군에서 얼핏 보면 무슨 보훈처의 산하기관이기라도 한 것처럼 오해하기에 십상인 '양산군 원호가족 후원회장'이라는 다 떨어진 감투를 쓴 해가 1980년도니까, 그 사이 7년 동안의 그의 행적이 도무지 홍길동 뺨을 올려쳐도 할 말이 없게 되었다. 그리고 그 두 해 후에는 '신사당(新社黨)'이라는 군소정당의 부총재가 된다. 그 덕분에 마을 영감들로부터 황

공하게도 '김 총재'라는 호칭을 얻어 걸친다.

그럼에도 그는 제10대와 11대, 두 총선에서 거푸 낙선한다. 제10대 총선에 입후보한 것은 그가 부산대 경영대학원에 적을 두고 있던 때였다. 그때 그의 나이 서른셋이었으니, 정치병에 걸린 병력(病歷)도 그러고 보면 꽤 만만찮다 할 것이다. 그런 위인이 1985년도에 실시된 '2·12 총선'에서는 어떻게 터억하니 금배지를 달게 되었을까. 참으로 기가 찰 일이고, 이런 걸 보면 유권자도 눈이 멀지나 않았던가, 의구심이 들 정도다.

그 경위를 보면 실로 가관극치다.

'2·12총선'을 가리켜 국내언론들은 앞다투어, 그래 1년을 통틀어 국내외 10대 뉴스 중에서도 첫손가락으로 꼽기를 주저하지 않았었다. 동아일보사가 발간한 1986년도판 『동아연감(東亞年鑑)』은 이를 두고 '분명 우리 선거사상 유례를 찾기 힘든 이적'이라고 서슴없이 묘사하고 있다.

'이적(異蹟)'은 '기적(奇蹟)'과는 다르다. 사건 자체가 '기이하게 전개된 것'이라는 뜻. 아마도 이변(異變)이라 할 것을 근엄한 유권자의 선택을 두고 하대(下對)하기가 어려워 급히 신조(新造)한 것 같다. 어떻든 양산군 원호가족 후원회장이 금배지를 달게 되었는가에 대해 알아보기 전에, 그 '이적'을 먼저 살펴볼 필요가 여기에 있다.

때는 1985년 그러니까 박정희(朴正熙) 육군소장이 탱크와 '반공을 국시의 제일의로 삼고…' 하는 혁명공약을 앞세우고 중앙청을 점거한 때로부터 무려 4반세기가 흐른 시점이었다. 그때쯤이면 아무리 수퇘지 신경을 가진 위인들이라도 군사독재니 장기집권이니 하는 것들에 대해 조금씩은 혓바닥을 내두를 때도 되었다. 그리고 다시 박정희의 수제자인 전두환 장군이 한창 서슬 시퍼런 권력을 무소불위로 마구 휘두르고 있을 때였다.

그 무렵 국내에서는 사건이 계속 터지고 있었다.

제주도에서는 군용기가 추락하여 53명의 애꿎은 군인들이 비명에 갔고, 반미사상이 고개를 쳐들면서 최기식(崔基植) 신부 등 5명이 부산 미문화원에다 불을 질렀으며, 의령경찰서에서는 술 먹은 순경이 총기를 난사하여 5개 마을 주민 58명의 목숨을 앗았으며, 어느 경찰 간부는 김근조(金根祖) 한일합섬 이사를 폭행으로 치사시켰고, 신흥사라는 절에서는 승려가 살해당하는 괴변이 발생하는가 하면, 대도(大盜) 조세형이란 자가 탈주하여 신출귀몰한 행각을 벌인 것도 다 이 무렵의 일이었다. 더욱이 KAL기가 소련 전투기에 의해 격추되면서 269명이나 되는 인명이 수장되었는가 하면, 동남아 6개국을 순방 중이던 대통령 일행이 아웅산에서 북한 공작원들이 장치한 폭탄 세례를 당하는 액운도 빼놓을 수 없다.

그렇다고 나쁜 일만 계속해서 일어난 것은 결코 아니었다. 교황 요한 바오로 2세가 난세의 한국을 방문한 것도 이 무렵이었고, 서울 지하철 2호선의 완전 개통을 본 것도, 마라토너 이홍렬(李洪烈) 선수가 2시간 15분 벽을 돌파하고, 여류 알피니스트인 김영자(金英子) 양이 안나푸르나 봉 등정에 성공하고, 이제 앞으로 3년쯤 남은 서울 올림픽 개막식을 위해 성급하게도 주경기장을 완공하는 '빨리빨리' 시범도 빠뜨리지 않은 것 등은 실로 유난히도 스포츠를 좋아하는 인종을 즐겁게 만든 반갑기 그지없는 뉴스들이었다.

그러나 학생들이 가만있질 못했다. 총선 전해인 1984년 4월 들어 전국 99개 대학 가운데 절반이 넘는 50개 대학이 반정부시위에 가담하고 있다는 보도는 공부나 해야 할 학생들을 거리로 불러 내놓은 형편에서, 나라의 장래를 걱정해야 하는 차원에서는 정말 웃어야 할지 울어야 할지 통 분간이 안 가는 대목이기도 했다.

이래서는 안 되었다.

이래서는 나라 장래가 말이 아니었다.

그래서 전두환 정권은 큰마음 먹고 세 차례에 걸쳐서 정치 피규제자들을 풀어주기로 하였을 것이다. 그 세 번째의 해금(解禁)이 바로 '2·12 총선'을 불과 한 달 열흘 앞으로 두고 있던 1984년 11월 30일이었다. 그 시기가 너무 나빴나? 3차 해금자들이야말로 뻔히 감옥에 갈 줄을 알면서도 조석으로 반정부시위를 해댄 인사들이고 보면, 그것도 더욱이나 총선을 한 달여 앞둔 상황에서는 가만 안방에만 틀어박혀 있을 리가 만무 아닌가. 그리하여 3차 해금으로 풀려난 구 신민당 출신 전직 국회의원들이 양김(兩金: 김영삼·김대중)의 지원을 받으며 똘똘 뭉쳐 만든 당이 바로 신한민주당(新韓民主黨: 약칭 신민당)이었다.

> "우리는 인간의 존엄성과 천부의 기본권리가 보장되고, 자유롭고 개방적이며 다양한 분위기 속에서 국민의 창의력이 발휘될 수 있는 진정한 민주주의를 조국에 정착시켜야 할 역사적 사명감에서 오늘 이 자리에서 신한민주당의 창당을 내외에 엄숙히 선언합니다."

이게 바로 서울 앰버서더 호텔에서 500여 명의 대의원이 운집한 가운데 내외에 널리 공표된 창당선언문의 요지였다! 그것도 경찰 병력과 정보원들이 호텔 주변을 몇 겹으로 둘러싸고 있는 삼엄한 경계 속에서랴! 어찌, 오로지 민주화만 열망하고 있던 4천만 국민의 눈이 번쩍 안 뜨일 재주가 있을 것인가.

이날 신한당은 창당준비위원장직을 맡았던 이민우(李敏雨) 씨를 총재로, 김록영(金綠永)·이기택(李基澤)·조연하(趙淵夏)·김수한(金守漢)·노승환(盧承煥) 씨 등 5명을 부총재로 추대함으로써 겨우겨우 당의 골격을 갖추었다. 그리고 앞으로 25일 후면 곧 총선일이었다. 그야말로 오줌 누고 뭐 볼 여유도 없는 그런 화급한 상황이었다! 미처 당직자를 임명 하지도 못한 상황에서 스타트 총성을 들은 꼴이었다. 그래서 김재광 (金在光) 씨를 본부장으로 한 선대본부(選對本部)를 서둘러 구성하는 한 편, 선거관리위원회에다가는 정당 등록에 필요한 서류를 함께 들이미 는 촌극을 연출했다.

그러고 나니 어느덧 총선이 하루 앞으로 다가와 있었다. 집권 민정당 은 아마도 이 점을 노렸을 것이다. 이 날짜면 절대로 당 골격조차 갖추 지 못할 것이라고. 하지만 그게 오산이었다. 국민의 민주화 열망을 과 소평가한, 너무도 우매한 계측(計測)이었던 것이다.

- 대통령 직선제 개헌 달성
- 국정감사권 부활
- 지방자치제 전면실시
- 언론기본법 폐지와 노동관계법 개폐

등의 선거공약이 미처 다듬어지지도 않은 채 나붙었다.

한쪽에서는 지구당 창당대회를 열랴, 다른 쪽에서는 후보 등록하랴, 그야말로 몸이 다섯 쪼가리가 되어도 모자랄 판이었다.

그 같은 사정을 모를 국민이 아니었다. 후보자의 인품보다는 당을, 학력이나 경력보다는 외치는 선거구호가 더 솔깃한, 민주화에 목이 마 른 어진 백성들이었다. 후보자가 누구이든 신한당 소속이라면 무조건 동그라미를 찍어주는 그야말로 '이적'이 일어난 것이었다.

투표함을 열고 보니 실로 가관이었다.

전국 92개 지구당 중에서 신한민주당 소속 후보자가 대도시를 휩쓰는 돌풍을 일으키면서 무려 50명의 당선자를 내는 이변을 연출한 것이었다. 거기에 전국구까지 보태니 무려 67개의 의석이 확보되었다. 이것은 전대(前代)의 제1야당이던 민주한국당(民主韓國黨)을 제쳐내고 자리바꿈을 하는 글자 그대로 환희와 기쁨의 대성공인 것이었다. 참으로 눈물겨운 일이었다.

'이적'은 거기에서 그치지 않았다. 신한당은 그로부터 얼마 지나지 않아 민한당(民韓黨)을 사실상 흡수함으로써 의원 정수 102명이라는 거대야당으로 변모하였으니 말이다(이 총선에서 민정당은 92개 지역구 중 5개 지역에서 낙선, 87명의 당선자를 내었으며, 전국구 61개석을 합쳐 총 148석의 의석 분포를 보였다).

제12대 총선 결과를 놓고 '신당돌풍'이니 '선거를 통한 시민혁명'이니 하는 등의 수식어가 만발하였지만, 신한당이 거대야당으로 부상하게 된 데에는 그만한 배경이 있다고 보는 게 옳을 터였다. 먼저 체제 내에 안주해 온 제도권 정당에 대한 국민의 회의감과 반발심을 들 수 있을 것이고, 이와 함께 자생야당(自生野黨)이라는 싱그러운 깃발을 높이 치켜든 신당에 대한 기대감에다. 오로지 정치가 제대로 굴러가려면 야당다운 야당이 있어야 한다는 국민적 여망이 집권당의 카운터 파트너를 바꾸는 상황으로 나타났던 것이다.

공갈 국회의원

어찌 되었건, 정치 초년생에 불과한 김동주 후보가 금배지를 달 수 있었던 것은 두말할 것도 없이 그 같은 '신당돌풍'이 크게 작용한 덕분이었다. 그래도 그는 '명색이 국회의원이요(최순달 씨에 대해 명색이 박사라는 말에 빗대어), 당당히 여의도로 진출한 정치인' 가운데 하나였다.

하지만 궁금한 게 딱 한 가지 있다. 과연 어느 누가 양산군의 원호가족 후원회장에 불과한 그에게 덜렁 '신한당 경남 제8지구당(양산) 위원장'이라는 자리를 넘겨주었는가 하는 점이다. 멀리 호남평야를 관장하고 있는 DJ일 수는 절대로 없다. DJ는 그때까지도 '말상(馬相)'인 그의 존재를 전혀 알고 있지도 못했다. 그렇다면 이른바 PK의 대부인 YS일까.

그건 결코 정당한 추측이라고 볼 수 없다. 왜냐하면 3당 합당이 있고 난 직후 일약 청문회 스타가 된 그는 '민주자유당(民主自由黨)'의 당직 인선이 한창일 때, 무엄하게도 대표최고위원(YS)실로 찾아가 자신에게 '제1사무부총장' 자리를 배정하지 않으면 몇몇 패거리를 데리고 등지고 말 것이라는 '공갈'을 탕탕 쳐대기까지 하였으니 말이다.

"총재님(그는 아직도 거대여당의 대표최고위원이 된 YS를 이렇게 불렀다), 이번 당직 배분에서 말씀이죠…"

동안(童顔)의 주인공인 YS는 무슨 말인가 하고 멀거니 청문회 스타를 올려다보았다.

'그래서?'

입을 열지는 않았지만 표정이 그랬다.

이 친구가 언제부터 국회의원인가. 합당 전에는 당 운영위원에다, 국회 내무위와 건설위 간사에다, 오늘날 스타덤에 오르기까지 '국회 5공 비리조사 특별위원'이라는, 나는 새도 떨어뜨릴 정도의 감투를 몇 개씩이나 씌워주었지 않았던가. 그래서 간덩이가 부어버린 것인가.

"이번 당직자 인선에서 저를…."

"그래서?"

동안에 미소가 번져나고 있었다. 그러나 그 내면이 무섭다.

"저를… 적어도 제1사무부총장쯤으로 임명해 달라구요."

"그거 갖고 되겠나?"

YS는 여전히 미소를 지우지 않고 있었다.

"마, 그 정도면… 그래야만 앞으로 총재님을 계속…."

다른 사람 같았다면 벌써 재떨이가 날아가고도 남았을 것이다. 그러나 '인사가 만사'라는 철학을 가진 YS는 그러지 않았다. 결코 언성을 높이지도 않았고 화를 내지도 않았다. 그저 알았다고만 고개를 끄덕여주었을 뿐이었다.

YS는 매우 한탄했다. 벌써 삐긋날 조짐이 분명했다. 자신을 파악하지 못하면 그때는 모든 게 끝장이다.

컸구나— 너무 컸어— 아니, 아직 멀었어!

돌아서서 나갈 때, 흔들거리는 어깨가 복도를 더욱 비좁게 만들고 있는 것 같았다. YS는 가만히 한숨을 내쉬었다.

그렇다면 의심이 가는 사람은 딱 하나뿐이다. 최순달 씨에 대한 신문을 마치자마자 엄정중립을 지켜야 할 사회자가, 그것도 전국적으로 텔레비전으로 중계되는 상황에서 '신문도 잘했지만 시간 지키기도 만점이었다'라는 식으로 치켜세워주는 일이 과연 합당한가라는 대목이 바로 그 물증의 하나다.

　의심이 가는 대목을 들자면 어찌 그뿐이랴. 어쨌든 왕년의 청문회 스타는 금배지가 날아가고 쇠고랑을 차는 것으로 귀결되었던 것이다.

쇠고랑 찬 청문회 스타

그러나 공갈을 업으로 삼는 위인이 공갈로 망하는 것은 인간사에서 다반사로 보아오는 터다. 그것은 역사가 냉엄하게 증언한다. 사필귀정(事必歸正)이요, 인과응보(因果應報)라는 말도 있다. 이것은 그에게 딱 맞는 교훈이었다. 왜냐하면 기세등등하게 '5공 비리'를 파헤치던 전문가가 바로 '비리'를 폭로하겠다며 기업가를 협박하다가 결국 '비리' 때문에 그 자신이 법정에 서는 비운에 처하였기 때문이다.

비로소 청문회 스타의 추락이 시작되었다. 그의 추락을 재촉한 것은 '수서사건'이었다. 수서(水西)란 강남에서도 남쪽으로 아주 치우쳐 있는 자연녹지지대였다. 게다가 군부대가 주둔하고 있어서, 때문에 일류 투기꾼들도 침만 흘렸지 좀체 엄두를 내지 못하는 그런 개발 불가능의 땅이었다. 만약 그걸 해제할 수만 있다면 엄청난 이익이 보장된다. 그런 땅에 벌써 손을 댄 야심가가 있었다. 바로 한보그룹의 정태수(鄭泰守) 회장이었다. 그는 어떻게든 이곳의 형질을 변경시켜 다시 한번 더 대단위 아파트단지를 조성해 보겠다는 야심찬 계획으로 소매를 걷어붙였다. 배포 크기로는 장백산(長白山)을 찜쪄먹을 위인이었다.

일찍이 아직도 개발바람이 불기도 전인 1960년대 중반에 강남구 대치동 너른 땅을 일구어 그곳에다 한 동(棟)에 자그마치 100여 가구가 입주할 수 있는 12층짜리 아파트를 무려 30개 동이나 지어 세상을 놀라게 했던 그였다. 반반한 땅뙈기만 보면 다짜고짜 말뚝부터 박고 보는 그런 불같은 개척정신의 소유자였다. 만약 그가 서부개척시대에 아메리카에 있었다면 틀림없이 록펠러나 카네기를 능가하고도 남을 억만장자가 되었을 것이다.

그런 그가 수서지구를 보니 군침이 안 돌 수가 없었다. 그래서 록펠러 아닌 '정펠러'는 두드리기만 하면 문은 열리는 것이라고 확신하고 슬금슬금 세종로 1번지 부근을 어슬렁거리기 시작했다. 그러다가 운 좋게도 북악산 자락에서 문화·체육담당 비서관을 하는 장병조(張炳朝)라는 사람을 만났다.

정펠러는 뻔질나게 장을 불러댔다. 장으로 말하자면 현직에 서슬 시퍼런 청와대 비서관이지만, 돈이 궁하면 아버지도 팔아먹을 위인이어서 정펠러가 찔러주는 몇 푼의 돈에 꿀맛을 본 지 이미 오래전이었다.

"이봐, 장 비서관. 용돈이 궁하면 언제라도 말하라구."

이제 정펠러가 말을 탕탕 놓는 처지가 됐다. 이미 아버지를 팔아먹고 난 후레자식이었으니까. 만날 때마다 돈 봉투 받는 재미도 쏠쏠했다.

"아이구, 아버님!"

넙죽 꿇어 절까지 올린 장이었다.

"아, 뭘 그까짓 거 갖고 그래? 으흠."

며칠 동안 돈으로 구슬리고 난 다음, 그때부터 정펠러는 이미 아버지를 팔아먹은 후레자식을 윽박지르기 시작했다.

"아, 청와대 비서관이면 제일이냐? 그래, 노태우가 물러나도 비서관이라는 쪼가리가 밥 먹여준다던?"

"아이구, 무슨 말씀을…."

"그러니 머뭇거리지 말구 얼른 한탕 건지기나 하라구."

"아이구, 그런 게 있습니까?"

또 혹시 여자나 붙여줄까 싶어서 눈이 휘둥그레진 체육관 사범 출신이었다.

"사실은 수서라는 데에다가 말야. 내가 진작부터 주택을 지어보기로 했는데 말야. 조합까지 만들어 미리 분양까지 해주었는데 그게 어찌…"

"아니, 아버님이야 집 지어 파는 게 본업이시지 않습니까?"

"그건 자네 말이 맞아."

"그런데 무슨 문제 될 게…?"

도장에서 아령이나 만지고 바벨이나 주무르던 체육관 출신이라 주택 건립에 관련한 행정절차를 알 까닭이 없다. 그래서 굶어 죽는 한이 있더라도 사람은 배우고 봐야 한다는 말이 생겼을 것이다. 도대체 야구 방망이나 권투 글러브가 평생 밥을 먹여줄 리는 만무 아닌가.

"그러게 말야. 그런데도 여태 택지 특별공급허가가 나오지 않으니 이거야 원! 내 평생 집을 짓고 먹고 살아온 처지지만, 요놈의 6공이라는 것은 도대체 되는 것도 없고 안 되는 것도 없단 말씀야."

정펠러가 속이 상한다는 듯이 위스키를 홀짝 마셨다.

"하긴… 우리 영감(노태우)이 워낙 갑갑하셔서…"

우선은 아버지 심사부터 편하게 해주어야 옳을 일이었다. 그래서 시중에서 한두 번 들어본 '상전'에 대한 비아냥을 은근히 비쳐 본 것이다.

"그래서 물태우라고도 그러지."

"어떤 사람들은 NO 태우라 그러던데요?"

아귀가 척척이고, 죽이 척척 맞아들기는 더 이상 짝이 없을 지경이었다. 말 그대로 그 사람에 그 위인이었다.

"그래서 하는 말인데… 자네가 힘을 좀 써주게."

정펠러가 상체를 바짝 앞으로 끌어당겼다.

"물론입죠. 그런데…?"

"입주자들이 이 나를 순전히 사기꾼이라고 하도 아우성을 치니…그러니 자네가 관계기관에 압력을 좀 행사하여… 또 청와대 민원실에 서류도 넣어두었으니 그것도 좀 처리해 주고… 정책에도 반영되도록…"

하도 여러 가지의 주문이 잇따르자 기껏해야 체육관 사범 출신에 불과한 장은 그만 도대체 무슨 말을 어떻게 들었는지 통 기억할 수가 없었다. 다만 청와대 민원실 어쩌고 하는 말만 머릿속에 남았다. 그거야!

"예, 아무 염려 마십시오. 문제없습니다!"

장도 위스키잔을 홀짝 비웠다. 이것도 역시 꿀맛이었다!

먹물이 모자라고 가방끈이 짧으니 대답이 그렇게 수월하게 나왔을 것이다.

"사실은 청와대에서도 민원서류를 보고 검토를 지시했었다네."

그건 사실이었다.

그러잖아도 '주택 200만 호 건설'을 선거공약으로 내걸었던 6공 정부가 아닌가. 그런 판에 무주택자들이 주택조합이라는 것을 결성하고 집을 지어야겠다고 아우성이니 마냥 모른 체하고 내버려둘 수만도 없었을 것이다. 그래서 수서지구의 택지공급방안이 가능한지를 검토하라는 지시를 내렸던 것이다. 체육관 사범이 이 사건에 개입하기 전인 1989년 2월 중순께의 일이었다.

위스키로 얼굴이 벌게진 체육관 사범에게 정펠러가 또 봉투 하나를 건네주었다. 묵직했다. 손바닥 감촉으로 어림해 보니 5천만 원은 너끈한 것 같았다. 이게 벌써 몇 번째인가. 입이 찢어질 판이었다. 이로써 그는 모두 2억5천만 원을 받아 챙긴 셈이었다.

그때부터 그는 정말 정펠러를 위해 백방으로 뛰었다. 그러나 그게 화근이었다. 그 소문이 안 번질 리가 없었다. 신문이 먼저 냄새를 맡았다. 입주는커녕 착공도 되지 않으니 조합회원들이 가만있을 리 없었다. 그래서 요로에다 투서도 하고 언론에도 제보를 했다. 심지어는 청와대가 개입되어 있다는 흉흉한 소문도 잇따랐다. 그래도 노태우 대통령은 아무런 지시를 내리지 않았다. 이게 그의 장기였다. 민심은 더욱 흉흉해졌다. 이제는 더 이상 침묵만 지키고 있을 수가 없었다.

그리하여 지금껏 1년도 넘게 끌어온 수서문제를 특별감사하라는 지시를 감사원에 내렸다. 대번 서부개척자가 붙들려왔다. 그의 입에서 돈을 먹은 나리 명단이 줄줄이 나왔다. 이원배(李元湃: 평민당 건설위 간사)·김태식(金台植: 평민당 경과위 소속 의원)·오용운(吳龍雲: 민자당 건설위원장)·이태섭(李台燮: 민자당 교체위 소속 의원) 등이 영광굴비 두름처럼 뚜르르 꿰어졌다. 물론 그 끄트머리에는 체육관 출신 사범과 이규황(李圭煌) 건설부 국토계획국장까지 엮여 있었다.

그런데 참으로 기이한 일이 벌어졌다. 도대체 수서사건과는 아무런 관계도 없는 '청문회 스타'가 검찰청 피의자실 한 귀퉁이에서 말상 얼굴을 푹 꺾고 있는 게 아닌가.

기자들이 우르르 몰려갔다.

"아니, 이거 청문회 스타가 웬일로?"

짓궂은 D일보 기자가 손가락으로 청문회 스타의 턱을 추켜세웠다. 예뻐서가 아니라 카메라나 잘 받으라는 의도에서였다.

"이거 어인 일요?"

다른 기자들도 달려왔다. 법석이었다.

"……"

청문회 스타는 입도 벙긋하지 않았다.

"어인 일이냔 말요?"

"……"

스타는 체신이 중요했다. 그렇다고 끝까지 침묵으로만 일관할 수는 없는 일이었다.

"이건 정치적인 보복이오."

어쩐지 기어들어가는 목소리였다.

"정치보복이라구요? 아니, 누가요?"

"나중에 밝혀질 거요."

한숨을 푹 쉬었다. 여전히 모기소리처럼 가늘었다. 그건 참으로 이해하기 어려운 일이었다. 정치적인 보복을 받고 있다면 이처럼 모기소리를 낼 턱이 없는 것이다.

두 해 전, 한창 청문회장을 비집고 돌아다닐 때는 그렇지 않았다. 말상인 얼굴을 치켜들고, 두 눈을 부라리고 홉뜬 채, 가느다란 입술 속의 세 치 혀로 허다한 전직 고관대작들을, 허다한 기업총수들을 안하무인격으로 호통쳤던 우렁차기 그지없던 음량(音量)이 아니던가.

그때 한 기자가 분위기를 아주 망쳐버렸다.

"그게 아냐. 정치보복이 아니라구."

J일보 사회부 기자였다.

"아니라니?"

"정태수를 공갈쳐 3천만 원을 뜯어낸 혐의야."

"수서 비리로다가?"

"아냐, 아산만이야."

"아산만?"

"아, 한보철강이 아산만 매립공사허가를 받아 지금 한창 불도저로 바다를 메우고 있지 않은가?"

"그렇지."

"정태수를 조사하다가 터져 나온 건데… 저 양반이 (수갑을 찬 채 포승에 칭칭 동여매진 청문회 스타를 가리키며) 정태수를 호텔로 불러내 커피는 마시지도 않고, 아산만 공사허가를 득하는 과정에서 비리가 있다며 폭로하겠다고 협박했다는 거야."

"그럼 그건 공갈죄에다 특가법 위반인데."

그러자 한 기자가 중얼거렸다.

"비리 좋아하다 저 꼴이 됐어. 쯧쯧."

사방에서 낄낄거리는 비웃음 소리가 요란했다.

그럼 이제 이야기를 다시 원점으로 돌리기로 하자.

제 3 장

정책전문위원의 빛과 그림자

토지정책 세미나 개최

1989년 6월 중순.

나는 그날 전문위원실에서 한창 새 법안의 성안작업(成案作業)에 몰두해 있었다.

통일민주당에는 외무 통일·법사·국방·행정·노동·보사·농수산·재무·건설·상공·동자·경제 등 10여 개 부문에 모두 14명의 정책전문위원이 포진하고 있었다. 나는 그중에서 재무 및 건설부문을 전담하고 있었다.

영남대학교에서의 전공은 '경제학'이었으나, 서울대학교 환경대학원으로 진학하면서 도시계획학에 깊이 빠져들었다. 그러나 그중에서도 특히 사회·경제 분야에 매우 애정을 갖게 되었다. 「우리나라 환경시설 투자의 경제적 타당성 분석에 관한 연구」 논문으로 석사학위를 받았는데 이 분야의 접근이 국내 석·박사 학위 논문을 통틀어 유일하였기 때문에 이 논문 요지가 훗날 국회의원 여러 명이 낙동강 페놀 현장 방문 후 출간한 백서에 게재되었고, 서울대학교 행정대학원 학생들에게도 강의 되었다.

앞에서 잠시 언급한 바 있지만, 나는 공채시험으로 통일민주당에 입당했었다. 시험은 필기시험과 김영삼 총재 면접시험으로 나뉘어 시행되었는데, 참고로 당시 통일민주당이 실시한 전문위원 공채시험에 출제된 문제를 열거해본다.

※ 다음 문제 중 하나를 선택하여 논술하시오.
1. '정치발전은 사회부문의 다양한 이해대립을 체제 내에서 조정·수용
   하는 능력을 가지는 것을 포함한다.'에 대하여 논하라.
2. '통일문제는 민주정부에 의한 국민적 동의에 바탕을 두어야 한다.'에
   대하여 논하라.
3. 소위 반민주 악법의 개념과 실정법의 한계를 논하라.
4. 휴전협정을 평화협정으로 바꾸는 문제에 대하여 논하라.
5. '농업부문은 비교우위론의 시각에서가 아니라 낙후산업 보호의 관점
   에서 다루어야 한다.'에 대하여 논하라.
6. '우리나라 경제발전 과정에서 볼 때, 정부는 경제효율로부터 사회형
   평에 맞는 방향에로의 투자에 중점을 두어야 한다.'에 대하여 논하라.
7. 산별노조제도와 기업노조제도의 장단점과 우리나라 실정과의 연관
   성에 대하여 논하라.
8. 우리나라 대중정보매체의 공익성 제고문제를 논하라.
9. 사학에 대한 국고지원의 찬반 의견을 논하라.
※ 공통문제: 민주화 과정과 정당의 역할

출제위원은 응시자들에게 문제를 일일이 받아 적도록 했다.

위 아홉 가지의 논술문제 가운데 내가 선택한 문항은 두말할 필요
도 없이 여섯 번째의 '한국의 경제발전'과 관련한 것이었다. 나는 이 문
제를 끈질기게 물고 늘어졌다. 그러다 보니 당연히 경제와 관련되는
도시문제라든가 환경보전문제가 언급되지 않을 수 없었다.

심사위원들은 나의 논술주제를 매우 높이 평가한 것 같다. 그 답안
지가 당 정책심의회를 이끌고 있던 황병태 의장의 눈에 띄었던 모양이
었다. 나중에 정책의장 보좌관에게 들은 이야기지만, 필기시험에서 1

등을 하였고 김영삼 총재 면접에도 가장 좋은 점수를 받았다고 한다.

면접시험장에서의 YS는 이렇게 물었다.

"경력도 다채로운 박 선생이 왜 험난한 야당가를 지원하게 됐지요?"

"예, 고등학교 재학시절 6·3 데모 주도 후유증으로 학교를 1년 휴학한 이래 반골기질이 생기게 되었고, 이 자리에 서게 된 것은 자연의 섭리 아닙니까?"

합격통지를 받고 난 다음 입당에 필요한 구비서류를 들고 당사를 찾아간 나를 본 황 의장은 다짜고짜, "내일부터 출근하도록 하시오."하고 분부했다.

그날은 7월의 마지막 날이었다. 그러므로 황 의장의 '내일'은 곧 8월 1일을 의미했다. 이것은 의외의 일이었다. 정책전문위원으로 입당이 결정된 사람들은 모두 9월 1일에 출근하기로 되어있었으니 말이다. 황 의장의 분부를 들으면서도 나는 그 영문을 몰랐다.

"네?"

반문할 수밖에 없었다.

그때까지만 해도 나는 황 의장이 당 고위당직자라는 것만 알고 있을 뿐, 정작 무슨 직함을 가졌는지에 대해서는 전혀 알고 있지 못했다. 궁금했지만 함부로 입을 열 계제도 아니었다.

어쨌든 기분은 나쁘지 않았다. 첫째로, 이제부터는 내가 하고 싶은 연구를 얼마든지 마음껏 할 수 있게 되었다는 점이다. 더구나 앞으로 수행할 일들이 마침내 나라의 발전이나 개혁에 크든 작든 기여하게 된다. 할 일 없이 시간만 축내느니 앞으로 신명을 바쳐 일해야 할 전쟁터에 하루라도 일찍 뛰어들어 이곳 분위기에 적응하는 것도 나쁘지 않다는 생각이 들었다.

이 세상에서 가장 보람되고 만족할 일이 무엇인가. 그것은 자신이

하고 싶은 일을, 하고 싶은 곳에서 마음껏 몸을 던져 수행하는 게 아닌가. 그리고 연구를 계속하는 만큼 결과는 곧 실적으로 나타날 것이다. 이보다도 더 복된 일이 과연 어디에 있단 말인가.

황 의장이 계속했다.

"지금부터 박 위원이라고 부르겠소. 어차피 전문위원으로 입당이 결정되었으니까요."

"감사합니다."

"박 위원이 제출한 전문위원 입문 동기를 밝힌 자기소개서를 잘 읽었소. 아주 흥미롭더군요."

"고맙습니다."

고매한 인품과 품격 높은 학문을 쌓은 학자로부터 칭찬을 받는 것은 싫지 않았다.

"박 위원의 주전공은 경제학이고 부전공은 사회학이었던가요? 그래서 내가 특별히 부탁하는 거요. 전공과는 조금 다를지 몰라도 박 위원이라면 얼마든지 해낼 수 있을 것 같아서요."

"무슨 일이신데요?"

"토지에 대해서 한번 연구해 보시오."

"열심히 해보겠습니다."

바삐 서두르는 것을 보니 틀림없이 중요한 이슈가 있구나.

"우리 정책심의회 주관으로 '현행 토지정책에 대한 문제점과 정책방향'이라는 주제로 정책세미나를 개최하기로 되어 있어요. 날짜도 잡혀 있구요."

"……."

"다음 달 29일이오. 그런데 아직도 우리나라에는 토지정책과 관련한 법안이 하나도 정립되어 있질 않소. 그 때문에 부동산투기도 근절되지

않는다고 봅니다. 아니 우리 당은, 근원적으로 땅투기를 근절시켜야
한다고 보고 있소. 그래야만 경제정의도 실천될 것이라고, 이것은 총재
님의 의지이기도 합니다. 그러나 그보다도…."

"……."

"우리 당은 앞으로 정치투쟁보다는 국가정책을 주도하는 정책정당,
국민의 복지와 이익을 증대시키는 책임정당, 그리고 차기 정권의 창출
과 그것을 감당해 낼 수 있는 수권정당으로 방향을 설정하고 있소. 말
하자면 당의 면모를 일신했다, 이 말이오. 이제 정책대안을 많이 제시
해야 한단 말이오. 그래서 정책전문위원도 보강한 거요."

통일민주당이 지금 준비하고 있는 세미나는 당의 새 위상과 면모를
대내외에 널리 공표하는 야심 찬 프로그램이었다. 그리고 이 행사야말
로 뜻있는 인사들이 한결같이 고대하고 갈망하던 거당적인 것이었다.
저절로 주먹이 불끈 쥐어졌다.

"잘 알겠습니다. 제가 입당을 결심한 것도 공부하는 정당, 연구하는
정당, 정책을 제시하는 정당의 모습을 보기 위해서였습니다."

"알아요. 박 위원의 그간의 논문을 보면…."

황 의장은 아주 만족한 표정이었다.

다음 날 출근한 나는 마치 다시 연구실로 되돌아간 듯한 착각 속에
빠졌다. 당장 대학원 시절로 돌아가 토지정책과 관련된 분야를 공부
하는 것이다. 아니 정책안의 입안(立案)이다. 그러나 그 작업은 결코 수
월한 것이 아니었다. 우선 마땅한 자료를 구하는 일부터가 막막했다.
답답한 심경에서 정부 연구기관을 순례하기도 했다.

그러다가 현 서울방송 사옥인 태영빌딩에 자리한 '국토개발연구원(원
장 許在榮 박사)'을 들렀다가 그곳에서 쓸만한 자료를 찾아냈다. 자유중
국(臺灣)이 1930년대부터 실시해 오고 있는 '토지기본법'과 육필로 된

귀한 자료가 있었다. 저절로 '하늘은 스스로 돕는 자를 돕는다'는 말이 떠올랐다. 그 자료는 매우 유익했다.

드디어 8월 29일, 상공회의소 대강당에서 통일민주당 주최의 정책세미나가 개최되었다. 이 세미나에서는 토지문제를 주제로 한 종합적인 내용의 논문이 발표됐다. 그날의 세미나에서는 뒤에서도 언급하겠지만 '토지공개념'이라는 용어를 국민 사이에 처음으로 유포했던 것이다. 땅은 투기의 대상이 아니라, 공익적인 견지에서 공공의 이익을 위해 사용되어야 한다는 지극히 기본적인 개념이었다. 그 같은 기본인식이 지금껏 논의되지 않은 게 기이할 정도였다.

김영삼 총재도 참석한 이날 세미나에서 특히 황병태 의장은 기조연설을 통해, 다음과 같은 다섯 가지 토지정책방향을 제시했다.

- 지형·지가 등 전국적인 국토조사를 실시한 다음 주민대표가 참여하는 위원회의 결의를 거쳐 이를 과세와 매수의 근거로 삼고,
- 토지를 국민 모두의 재산이라는 인식하에서 일정 조건과 범위 안에서 개인적인 소유와 이용을 인정하는 원칙하에 사유 토지의 국가매수와 개발이익을 사회에 환수토록 하고,
- 토지공개념에 입각하여 종합토지세와 택지소유 상한제를 조기에 실시하고,
- 토지를 투자의 대상에서 인간 정주의 장소로, 소유의 대상에서 개발차원으로 국민인식을 전환하는 토지기본법을 제정할 것이며,
- 한국토지개발공사나 대한주택공사는 토지를 매수·활용함에 있어 서민용 주택이나 임대아파트의 건설을 우선하는 공적 기능을 수행토록 한다.

그리고 덧붙이기를, "앞으로 통일민주당은 국토의 경제적 이익과 형평성을 도모하기 위하여 국토개발과 국토이용에 관한 법률을 위의 다

섯 가지 원칙하에서 추진하겠다."고 천명했다. 그것이 바로 다음에 언급하게 되는 '토지기본법' 제정추진이 된다.

그리하여 일련의 토지투기 억제책과 관련한 법안들, 예컨대 △택지소유 상한법 △개발이익환수법 △토지관리 및 지역 균형개발 특별계획법 △토지초과이득세법 등이 모두 당시에 입안된 것들이며, 다음 해인 1989년 정기국회에 상정·통과됨으로써 국민에게 토지공개념의 인식을 확대시키는 쾌거를 이룩하였던 것이다.

들리는 바에 의하면, 서울대 행정대학원에서 나의 토지정책 관련 논지가 유인물로 배부되어 강의 되는가 하면, 당시 서울대 강사로 재직 중인 정책학 박사 이송호 씨는 학위 취득과정에서 나의 토지 관련 자료와 구술을 많이 참조하였다고 한다. 특히 1991년 영남대학교에서 박사학위를 취득한 박해룡(朴海龍) 교수의 「정책변동에 의거한 토지투기 규제정책에 관한 연구」라는 제하의 학위논문에는 나의 소론(小論)과 통일민주당 정책심의회의 활동이 상당수 인용되고 있다. 어느새 나는 토지정책과 관련한 분야에서 전문가가 되어 있었던 것이다.

청문회 스타와의 악연

"박 전문위원, 나 좀 봅시다."

귀에 익은 목소리가 들려와 얼굴을 들고 보니 뜻밖에 '청문회 스타'가 싱글거리며 서 있었다.

통일민주당에서 사무차장은 민정당의 사무부총장격으로 전적으로 당내 인사와 회계를 전담한다. 그러니 그 세도가 막강하지 않을 수 없다.

"저리로 좀 보실까요?"

청문회 스타가 복도를 가리켰다.

"무슨 일이시지요?"

그럴 일도 없지만 혹시나 인사권을 쥐고 있는 자이니까 돌연 무슨 이야기가 나올까 궁금하기도 하였다. 우리는 커피자판기 앞에 마주 섰다.

"이번에 내가 법안을 새로 하나 만들려고 해요. '자연공원법(自然公園法)'이라고. 그래서 부탁을 좀 하려고 그래요. 공당(公黨)의 전문위원이시니 공익적인 차원에서 잘 좀 검토하고 도와주시오. 더구나 박 위원은 각종 법안을 입안하는 전문가 아니시오? 당내에서도 인정하고 있는데."

"공익적인 법안이라면 도와드리지요."

"잘되면 내 섭섭지 않게 할 테니까…."

"챙겨보겠습니다."

마지막 말이 무척 귀에 거슬려서 나중 얼마든지 빠져나갈 수 있도록 적당히 얼버무렸다. 자리로 돌아온 나는 청문회 스타가 건네준 서류를 찬찬히 훑어보았다.

자료를 검토하던 나는 깜짝 놀랐다. 김동주 사무차장이 커다란 이권(利權)에 개입하고 있고, 여기에다 나를 끌어들여 당 차원에서의 법안으로 만들려는 의도가 역력했던 것이다. 그러자 문득 조금 전 이 서류를 맡긴 청문회 스타가 당내의 친목단체인 '불교신도회'의 회장이라는 생각이 떠올랐다. 만약 자연공원법 개정안이 공포되면 당장 이득을 볼 사람은 전국에 산재한 불교관계자들이 된다.

아하, 그랬었구나! 그래서 이런 법안을 만들려고 혈안이 되어 있었구나. 그리고 보니 짐작이 갔다. 그는 언제나 큰소리를 쾅쾅 치고 돌아다녔다. 그러다가 몹쓸 불교신도들의 꼬드김을 받았을 것이다.

귀가 솔깃해진 그는 틀림없이 이렇게 큰소리를 쳤을 것이다. 돈이 생긴다면 무슨 일이든지 하는 위인이라니까.

"아, 그거요? 그거 나한테 맡기시오. 우리 당 전문위원들은 내가 다 꽉 쥐고 있으니까요. 내 한마디면 꼼짝도 못 해요. 전문위원이란 국회의원이 일하기 수월하라고 채용한 거 아니겠소?"

그러고는 댓바람에 나에게로 달려왔을 것이다.

이럴 수가!

그가 건네준 메모지의 첫 장을 채 넘기기도 전에 나는 솟구치는 울분을 억제할 수가 없었다. 한마디로 몹쓸 법안이었다. 뱃속이 환히 들여다보였다. 이 법안이 발효되면 아마 수백억 원도 더 넘을 이익이 일부 사찰이나 불교신도들에게 돌아가게 될 것이다. 너무도 속 들여다보이는 짓이었다. 국가의 장기적인 정책수립과 국리민복을 위해 일하라고 뽑아준 선량이 이 같은 이권청탁에 매달려도 좋단 말인가. 이 청탁을 들어준다면 내가 평소에 생활신조로 삼아온 사회정의(社會正義)에 역행하는 것이 된다. 메모지를 휴지처럼 똘똘 뭉쳐 서랍 속에다 집어넣어버렸다. 그리고 나는 그 일을 곧 잊어버리기로 했다.

그렇다고 일이 끝난 것은 아니었다. 그것은 너무도 뻔한 일이었다. 그의 끈질긴 성격을 알고 있으니까.

과연 2, 3일 후 청문회 스타가 다시 나타났다.

"부탁한 거 잘 돼갑니까?"

그의 첫마디였다.

"아직은요."

"왜요?"

"총재님 소련방문 연설문 원고 때문에 경황이 없습니다."

핑계는 그뿐이었다. 다른 법안 때문에 지지부진하다면 당장 눈을 홉뜰 것이 분명했다. 청문회에서 증인을 마구 닦달할 때처럼.

"아니, 그래, 총재 연설문이면 최고란 말이오? 이것도 촌각을 다투는 일이란 말이오!"

금세 언성이 높아졌다.

"곧 챙기도록 하겠습니다."

겨우 그날을 모면했다. 그러나 마음이 편하지 않았다. 처음부터 호락호락하게 여긴 게 실수였다. 한두 번 능장을 부리면 자포자기하여 제풀에 물러설 줄 알았다.

말이야 바른말이지, 사람이란 막다른 골목에 처하면 극단적인 생각을 하기 마련이다. 청문회 스타야 얼마든지 빠져나갈 구멍이 있다. 그에게는 현역의원이라는 방탄조끼가 있다. 그러나 야당 전문위원이 특정 국회의원의 이권획책과 동조하여 몇 억을 받는 것까지는 좋은데 일이 잘못되어 파면되면 사회적으로 매장되어 그 돈을 장사밑천으로 포장마차를 끌 것인가?

정책입안은 국회의원의 고유업무요, 권리다. 그러다가 자칫 잘못된 법안에 손을 댈 수도 있다. 법안이란 언제나 수정과 보완작업을 거쳐 완성되는 것이니까. 그래서 초안이나 입안작업을 전문위원에게 맡기는 것이다. 그러다가 어떻게 잘못되어 중도에서 비토가 걸리더라도 얼마든지 해명할 수 있다. 그게 무슨 대수로운 일인가. 오히려 시야도 넓고 부지런하다는 평판까지 받을 수 있다. 그게 국회의원의 특권이자 자랑 아닌가.

하지만 전문위원의 처지는 다르다. 당장 악법(惡法)도 분간 못 하는 전문위원이라는 낙인이 찍히고 만다. 방탄조끼도 없다. 옹호해 줄 사람도 없다. 그러니 일이 잘못되면 금방 문책이 뒤따르게 된다. 문책이 두려워서가 아니다. 악법인 줄 뻔히 알면서도 이권을 쫓아다녔다는 오해를 사고 싶지 않았을 뿐이다. 더구나 당 정책입안자인 전문위원이 특정 국회의원과 유착하여 해당(害黨) 행위를 일삼는 것은 당이나 총재에게도 누를 끼치는 결과가 된다. 당은 하루아침에 풍비박산되고 만다. 한두 사람의 관련자가 책임질 일이 아니다. 그렇게 보름 이상이나 시간을 끌었다. 마찬가지로 그러다가 제풀에 지쳐 떨어지겠지, 하는 생각에서였다. 그러나 그것은 큰 오산이었다. 청문회 스타는 끈질겼다.

드디어 공덕로터리 제일빌딩 13층 사무차장실에서 맞닥뜨렸다.

그가 먼저 고함을 질러댔다. 국회의원이 시키는 대로 전문위원이 고분고분 따르지 않는다는 게 그 이유였다. 그제서야 내가 소극적이었던 이유를 말했다. 국가이익에 정면으로 배치되기 때문이라 했다. 100년 앞을 내다보아야 할 법안을 일부 사찰(寺刹)이나 승려들을 위해 졸속으로 성안할 수는 결단코 없는 일이라고 우겼다.

"이 자식이!"

청문회 스타의 얼굴이 금세 붉으락푸르락해졌다. 그의 고함으로 같은 층에 있던 사무처 당직자들이 우르르 몰려들었다. 이 사건의 자초지종에는 관심조차 없었다. 무조건 사무처 당직자들의 인사권자인 김의원 편을 들고 나왔다. 공개적으로 인민재판을 거꾸로 받은 셈이었다. 염량세태라….

흥분한 청문회 스타가 탁자 위에 놓인 항아리만 한 재떨이를 집어들어 내던지려 했다. 이게 그의 장기다. 청문회 스타를 뭐로 보느냐는 것이다. 청문회가 사람을 아주 망쳐 놓았다는 생각이 문득 들었다.

내가 맞받았다.

"그래 치시오! 전문위원은 총재의 정책직계란 말입니다! 공당의 전문위원을 이렇게 맞대놓고 윽박질러도 되는 겁니까?"

그제서야 사람들이 말리는 척했다.

그날의 소동은 곧 당내에 파다하게 퍼져나갔다. 전문위원 주제에 함부로 재선 국회의원에게 맞대들었다는 식으로였다. 그러나 나는 개의치 않았다. 든든한 배경이 있어서도 아니었다. 어쩌면 인사상의 불이익을 받게 될지도 모른다. 칼은 저쪽이 쥐고 있으니까.

다음부터 마주치는 족족 사무처 당직자들이 나를 멀리 피해 나갔다. 그들로서야 당연한 일이었다. 청문회 스타야말로 그들의 인사권을 움켜쥐고 있는 직속상관이니까. 그 뒤로 손교명 법사 전문위원(훗날 청와대 정무비서관, 현 변호사)에게도 손을 내밀다 면박당하고부터 청문회 스타는 더 안달을 부리지 않았다. 자연공원법 개정안도 물 건너간 모양이었다. 그렇다고 일이 끝난 것은 아니었다. 불씨는 여전히 잠복해 있었다.

깡패를 파면시키시오!

그로부터 보름쯤 후인 8월 초순경.

언제나 그렇지만 그날은 더욱 귀가가 늦었다. 영등포을구 보궐선거를 위한 합동유세 때문이었다.

지난 5월 26일, 대법원은 민정당 김명섭(金明燮) 후보의 당선이 무효라고 최종판결했다. 보궐선거 일자는 보름 후인 8월 16일로 잡혀 있었다.

부산 동의대 전경 참사사건, 조선대 이철규(李哲揆) 씨 변사사건 등 굵직굵직한 시국사건이 줄을 잇고 있던 때였다. 광주문제도 보상기준을 둘러싸고 언제나 도화선 역할을 하고 있었다. 또 광주에서는 전민련(全民聯) 주최로 '광주민중항쟁 계승 학살원흉 처단 및 민중운동탄압 분쇄를 위한 제1차 국민대회'라는 이름도 긴 행사가 열기를 북돋우고 있던 때였다.

대법원의 무효판시로 또다시 4당 격돌이 불가피해졌다. 야 3당은 그래서 영등포을구 보궐선거를 6공의 중간평가로 치부하고 있었다. 이유야 맞는 말이었다. 서울 올림픽이 끝난 다음 중간평가를 받겠다던 노태우 대통령의 유보선언이 있자, 6공을 족쇄 채우기 위한 빌미가 없던 3야당으로서는 이번의 보궐선거가 곧 중간평가라고 우겼다. 당연히 총력전이 전개되지 않을 수 없었다. 그래서 중앙당 당원들도 유세장에 나가야 했다.

자정이 넘었는데도 아내는 아직도 나를 기다리고 있었다. 초등학교 교사였던 아내는 다음 날 출근 때문에 귀가시간이 일정치 않은 나를 기다리는 일은 흔치 않았는데 오늘은 예사롭지 않은 것 같았다. 틀림없이 무슨 일이 있다고 직감했다.

"황 의장님이 전화를 하셨어요."

아내가 말했다. '황 의장'이라면 황병태 정책심의회 의장이다. 그 때문에 아내는 아직 잠자리에 들지 못하고 있었다.

"늦어도 괜찮으니 전화해 달라고 그러셨어요."

급히 다이얼을 돌렸다. 전화를 기다리고 있었던지, 황 의장이 거두절미하고 말했다.

"김동주 의원이 박 위원을 파면시키라고 총재에게 건의했어요."

나는 아무 내색도 보이지 않았다. 드디어 올 것이 왔구나 하는 생각뿐이었다. 황 의장이 계속했다.

"총재에게 직접 말했다는 거요. 독대(獨對)로…."

"……."

"듣고 있는 거요?"

"네."

"김동주가… 박 전문위원은 원래 깡패니까 당을 위해서도 파면시키는 게 좋다고…."

이거야말로 적반하장(賊反荷杖)이었다. 당내에서는 오히려 그를 '깡패'라고 하고 있는데… 말도 함부로 지껄이는 데다가 자기 잇속만 챙기려 드는 수작이 아주 의리도 없는 깡패라는 것이다.

"의장님께서 잘 판단하셔서 인간 같잖은 저를 파면시키시면 되지 않습니까?"

"아니, 그렇게 말할 게 아니라… 총재께서도 박두익 위원은 소련방문 연설문 원고도 썼고 괜찮은 친군데, 그러셨대요. 그러니까 김 의원이, 그깟 글 좀 쓴다고 아주 엉망이고 깡팹니다, 그랬다는 거요. 총재가 나 보고 그러시더라구요."

"……."

분노가 머리끝까지 치솟았으나 참을 수밖에 없었다.

"그러니까 그간의 경위를 정리해서 내일 나에게 갖고 오도록 하세요."

"알겠습니다."

전화를 끊고 나서도 안정이 되지 않았다. 나를 파면시키기 위해 총재에게까지 허위보고를 하다니. 당을 그만두게 될지도 모른다는 생각이 얼핏 들었다.

다음 날 전문위원실에서 그간의 경위를 여직원에게 타이핑시키고 있을 때 동료 전문위원들이 몰려들어 말도 안 된다고 아우성쳤다. 그리고 며칠인가 지나서였다. 황 의장이 불러서 갔더니, 총재가 김동주 의원을 불러 마구 야단을 쳤다고 귀띔해 주었다. 김동주 의원이 KO패 당했다고 생각했는데 그건 착각이란 걸 나중에야 알게 되었다.

김 의원의 장난

다음 해인 1990년 1월 20일, 민정당 총재인 노태우 대통령과 통일민주당 김영삼 총재와 신민주공화당 김종필 총재는 청와대 접견실에서 '새로운 역사 창조를 위한 공동선언'이라는 발표를 통해 3당 합당을 선언했다.

세 총재는 발표문을 통해 다음과 같이 신당의 방향을 설정했다.

> "민정·민주·공화 3당은 가칭 '민주자유당(民主自由黨)'으로 아무 조건 없이 합당하기로 한다. 통합 신당은 온건·중도세력의 통합을 통한 새로운 국민정당으로 태어날 것이다. 신당은 앞으로 문호를 개방, 우리의 뜻을 지지하는 누구라도 환영할 것이며, 특정 정당이나 정파를 결코 배제하지 않을 것이다."

이른바 '정치의 대변혁'이라는 수식어가 나붙은 3당 합당은 노태우 정권 출범 2년 동안의 행적을 보면 어쩌면 당연한 순서인지도 모른다. 여소야대 국회에서 민정당은 5공 청산이라는 굴레가 채워져 각종 법안의 수립이나 정책의 결정 등 의정활동 전반에서 사사건건 야당에게 끌려다니는 수모를 당하지 않으면 안 되었다. 그러니 국가 운영이 원만할 리 만무하였다. 이 같은 상황이 계속될 경우, 집권 후반기를 맞는 노대통령으로서는 심각한 타격을 받을 게 뻔했다. 3당 합당의 도출은 그래서 필연적이었다.

정책전문위원의 빛이 있으면 그 반대편에는 반드시 그림자가 있는 법. 그 그림자가 바로 3당에 몸담은 사무처 당직자들이었다. 그들로서는 과연 앞으로 자신들의 입지가 어떻게 변모할 것인지에 대해 우려하지 않을 수 없었다.

3당 합당이 결정되자 곧바로 각 당에서 5명씩 참가한 '통합추진위원회(統合推進委員會: 약칭 통추위)가 가동을 개시했다. 사흘 후인 1월 25일, 통추위는 3당 총재와 청와대에서 오찬을 하고 민주·사회·경제 등 각 부분의 개혁을 실현함으로써 미래정당으로서의 면모를 갖추어 나가자고 다짐했다. 그 자리에서 세 총재는 통추위의 6인 간사로 △민정당: 박준병·박철언 △민주당·김동영·황병태 △공화당: 최각규·김용환을 선임했다. 이제 각 당 사무처 요원들의 운명은 그야말로 이들 6인 간사의 손에 매달리게 되었다. 모두가 촉각을 곤두세운 채 이들의 일거수일투족을 훔쳐보기에 바빴다.

29일, 여의도 중소기업회관에 간판을 내건 통추위는 각 당 사무처 요원들의 중대 관심사인 '신당 중앙당 사무처 요원 정원수'를 △민정: 350명 △민주: 200명 △공화: 80명 선으로 모두 630명을 받아들이는 것으로 확정·발표했다. 이렇게 되면 정당사상 초유의 거대조직이 될 것이라는 일반적인 예상에도 불구하고 각 당 사무처 요원들은 전전긍긍할 수밖에 없었다. 현재 각 당에 몸담은 요원 수의 채 절반에도 못 미치기 때문이었다. 그러나 나는 그 문제에 연연하지 않았다. 6인 간사 중 김동영 부총재와 황병태 의장이 끼어있기도 하였지만, 당에 몸담은 이래 오늘날까지 나 나름대로 당 발전에 기여했다는 자평이 있었기 때문이었다. 그리고 더욱 고무적인 것은 DY(고 김동영)가 통합신당인 민주자유당의 초대 원내총무직을 맡게 되었다는 사실이었다. 지푸라기조차 없는 처지로서는 그래도 나를 인정해 주는 DY의 약진이 그나마 위안이었다.

그러던 어느 날 DY로부터 집으로 전화가 왔다. 이것은 이례적인 일이었다. 집으로 전화를 걸어온 일도 없었을 뿐만 아니라, 거대 집권 여당의 원내총무로서 주야분간도 쉽지 않을 터인데도 말이었다. 용건은 거두절미하고 곧장 자택으로 오라는 것이었다.

그 무렵 나는 잠실 주공 3단지의 자그마한 전세 아파트에 살고 있었다. 전화를 받자마자 택시를 타고 명륜동으로 갔다. 단독주택인 마당에는 이른 아침인데도 벌써 수십 명의 인사들로 문전성시를 이루고 있었다. 알 만한 현역의원을 비롯한 전국 각 지구당의 위원장들 얼굴이 보였고, 그 밖에도 나름대로 굵직굵직한 정치 지망생들이 그야말로 장사진을 치고 있었다. 적어도 수십 명은 넘어 보이리만큼 엄청난 인파였다. 정계의 실세가 되면 어쨌든 이렇게 사람들이 물결치기 마련인가.

나는 머뭇거리는 자세로 응접실에서 환담 중인 DY에게 인사를 올렸다. 나를 본 DY의 안색이 갑자기 굳어졌다.

"박두익이 왔어!"

결코 반가워하는 언성이 아니었다. 그의 굵직하고도 컬컬한 목소리가 안팎 없이 사랑방정치를 하던 사람들의 시선을 일제히 집중시켰다.

"넌 날 배신했어!"

청천 날벼락이었다. '배신'이라는 말을 듣는 순간 나는 고개를 쳐들고 DY의 얼굴을 똑바로 올려다보았다.

"너, 김동주와 싸웠다며? 그는 재선 의원이야! 국회 건설위원회 소속 위원이고! 그런 현역 국회의원과 싸웠다고! 그건 배신행위야!"

나는 공개석상에서 제2차 인민재판을 혹독하게 받았다.

"그게 아니고…."

"필요 없어. 내가 원내총무인데 누구 편을 들어? 날 배신했다…."

나는 DY가 무엇 때문에 그 자리에서 김동주 의원이 국회 건설위원회 소속이라는 점을 강조하였을까, 지금도 그 궁금증을 풀 길이 없다. DY라면 얼마든지 저간의 사정을 이해할 수 있었을 텐데도 말이었다.

개새끼!

김동주 의원에게 향한 울분이었다. 그러나 더 이상 항변도 못 하고 나는 그 자리를 물러나고 말았다. 얼굴이 불에 덴 듯이 화끈거렸다. 그랬을 것이다. 당 중진이고 실세인 DY에게 찍혀버린 사람은 이제 끝장이다. 이제 박두익은 물 건너간 사람이다. 상대할 필요조차 없다. 공연히 붙어 다니다가는 무슨 불벼락을 맞을는지 알 수 없다. 그날 그 자리에 있었던 사람들은 경위는 전혀 모른 채 모두 그렇게 속단하게 되었다. 보나 마나 한 일이었다. 그 말대가리 녀석이 총재에게 직언해도 먹혀들지 않으니까 이번에는 DY에게 세뇌교육 하듯이 치밀하게 고자질한 게 틀림없다. 기가 찰 일이었다.

1990년 이른바 3당 직후 사무처 당직자들을 전원 귀가시켜 신규 발령 대기 중인 상태에서 임시국회가 열렸다. 당시 정책위원회 초대 운영실장으로 취임한 박태권(朴泰權) 의원이 나의 집으로 전화가 와서 거대여당의 사무처 대표로 한창 공사 중인 당사로 불려 나가 당면 임시국회 대비 김용환 정책위 의장을 보좌할 때였다. 정책위원회 배치도를 구상하고, 3백여 개의 법안을 종류 별로 묶어 1백여 개의 법안으로 정리하고 있는데 박태권 의원이 내게 다가 와서 귓속말로 "박형, 좋은 소식이 있어."하고 말했다.

충남 서산 출신인 박 의원은 민주산악회(民主山岳會) 서산지부장과 민추협(民推協) 출판문화국장을 지낸 온화한 성품의 소유자로, 특히 YS와 DY로부터 돈독한 신임을 받고 있었다. 비록 초선이기는 하지만, 그만한 인품과 능력을 갖춘 사람이라면 그의 앞날은 밝을 것이라고 언제나 생각하고 있었다.

"뭐가요?"

궁금하지 않을 도리가 없다.

"원내총무(DY)께서 박형을 사무처 국장으로 내정했더군요."

한창 통추위에서 사무처 당직자 인선작업을 극비리에 진행하고 있을 때여서 그만큼 신경이 예민해져 있을 때였다.

"실장님, 제발 초 치지 마세요. 극비리에 진행되고 있는 사안을 함부로 떠벌리다가는 공연히 될 것도 안된단 말입니다."

"에에이! 내가 뭐 그냥 하는 소릴까?"

그러면서 살며시 웃었다.

다시 이틀 후 나와 마주친 박 실장이,

"박형, 틀림없어요. 1급 전문위원이나 아니면 1급 국장이 되거나, 두 가지 중 하나요."하고 귀띔해 주었다.

"하여튼 고맙습니다."

관심을 가져주는 것만으로도 고마운 마음을 감출 수가 없었다. 그럼에도 불안한 것은, 최종적인 인사 결재판은 철천지원수인 김동주 제1사무부총장의 옆구리에 꿰어져 있다는 점이었다.

이윽고 인사명령이 나오는 날이 되었다. 인사는 아주 극비로 진행되어서 관계자 이외에는 그 내막을 아무도 알 수가 없었다. 여느 회사나 단체처럼 게시판에 방(榜)을 내다 붙이지도 않는다. 인사명령은 오로지 신문의 인사란을 통해서만 알 수 있었다.

첫날은 국장급(局長級)이었다. 나는 두근거리는 가슴으로 신문의 인사란을 훔쳐보았다. 그러나 아무 데서도 나의 이름을 발견할 수가 없었다. 1급 국장은커녕 전문위원 명단에도 빠져 있었다. 그만 하늘이 노오래졌다. 공연히 언질을 준 박태권 실장이 야속했다.

다음 날은 부국장급 차례였다. 이번에는 신문을 사 들고 다방 한쪽 구석으로 갔다. 마찬가지였다. 온몸의 힘이 쫙악 빠져나갔다. 사흘째는 부장급이었다. 결과는 똑같았다. 당장 한강 물속으로 뛰어들고 싶었다. 이것으로 여의도 시장에서의 활동도 끝장인가 싶었다. 어떤 동료는 일찌감치 보따리를 챙겨 집으로 옮겨놓고 난 다음이었다. 그의 배포가 부러웠다. 어쨌든 정책전문위원이라는 직업도 이것으로 이미 지나간 시절의 추억거리일 뿐이었다. 이로써 하루아침에 실업자 신세가 되어버리고 만 것이었다. 그러나 마음 한편으로는, 아무리 매정한 정치판이라지만 이럴 수가 있는가 싶었다. 쫓겨나야 할 이유라도 알고 싶었다. 나로서는 도무지 그 이유를 알 수가 없었다. 그러나 비밀스러운 경위는 그리 오래가지 않았다.

집으로 돌아와 이불을 뒤집어쓰고 있는데, 중앙당 동료들로부터 전화가 주욱 걸려왔다.

"어떻게 된 거요?"

내가 할 소리를 그들이 먼저 가로챘다.

"틀림없소. 김동주 장난이오. 틀림없이 총무국 결재판 명단에 들어 있었는데, 그자가 빼버린 거요."

3당 합당이 있기 전, 평민·민주·공화 야 3당의 국회의원 3명과 전문위원 3명으로 이루어진 연석회의에 참가하는 동안 가까워진 민주계 김봉조 의원과 공화계 조부영 의원도 같은 의견이었다.

허다한 사람들의 이 같은 증언에도 불구하고, 나는 지난날 명륜동에서 들었던 김동영 의원의 뼈 아픈 질책이 머리에서 떠나지 않았다.

"김동주 의원, 질기게 간특한 친구…."

방안에 풍뎅이같이 엎드려 있다가 불현듯 연전에 사무처에서 받은 김 의원 이름이 박힌 트레이닝복을 불사르다 손까지 데었다.

그렇다고 뒤늦게 고위층을 찾아가 항의할 수도 없는 일이었다. 그 냥 보따리를 싸서 제 갈 길을 가면 그뿐이었다. 한편으로, 이제 다시 자유인이 되었다는 포만감이 안 드는 것도 아니었다. 나는 꼬박 6개 월 동안 외부와 교류를 끊은 채 오로지 집안에만 틀어박혀 지냈다. 그해는 왜 그렇게 더웠던가? 마침 교직에 있는 아내가 방학이라 오후 만 되면 매일같이 가까운 한강 둔치로 나가 맑은 공기를 마시며 조깅 을 했다. 그러나 그것은 반쯤 정신이 나간 행동이었다. 조깅이 아니라 폭주(暴走)였고, 미치광이 짓이었으며, 전혀 남의 시선을 의식하지 않 는 정신병자의 소행이었다. 혼자 달리다가는 멈춰 서서 고함을 지르 고, 또 달리다가는 잔디밭에 몸을 데굴데굴 굴리기도 하였으니 말이 다. 그리고 집으로 돌아올 때면 반드시 인사불성으로 만취 상태가 되 어 있었다.

오해를 푼 김동영 의원

그해 한창 불볕더위가 기승을 부리던 8월 26일, 김동영 의원(DY)이 갑자기 건강을 이유로 원내총무직을 사퇴했다는 소식을 들었다. 평소 두주(斗酒)를 불사하는 폭음가(暴飲家)여서 틀림없이 간기능이 나빠졌으리라는 추측이 들었다. 그러나 그는 곧 회복하여 두 달 후에는 전임 박철언(朴哲彦) 장관의 뒤를 이어 제1정무장관직을 맡으면서 정계 일선으로 돌아왔다. 그러나 그는 그 자리를 다음 해 7월까지밖엔 지키지 못했다. 다시 지병이 도진 탓이었다.

나는 그가 위독하다는 말을 듣고 병문안을 갔다. 병상은 호젓한 편이었다. 그 옛날 한창때의 명륜동 사랑방보다도 더 고적했다. 사람들은 병실을 다만 한차례 기웃거리는 것으로 인사를 다 했다는 태도였다. 그게 정치판을 얼씬거리는 정치꾼들의 한결같은 행태(行態)였다.

나의 손을 잡은 병상의 DY는, "친구야, 그래 요새는 어떻게 지내나?"하고 옛날에 나를 부르던 호칭을 다시 사용하여 따뜻하게 물었다.

"부총재님, 그냥 그럭저럭 입니다."

장관인데도 저절로 지난날의 직함이 나왔다.

"그래, 난 다 알고 있어. 그 김동주란 놈이 장난쳤다는 것도… 내가 판단을 잘못한 거야."

뜻밖의 말이었다.

"이제 그 일은 잊어버리십시오."

"아냐, 당신 때문에 눈을 감을 수가 있어야지. 날 너무 원망 말어. 사람이 살다 보면 무슨 수든 날 거니까."

나는 눈물이 나오려는 것을 억지로 참았다.

"내 이야기해 놓을게. 앞으로는 잘 될 거야."

"부총재님 시키는 대로 하겠습니다."

그렇게 대답해 주는 것이 도리일 것 같았다.

"고마워."

힘없는 손을 더듬어 나의 손을 끌어당겼다.

그러면서도 나는, 그런 일은 없을 터이지만, 설혹 어떤 사령장이 나오더라도 결단코 거기에는 응하지 않을 작정이었다. 아직도 청문회 스타는 제1사무부총장 자리에 쇳덩이처럼 앉아 버티고 있는 상황이었다. 그 며칠 후인 8월 16일, 김동영 의원은 향년 55세의 아까운 나이로 눈을 감았다. 나는 불과 2년여의 야당생활을 통해 그로부터 받은 많은 고마움과 각별한 애정을 생각하고 눈물을 훔쳤다.

박정희 대통령도 생전에 그를 가리켜, "만약 내 곁에 그런 참모가 있다면."하고 탐을 냈을 정도였다고 한다.

3당 합당 직후 청와대에서 만찬을 하는 도중, 마음에 들지 않는다고 노 대통령 면전에서까지 육두문자(肉頭文字)를 휘둘러댄 그였다. 그리고 그 며칠 후였다.

민자당 사무처 총무국에서 전화가 걸려왔다. 무조건 빨리 당사로 나오라는 전갈이었다.

"박 위원님을 중앙정치교육원 교수로 발령 내라는 김영삼 대표최고위원님의 지시이십니다."

티오(TO)가 없는 것을 대표최고위원이 백방으로 노력한 끝에 억지로 만들어준 자리라는 것이다. 그만 눈물이 핑 돌았다. 눈을 감기 전에 오해의 빛을 청산해 준 김동영 의원의 마지막 말이 떠올랐기 때문이었다.

제 **4** 장

김영삼 총재는 꾸준히
정책정당 · 과학정당을 추구하였다

여소야대 정국에서 정책을 주도, 사회정의 및
경제정의 실현을 위해 야 3당 단일안 마련에 실무 주역으로

통일민주당 정책

   통일민주당은 1987년 12월 16일 실시된 제13대 대통령 선거와 이듬해 4월 26일 실시된 제13대 국회의원 총선거에서 연패했다. 패배의 아픔은 컸지만, 그러나 그것은 통일민주당이 거듭 태어나는 계기가 되었다고 볼 수 있다.

   대통령 선거에서는 노태우 후보가 전체 유효투표의 36.6%인 828만여 표를 획득하여 어렵사리 당선된 것은 무엇보다도 야권 지도자인 '양김'의 후보 단일화 실패가 그 원인이라 할 수 있었다. 비록 산술적 논리를 그대로 적용하기는 다소 무리가 있다 하더라도, 만약 후보 단일화만 성사되었더라면 차점 획득자인 김영삼 후보 지지율 28.0%와 김대중 후보 지지율 27.0%를 합친 55% 이상의 절대적인 지지(1,250만여 표)로 양김 가운데 한 사람은 틀림없이 청와대 주인이 되는 감격을 만끽할 수가 있었을 것이다.

   이어 실시된 제13대 국회의원 선거는 대통령 직선제와 함께 16년 만에 중선거구제에서 소선거구제로 바뀌면서 의원 정수도 전국구 75석을 합쳐 제12대 때의 276석에서 299석으로 늘어났다. 그러나 지역구 수가 늘어나고 의원 정수가 증가하였다고 해서 통일민주당에 유리한 점은 하나도 없었다.

   정당별 총 득표율에서 통일민주당은 민주정의당의 33.9%에 이어

23.8%의 지지를 얻어 2위를 차지하였으나, 19.3%의 지지를 받은 평화민주당보다도 오히려 의석수가 뒤져 '제3당'으로 전락하는 아픔을 맛보아야 했다(민정당 87석, 평화민주당 54석, 통일민주당 46석, 신민주공화당 27석, 한겨레민주당 1석, 무소속 9석 등의 분포였음).

이것은 장기집권과 군부정권을 상대로 오로지 투쟁일변도의 험난한 삶을 살아온 '40년 야당 정치인'인 김영삼 총재에게는 많은 것을 생각하게 하는 계기가 되었다. 무엇인가 변화가 주어지지 않으면 안 된다는 위기의식이 당 안팎으로 팽배해졌다. 그리하여 통일민주당은 새로운 당의 면모를 갖추기 위한 당 위상정립에 박차를 가하기 시작했다. 책임정당·정책정당·과학정당·수권정당이라는 캐치프레이즈가 나온 것도 다 그 무렵의 일이었다.

통일민주당이 각종 법률의 개·폐를 전제로 한 정책정당으로 탈바꿈하는 등 새로운 면모로 일신하고자 한 것은 '여소야대 정국'하에서 왜소해진 집권 여당을 상대로 민생치안의 확립을 촉구하거나, 지금까지 악법(惡法)으로 지탄받아온 보안법이나 안기부법 등의 개·폐작업이 야권의 공조로 얼마든지 추진 가능하다는 더할 수 없는 환경 여건이 주어졌기 때문이었다.

그러자면 여론을 등에 업는 활발한 정책개발이 시급했다. 그것이 곧 국가적인 현안을 주제로 내건 각종 세미나와 공청회였다. 당 정강·정책을 개발하는 전문위원을 공채한 것도 그 같은 작업의 일환이었다.

이른바 '김영삼의 원내정책 브레인'으로 불리는 정책개발팀은 당 정책심의회 의장인 황병태 의원을 중심으로, 재정·금융분야는 고등고시 행정과에 합격하고 상공부 중공업차관보를 역임한 김동규(金東圭) 의원, 상공분야는 제1회 무역사(貿易士)고시에 합격하고 한국무역사협회 회장을 역임한 신영국(申榮國) 의원, 보건사회분야는 의사 경륜과

의과대학 교수를 겸한 송두호(宋斗灝) 의원, 건설분야는 건설위원회에서 김동주 의원과는 달리 실물경제를 논리적으로 잘 풀어가 인기를 얻은 김운환(金沄桓) 의원과 건설부 서울·이리·부산 국토관리청장과 본부 수자원국장을 역임한 최이호(崔二鎬) 의원 등 풍부한 실무경험과 이론으로 무장한 의원들이 포진했다. 이와는 별도로 현역교수 30여 명으로 구성된 '정책자문단(政策諮問團)'과 내가 소속된 정책전문위원실이 그 뒷바라지를 도맡아 했다.

통일민주당의 정책은 △언론보도, △민원, △소속의원들이 제기하는 정책, △당 간부회의와 전국 지구당으로부터 올라온 갖가지 정보 등에서 광범위하게 취합하였는데, 여기에서 수렴된 안(案)들은 곧 전문위원을 비롯한 실무팀이 분석·연구하여 최종적으로 당 정책추진사항으로 채택하는 방식을 취했다. 실무팀에서 채택된 정책(안)은 그 비중에 따라 정책세미나의 주제로 올려졌는데, 이 토론회를 거쳐 광범위한 의견을 수렴한 다음 비로소 당 안으로 확정, 국회에 상정토록 하였다. 통일민주당의 정책세미나는 그렇게 하여 불이 붙었다.

1988년 제13대 국회 출범 직후인 5월부터 이듬해 5월까지의 1년 동안, 통일민주당은 소속 국회의원과 전국 지구당 위원장 및 당 간부들을 대상으로 한두 차례의 교육과 국민적 현안을 주제로 한 학자와 전문가를 초빙한 총 14차례의 정책세미나, 그리고 야 3당이 참가한 합동공청회 등을 지속적으로 개최했다.

그간 통일민주당이 개최한 주요 정책세미나의 주제와 실시 시기는 다음과 같다.

■ 정책개발을 위한 세미나
- 국회의원 정책세미나(1988년 5월 18일~19일)
- 수입개방과 농·어촌문제(1988년 6월 2일)
- 증권시장 육성방안과 안정문제(1988년 6월 4일)
- 공안분야 제도개선문제(1988년 6월 11일)
- 사법부 독립을 위한 좌담회(1988년 6월 18일)
- 방송체제의 문제점과 개선방향(1988년 6월 30일)
- 통일문제(1988년 7월 4일)
- 도시영세민 생활보호문제(1988년 7월 4일)
- 제5공화국 비리척결의 역사적 의미(1988년 7월 16일)
- 영화 및 공연관계법 개정을 위한 공청회(1988년 8월 5일)
- 현행 토지정책에 대한 문제점과 개선방향(1988년 8월 29일, 대한상
  공회의소 2층 중회의실): 박두익 전문위원 실무 주관
- 통화관리 문제점과 개선방향(1988년 9월 16일)
- 세제개혁 특위 간담회(1988년 9월 30일): 박두익 전문위원 실무 주관
- 공정거래 및 소비자보호문제(1989년 2월 11일)
- 주택문제 어떻게 할 것인가?(1989년 5월 6일): 박두익 전문위원 실
  무 주관

■ 의원 및 지구당 위원장·당 간부 대상 교육
- 국회의원·지구당 위원장 정치대토론회(1989년 1월 6일~7일, 아카
  데미 하우스)
- 통일민주당 당 간부를 위한 정책세미나(1989년 9월 6일~7일, 남한
  강 종합 수련원)

■ 야 3당 합동공청회
- 민생치안 확립을 위한 야 3당 합동공청회(1989년 2월 10일): 통일민
  주당은 박두익 전문위원 실무 주관

통일민주당의 이 같은 정책개발 세미나는 비단 면모일신(面貌—新)이나 환골탈태(換骨奪胎) 차원은 결코 아니었다. 비록 연이은 대선과 총선에서는 패하였을망정 국민적 정서나 지지상황을 세밀히 분석해 보면 차기 대선에서는 정권획득이 가능하다는 자신감이 그 밑바탕에 깔려 있었다.

나는 여러 가지 통계로 단언하건대, 여소야대 정국에서 4개 정당 중 제3당인 통일민주당의 법안 및 정책활동이 양적으로나 질적으로 가장 활발하였다. 이것은 김영삼 총재가 새해(1989년) 들어 소속 국회의원과 지구당 위원장 및 정책전문위원을 대상으로 한 연초 인사말에서도 여실히 나타난다.

"지난 한 해 동안 추진된 당 정책세미나가 여러분의 적극적인 참여 속에 성공적으로 끝난 것을 기쁘게 생각합니다.

정책세미나를 개최했던 것은 민주화와 자유화를 요구하는 변혁시대에 우리 당이 능동적으로 대처할 수 있도록 당의 중핵(中核)인 여러분들의 의견을 수렴하여 이를 정국운영과 정책방향의 설정에 적극 활용하고자 함이었습니다.

(중략)

이제 우리는 조국의 미래와 당의 수권(受權)에 대하여 확신감과 자신감을 가지고 힘차게 전진하여야 합니다. 다가오는 지방자치제 선거와 국회의원 선거에서 승리하고, 마침내 1990년대의 수권정당으로 확고히 나아가는 데 우리 모두가 최선을 다할 것을 다짐합시다."

돌이켜보면 우리나라의 '야당'은 저소득층이나 소외계층을 대변하는 것으로 만족하였으며, 또 이를 발판으로 입지를 확대해 나온 것도 사실이다. 그러나 국가의 경제수준과 국민의 소득수준이 높아짐에 따라 차츰 두꺼워지는 중산층을 대변하는 정당의 필요성이 점점 증대되었다.

민주주의 사회의 기반은 결국 중산층일 수밖에 없고, 그런 의미에서 저소득·소외계층을 안으로 끌어들여 중산층화하는 일이 중요한 정책과제로 등장하게 된 것이다.

새로운 당 정책기조를 여러 차례 강조해 온 황병태 의장은 1989년 1월 6일 지구당 위원장 대상의 세미나에서, "정통성 있는 권위를 확립하고, 국민의 행복과 복지권을 확보하며, 민족 공동체의 정체성을 회복하는 것이 당 위상 확립을 위한 기본정신이다. 앞으로는 투표에 의한 정권교체가 가능한 만큼 과거처럼 여야를 '대치개념'으로만 볼 게 아니라 '대체개념'으로 보는 발상의 전환과 함께 여당을 강하게 밀어붙이기보다는 오히려 여당이 해야 할 일을 앞질러 할 필요성 때문에 우리는 연구하고 정책을 개발하고 있다."고 천명했다.

황 의장은 또 경제정책의 초점은, "정부와 시장(민간경제) 사이의 양자관계를 적정하게 유지·발전시켜 나가는 것이 곧 경제민주화의 요체"라고 말하고, "자유 민주주의를 확실하게 구현하기 위해서는 시장경제가 제대로 기능을 발휘할 수 있도록 정책을 개발해야 한다."고 언급했다. 특히 황병태 의장이 일간지 기자와의 인터뷰를 통해 강조한 몇 가지 경제 현안에 대한 당의 주장을 들어보면 이를 분명히 이해할 수 있다(1988년 8월 16일자「중앙경제신문」).

그 내용 중의 중요 부분을 발췌해 보면 다음과 같다.

Q: 최근의 부동산투기·물가상승 국면은 정부가 통화관리를 제대로 못한 때문이라는 비판이 만만치 않은데, 민주당은 어떻게 보고 있

습니까?

황: 우선 물가상승의 원인부터 살펴보면, 지난 양대 선거를 겪으면서 통화신용정책이 방만해졌다는 점과 토지정책의 빈곤, 즉 택지와 주택공급의 절대 부족에 있다고 봅니다. 따라서 △금리는 시장 수급 기능에 맡기는 완전 자율화의 도입, △통화안정증권·재정증권·국채 등을 활용한 공개시장 조작 및 재할인율의 조정, 그리고 지불준비율 조작으로 통화량 공급을 조절할 수 있는 중앙은행의 원기능 회복, △원화(貨)를 국제통화로 사용할 수 있도록 하여 IMF 제8조국으로 이행하는 한편 외환거래를 자유화하고, △30대 대기업 계열업체의 신규투자를 은행차입 등의 간접금융과 증시 등을 통한 직접금융의 비율을 50:50, 혹은 70:30으로 연동시키는 투자연계에로의 확립 등의 조치를 취하는 것이 바람직합니다.

Q: '8·10 부동산 종합대책'에 어느 정도의 기대를 걸 수 있으며, 이에 대한 민주당의 제안은?

황: 정부의 조치는 근원적이라기보다는 일시적인 대증요법의 인상이 짙습니다. 우리 민주당은 이를 위해 지형과 지가(地價)조사를 포함한 국토조사를 전국적으로 시행하고, 특히 도시지역의 지가는 이해 당사자인 주민대표가 참여하는 위원회에서 확정·공포하여 이를 과세와 매매의 근거로 삼고자 합니다. 특히 토지는 국민 모두의 재산이라는 '공개념'에서 출발, 법으로 일정 조건과 범위 내에서 사적 소유와 이용을 인정함으로써 사유지의 국가매수와 개발이익의 실질적인 사회환수를 가능하도록 할 계획입니다. 또 종합토지세의 조속한 적용과 일정 규모 이상의 토지는 국가가 매수할 수 있게 하는 것 등의 대책도 마련하고 있습니다. 이 밖에 절대 부족인 주택문제를 타개하기 위해 '주택공사'의 기능을 국민주택이나 임대주택의 건설에만 국한시

키는 방침도 세우고 있습니다.

Q: 지난 선거 동안에 여야 모두가 관심을 가졌던 농촌정책 가운데 특히 농가부채 해결문제에 대한 귀 당의 견해는?

황: 우리 당은 농가부채의 전면적인 탕감은 반대하는 입장입니다. 0.5헥타르 이하의 영세농은 탕감해 주는 대신 중농에게는 이자율을 낮추는 등 차등적용이 바람직하다고 봅니다. 하지만 본질적인 문제는 농민들이 다시 빚을 지지 않도록 정책면에서 실질소득을 향상시키는 일입니다. 예컨대 솟값의 안정이나 추곡수매가의 국회 동의, 농기구·농약 등의 부가세 면세와 염가공급 등이 조속히 이루어져야 합니다. 또 농촌인구를 공업과 연결시키기 위해 현재의 절대농민수를 전체인구의 22%에서 10% 내외로 더 줄여야 한다고 보고 있습니다.

이처럼 황 의장이 자신 있게 제기한 일련의 경제 현안들, 예컨대 △토지공개념, △부동산투기 억제, △주택공급, △공가부채 탕감 등의 문제는 그해(1988년도)의 각종 법률(안)의 개폐를 비롯, 김영삼 총재가 대통령으로 취임한 다음 '문민정부'가 강력하게 실시한 일련의 '개혁정책'에 고스란히 반영되고 있음을 우리는 분명히 확인할 수 있었다.

이러는 동안 평화민주당은 '정치'를 주도한 반면, 통일민주당은 '정책'을 선도적으로 이끌고 나갔다. 이렇게 하여 1988년 5월 6일, 드디어 정부는 각종 법률안의 대대적인 개편을 단행하게 되었는데, 이때 내가 직접 안을 작성하여 개편이 이루어진 각 상임위별 법률안은 다음과 같다.

■ 재무위원회 소관

- 소득세법 중 개정 법률안
- 상속세법 중 개정 법률안
- 법인세법 중 개정 법률안
- 부가가치세 중 개정 법률안
- 주세법 중 개정 법률안
- 특별소비세법 중 개정 법률안
- 조세감면규제법 중 개정 법률안
- 방위세법 중 개정 법률안
- 관세법 중 개정 법률안
- 지방세법 중 개정 법률안
- 주식회사 외부감사에 관한 법률 중 개정 법률안
- 조세심판소 설치 및 구제절차의 정비방안

■ 경제과학위원회

- 기금관리기본법 제정 법률안

■ 건설위원회

- 토지기본법 제정 법률안
- 대한주택공사법 중 개정 법률안
- 한국토지개발공사법 중 개정 법률안
- 건설업법 중 개정 법률안
- 주택건설촉진법 개정 법률안
- 자연공원법 중 개정 법률안
- 하천법 중 개정 법률 제25조에 의한 하천의 점용 허가 등에 관한
  입시특례법안

■ 농수산위원회

- 부동산 소유권이전등기 등에 관한 특별조치 법안

- **법제사법위원회**
  - 주택임대차보호 중 개정 법률안

- **내무위원회**
  - 1가구 2주택 이상에 대한 특별조정 세법안(주택과다 보유세, 주택 공개념)

이 가운데 특히 재무위원회 소관의 '세제개편'은 지난 1974년 '종합소득세제(綜合所得稅制)'를 도입한 이후, 1975년도 '방위세(防衛稅)'의 신설, 1977년 '부가가치세제(附加價値稅制)'의 도입, 1982년 '교육세(教育稅)' 신설 및 '조세감면법(租稅減免法)' 체제개편 등 세제개편 이후 만 6년 만에 이루어진 그야말로 대수술이었다.

이것은 여소야대 상황하에서 특히 정책개발과 그 입안을 주도한 통일민주당의 노력의 알찬 결실임은 두말할 필요가 없다. 이들 법안의 개편은 소극적이기만 한 민정당 안을 여지없이 깔아뭉갰다. 이것은 또 급변하는 세계 경제동향에 발맞추어, 좀 더 상세히 설명하자면 국제수지의 흑자 전환과 국민소득수준의 향상이 맞물린 결과이기도 했다. 그러나 그럼에도 불구하고 정책정당과 책임정당으로서의 통일민주당의 정책추구는 실로 시기적으로 절묘했다는 평가를 받기에 하나도 모자람이 없었다. 그것은 △근로자 등 중산층 이하에 대한 세금의 경감과 완화, △고소득층에 대한 재산 과세 강화를 통한 조세부담의 형평성 제고, △조세감면폭의 대폭 축소 등의 세제개편 특징을 보더라도 알 수 있는 일이다.

그리고 이 개편작업의 근간은 나중 문민정부 정부가 들어선 다음에도 지속적으로 적용·추진되어 제2공화국 이후 30여 년 동안의 잔재를 청산하는 개혁작업의 방향타 역할을 할 수 있었다. 이 같은 각종 법률안의 개정을 위한 준비작업은 3당의 공조체제로 진행되었는데, 그 구성은 각 당에서 개혁 의지가 강하고 실물경제(實物經濟) 분야에 조예가 깊은 국회의원 1명씩과 각종 법률의 내용을 소상히 파악하고 있는 정책전문위원 각 1명씩이 참여하는 실무 중점의 연석회의 방식을 채택하여 국회의사당 내 재무위원회 소회의실에서 문을 잠그고 여러 차례 계속하였다.

이 같은 기준에서 선정된 멤버는 국회의원으로 평민당의 류인학(柳寅鶴), 통일민주당의 김봉조(金奉祚), 공화당의 조부영(趙富英) 의원이, 그리고 전문위원으로 평민당 측에서 류 의원의 비서관인 임갑수(林甲洙) 씨가, 민주당 측에서는 내가, 그리고 공화당 측에서는 한석정(韓晳正) 위원이 선정되었다. 그러나 평민당의 임갑수 씨는 나중 본격적인 세제개편을 위한 작업 때에는 평민당의 '재무·농수산' 분야 담당 전문위원인 박덕일(朴德一) 씨로 교체되었다.

나는 특히 세제개혁과 관련한 일련의 개정안 작성작업에 깊이 관여하였는데, 그것은 평민당 류인학 의원이 회의 벽두에, "원만한 회의진행을 도모하고, 3당 합의의 최대공약수를 이끌어내기 위해 회의 실무 사회자를 통일민주당의 박두익 전문위원이 맡도록 하는 게 좋겠다."는 긴급동의를 제기함으로써 비롯되었다.

평민당 류 의원의 이 제의는 통일민주당은 말할 것도 없고 공화당까지도 거부할 아무런 까닭이 없게 되었다. 그렇게 하여 나는 1988년부터 이듬해 1989년까지 진행된 개혁 차원의 경제 분야 법률안 개정작업에서 가장 핵심적인 역할을 감당하게 되었다.

한국 국회활동사상 '최대의 개편작업'이라는 평가를 받는 당시의 세제개편을 비롯한 각종 법률안 개편작업은 이렇게 이루어진 것이었다. 이 과정에서 통일민주당 김영삼 총재는 각종 세미나에 빠짐없는 참석은 물론, 법률안 개편추진과 관련한 세부적인 내용에 대해 수시로 보고를 청취하면서, 그동안 각계 여론으로부터 취합한 민의를 최대한 반영하도록 적극적으로 개입했다.

한편 당시 이기택 원내총무실에 나타난 문준식(文峻植) 의원은 자신의 주장이 별로 반영되지 않자 나에게 육두문자를 섞어 "전문위원인 주제에 다 해먹어라!"라는 식으로 언성을 높이기도 하였는데, 이를 본 이 총무가,

"점잖은 의원이 당 전문위원한테 육두문자를 쓰면 되겠느냐?"

는 식의 웃지 못할 격론도 있었다.

역사는 1990년도 민주정의당, 통일민주당 및 신민주공화당의 소위 3당 합당을 주로 정치적인 방향으로 그 유래를 이해하고 있다.

그러나 일찍이 실무적 하부구조적으로 국회의사당에서 그 징후를 예견할 수 있었다. 대통령 중심제 국가에서 당시 노태우 대통령이 통치력을 발휘하려 해도 국회의정활동과 관련하에 정책수행이나 법안 의결 등에서 야 3당의 의지대로 마구 뭉개지고 수정되었던 것이다. 지금 와서 곰곰이 생각하노라면 나는 주로 경제 분야에서 실무적으로 그러한 원인제공을 끊임없이 시도하였다. 이러한 분위기는 1988에 이어 그 이듬해 토지공개념 확대 실시와 관련한 논쟁에서 극명하게 드러나고 있었다.

한번은 저녁을 거른 채 밤 11시가 될 때까지 국회건설위원회를 강행한 일이 있었다. 산회 직후 의원들 운전기사가 차를 대고 탑승하자마자 의사당을 빠져나가게 되는데 나는 선두차인 김운환(金沄桓) 의원 옆에 편승하고 뒤에는 당시 통일민주당 소속 건설위원회 국회의원들과 건설부 김한종(金漢鍾) 차관 등이 뒤따르고 있었다.

운전기사는 시간이 시간인지라 김 의원이 단골로 가던 모 술집으로 차를 몰았는데 김운환 의원은 성화가 날 수밖에 없었다.

"이 사람아 배고파 죽겠는데 웬 술집이야?"

"예, 이 시각에 밥 파는 곳이 없습니다."

"뭐? 그럼 아무 데나 가자구, 여기 오른편에 포장마차가 있네."

난데없이 허름한 포장마차 안으로 5~6개의 금배지가 번쩍거리고 정부 고위공직자들이 뒤이어 들이닥쳤다.

"아줌마 배 채울 것 아무거나 몽땅 내놓으시오."

먼저 와있던 손님들이 "의원님들 청문회 때 TV에서 많이 보았습니다." 하고 반겼다.

"고마워요. 거기 술값 우리가 낼 테니 그리 알고 많이 드세요."

나는 그때 김한종 차관 옆에서 소주잔을 부딪치고 있었는데 이런저런 이야기 끝에 김 차관이 느닷없이

"박 전문위원님 민주정의당 전문위원으로 오실 의향이 없습니까? 만약 그럴 생각이 있으시면 제가 추진해 보겠습니다."

"아니 왜요?"

"박 위원님 상임위 활동을 보고 탄복을 했습니다. 스카우트하고 싶습니다."

순간 만감이 교차하였다.

"제게 5초만 시간을 주십시오."

"예, 그러지요."

집권당 전문위원으로 가면 월급이 상당히 많다던데, 승용차가 따르고 운전기사에다 여비서까지 붙여준다던데….

순간 YS의 얼굴이 번뜩 떠오르고 악수를 하면 마치 장작 패는 사람의 손처럼 굳세게 잡아주던 체온이 스치는 듯했다.

황병태(黃秉泰) 의장의 온화한 모습이 휘감아 지나가고….

드디어 2~3초 만에 결론이 났다. 나는 상황판단이 느리면 머리를 쥐어박는 성미가 있다.

'나 혼자 넘어가는 것은 변절이다'라고 마음속으로 되뇌면서

"김 차관님, 저는 통일민주당 전문위원으로 계속 봉직하렵니다."

순간 나의 목소리가 너무 컸던지 안쪽에 우리당 국회의원 중 한 분이 소리쳤다.

"거기 무슨 소리요?"

"아, 아무것도 아닙니다."

제 **5** 장

공개념(公槪念) 시리즈

사회정의실현을 위하여
우리 사회에서 3개 분야는 별도 취급돼야

토지공개념,
정부에 앞서 공식화하다

'토지기본법안(土地基本法案)'은 사회정의 및 경제정의의 실현과 부동산투기의 근절 등 개혁 차원에서 통일민주당이 중점적이고 체계적으로 그 제정을 추진한 가장 핵심적인 법안이었다. 박두익(朴斗翼) 전문위원이 '토지공개념(土地公槪念)'이라는 선진적인 개념을 널리 국민 사이에 유포시킨 것도 이 법안의 기초(基礎)단계부터였다. 돌이켜보면 제13대 국회의원 선거가 실시된 1988년은 그 어느 해보다도 부동산투기의 강한 열풍이 전국을 휩쓴 해였다. 지난 1983년, 부동산투기를 억제하기 위해 국세청이 전국적으로 '36개 특정지역'을 고시한 이래 침체국면을 벗어나지 못했던 부동산시장은 1987년 말 대통령 선거전이 시작되면서 달아오르기 시작, 이듬해 중반께에는 전국의 땅값이 천정부지로 치솟아 올랐다. 당황한 정부는 잇따라 부동산 근절책을 내놓았지만 일시적이고 국지적인 효과를 보는 데 그쳤다.

국세청은 시장의 진정을 위해 1988년 1월 중순, 전국 269개 리·동(里洞)과 5개 아파트단지를 추가로 특정지역으로 고시하고, 1억 원 이상의 부동산 구입자금에 대한 자금출처를 조사하겠다는 등의 강도 높은 투기대책을 내놓았으며, 건설부도 2월 초 토지보유 상한제의 도입을 검토하겠다고 발표하는 등 진정책을 썼으나 별무효과였다. 국세청은 또 종전에는 양도차액과는 관계없이 동일한 세율을 적용하던 양도소득세 체계를, 양도차액의 많고 적음에 따라 누진 과세하겠다는 방안을 내놓았고, 4월 초에는 부동산 상습투기꾼 39명의 명단을 공개하여 뜨거운 시선을 받게도 하였으나 이것 역시 별로 도움이 되지 못하였다.

정부의 강력한 시책에도 불구하고 일부 기업형 부동산 소개소의 부추김으로 번지기 시작한 투기열풍과 풍부한 시중 부동자금의 여력 때문에 땅값 상승은 멈추지 않았다. 이에 국세청의 세무조사와 검찰의 부동산 중개업자 수사 등 직접적인 공권력의 발동이 있자 극성을 부리던 투기바람은 일시적으로 고개를 숙이는 그런 암울한 상황이었다. 토지에 대한 굴절된 인식과 부동산 투기에 대한 빗나간 이해의 뿌리가 너무도 깊었던 때문이었다.

그러자 다음에는 투기꾼들이 비교적 규제가 덜한 곳으로 자리를 옮겨 새로운 바람을 내몰았기 때문에 그동안 쓸모조차 없다고 여겨온 임야 등의 값이 치솟기 시작하였고, 언제 개발될지도 모를 도시 인근의 녹지 등에도 투기바람이 불어 그 값이 껑충껑충 뛰어올랐다.

결국, 정부는 1988년 7월 20일 △오는 1990년도부터 전국의 모든 토지를 소유자별로 합산, 과세하는 '종합토지세제'의 도입을 검토할 것과, △부동산투기에 대한 당국의 조사활동을 강화한다는 등의 '부동산 안정을 위한 종합대책'을 발표하였고, 이어서 다음 달인 8월 10일, 다음과 같은 사상 유례가 없는 투기억제 대책인 '부동산 종합대책 (8·10조치)'을 발표하기에 이르렀다.

주요 골자는 △1가구 1주택의 양도소득세 비과세 요건을 거주의 경우에는 3년 이상으로, 소유의 경우에는 5년 이상으로 강화하고, △1가구 2주택의 양도소득세 면세기간을 아파트는 6개월, 일반주택은 1년으로 단축하며, △10월부터는 '관인계약서(검인계약서)'의 사용을 의무화하고, △서울지역 18평 이상 아파트를 모두 과세 특정지역으로 고시하며, △1989년도부터는 개발이익환수제를 실시하고, △대기업 및 기업 경영층의 임야 등 부동산의 소유와 거래실태를 조사한다는 것과 그리고 △부동산 상습투기자들에 대한 정밀 세무조사를 실시한다는 것 등이었다. 그리고 이에 대한 후속조치도 계속해서 내려졌는데, 건설부는 △유휴지에 대한 대리개발제도의 도입, △토지거래허가제 실시지역에서의 토지전매제도 도입, △토지거래 신고가격을 다르게 신고할 경우 벌칙을 강화한다는 등의 법률개정안을 내놓았다.

그리고 정부는 토지를 과다하게 보유하고 있는 사람에게 처음으로 '토지과다보유세'를 부과하였는데, 개인 16만7천2백여 명과 법인 2천8백51명에게 모두 174억 원을 부과하였다. 이와 함께 토지를 과다하게 보유한 사람의 현황이 공개되었는데, 전국적으로 50만 평 이상의 토지를 보유한 사람은 개인이 628명, 법인이 1천85명이었다. 16년 만에 부활한 국정감사 도중, 국세청은 상습투기자 123명의 명단을 감사 자료로 제출하여 세인의 관심을 끌기도 하였다.

어찌 되었건 정부의 '8·10조치' 가운데 하나인 검인계약서 사용제도로 10월 1일부터는 부동산거래가 전혀 이루어지지 않았다. 더욱이 취득세 및 등록세가 종전보다 3~10배(내무부 기준)가량 높게 책정되는 등 부담이 높아지자 부동산시장은 일순간 위축되는 상황이 되어버렸다. '8·10조치' 이후 아파트값은 약보합세로 일관했고, 땅값 상승도 보합세로 그쳤다.

1988년 1년 동안의 전국 지가 동향은, 1/4분기에는 6.9%, 2/4분기에는 7.4%, 3/4분기에는 5.9%, 4/4분기('8·10조치' 이후)에는 1.2%의 상승률을 기록, 연간 23.1%의 상승률을 보인 것으로 나타났다. 이 수치도 지난해의 14.7% 상승치와 비교하여 두드러진 상승세였다. 그러나 연말께에는 일부 대형 아파트와 서울지역 인기 학군 내의 아파트값 상승을 시작으로 부동산가격이 다시 오름세를 타기 시작하였다. 이는 아파트 분양가 상한선을 재조정한다는 정부의 검토방침이 자극제가 되었고, 그동안의 거래위축에 대한 반발현상이 촉진제가 되어서, 새해인 1989년 연초의 아파트시세는 대부분 '8·10조치' 이전의 수준을 회복하고 말았다.

이 같은 현상은 정부의 부동산투기 대책이 일관성이 없는 데다가 투기꾼이 행차한 다음에야 나팔 부는 식의 뒷북만 치는 꼴이어서 미봉책에 불과한 대증요법만으로 결국 부동산투기 열기를 잠재울 수 없다는 자못 비관적인 견해의 확인일 뿐이었다.

통일민주당은 부동산투기를 억제하기 위해서는 보다 근원적인 처방이 필요하다는 견해에 동감을 표시했다. 즉, 토지공개념의 확대와 투기의 주요 수단인 '어두운 돈(자금)'의 행방을 확연히 하는 방법만이 바로 근원적인 처방임을 터득하게 되었다. 곧, 역대 정권이 엄두도 못낸 '금융실명제(金融實名制)'의 실시였다. 그러나 금융실명제의 실시는 정당차원이 아닌, 그야말로 통치권차원에서 결심하고 추진하지 않으면 안 되는 가히 핵폭탄과도 같은 '개혁작업' 바로 그것이었다. 깨끗하고 정직한 대통령만이 행사할 수 있는 통치권, 통일민주당의 김영삼 총재가 이를 악문 것은 바로 그 때문인지도 모를 일이었다.

이에 따라 통일민주당은 그 첫 추진작업의 하나로 1988년 8월 29일, 남대문로에 위치한 상공회의소 중회의실에서 '현행 토지정책에 대한 문제점과 개선방향'이라는 주제의 대국민 정책토론회를 개최했다. 이것은 각각 주제를 달리한 열 번째 세미나였다. 김 총재는 당이 주최하는 모든 정책토론회에 한 번도 빠지지 않고 참석했다.

전 국민의 시선이 집중된 이 '토지정책토론회'에서 김영삼 총재는 인사말을 통해 다음과 같은 견해를 밝혔다.

> "…최근 물가상승문제가 최대의 사회문제로 등장하고 있으며, 이의 근본적인 원인은 필경 토지와 주택 등의 문제로 귀결되고 있습니다. 다시 말해서 부동산가격의 계속적인 상승이 부의 축적수단으로써 부동산 소유욕을 부추기고, 그리하여 부의 배분과정이 왜곡됨으로써 진정한 근로풍토마저 저해하고 있는 실정입니다.
>
> 우리 사회는 기본적으로 자유자본주의를 지향하고 있고, 따라서 제반 경제활동이 가능한 한 공적인 규제 없이 오로지 시장기능에 의하여 운용되어야 합니다. 그러나 이 같은 왜곡된 상황하에서는 토지와 주택과 농수산물만큼은 법규의 규제를 받지 않으면 안 될 형편입니다. 다시 말하면 우리 사회에서 이들 3개 분야는 별도로 취급돼야 할 것입니다.
>
> 우리 민주당에서는 특히 농수산부문에 대하여는 두 달 전에 제1차 국민 대토론회를 통해서 심층적으로 분석하고 이의 대안을 제시한 바 있습니다만, 주택문제는 차후로 미루기로 하고, 우선 정당차원에서는 최초로 부동산문제의 핵심인 토지정책의 문제점 파악과 아울러서 그 대책을 강구하고자 합니다…"

전항에서도 언급한 바 있지만, 이 자리에서 황병태 의장은 '당면 토지문제에 대한 통일민주당의 정책기조'를 통해, "아파트나 토지에 대한 투기의 근절은 단속이나 처벌로써는 토지자원의 절대 부족에서 오는 땅값 인상과 토지투자 성향을 막을 수 없습니다. 따라서 한정된 국토를 어떻게 효율적으로 이용·관리하느냐 하는, 토지정책의 정착을 위한 범위 안에서 단기적인 단속과 처벌이 병행되어야 합니다."라는 요지의 견해를 개진했다.

이 세미나에서 서울대학교 서원우(徐元宇) 법대 교수가 「토지의 공개념에 대하여」라는 주제를, 서울대 환경대학원 최상철(崔相哲) 교수가 「토지정책의 방향과 정책수단」이라는 주제를, 그리고 국토개발연구원의 김현식(金鉉植) 수석 연구원이 「부동산투기 대책 – 어떻게 할 것인가?」라는 주제를 각각 발표하였다.

먼저 서원우 교수는 주제 발표를 통해 △토지의 특수성, △토지의 사권(私權)과 공권(公權)의 논리, △우리나라 토지법제의 특색 등을 소상히 피력한 다음, "…부동산투기의 근원은 결국 토지문제인데, 정부는 이제까지 대증요법적인 시책만을 펴왔기 때문에 토지정책이 실패하고 있다. 이에 대한 대책으로 토지의 공개념에 입각한 종합적이고도 일원화된 토지정책의 확립을 위한 현행 법규의 보완이 있어야 할 것이다. 토지는 개인에게 있어서는 사적인 것이지만 국민경제 전체로는 국토의 일환으로 보아야 한다. 따라서 공공의 논리와 시장의 논리를 비교할 때 공공의 논리가 우선되는 것이 토지공개념의 기본적 명제다. 그러나 토지공개념 그 자체로부터는 구체적인 법적 구속력이 발생하지 않으므로 구체적인 정책설정과 강력한 정책의지의 뒷받침 없이는 실효성을 기대하기 어려울 것이다. 분명한 것은, 그 어떠한 토지정책도 실효성 있는 성과를 기대하기 위해서는 토지의 공개념이 지니는 기본정신 내지 기본이념에 대한 국민적 합의 또는 공동의식의 확립이 선행되지 않으면 안 된다."라는 내용의 논지를 폈다.

최상철 교수는, "…토지문제는 본질적으로 비대체성(非對替性)과 유한성 때문에 수급의 불균형이 초래되었고, 부의 축적 및 증식수단으로 소유의 편재현상이 나타났으며, 토지소유자의 과다이익이 노동의 욕의 저하와 사회적 비생산성을 가져오는 문제점을 안고 있다.

정부는 그동안 부동산투기억제세·양도소득세·토지과다보유세 등 조세적 수단을 동원, 토지문제의 해결에 임하였으나 얼마나 도움을 주었는지는 의문이 간다."라고 정부의 토지정책 실패를 공격했다. 이어, △농지를 포함한 타 용도의 토지소유 상한제의 도입, △전국 모든 토지에 대한 이용계획의 수립, △토지개발 법률의 정비와 도시를 포함한 전 지역 토지이용 규제의 일원화, △토지종합과세·공한지세·비업무용 토지소유자에 대한 과세의 강화와 특히 기업의 토지소유기준의 엄격한 제한 등 모두 15개 항목에 이르는 토지정책의 개선사항을 제시했다.

마지막 주제 발표자인 김현식 수석연구원은, "부동산 투기는 특정 지역에서 용도의 수급 괴리로 인한 땅값 상승에 그 원초적인 발단이 있었다."고 진단하고, "그리하여 투기의 연쇄적인 확산이 토지의 뇌동 매입(雷同買入)으로 나타났다."고 단정 지었다.

김수석연구원은 또 '전 국토의 불과 4% 미만인 제한된 땅에 주택 650만 채, 자동차 170만 대, 공장 5만 개, 도시인구 3천만 명 이상이 밀집된 수도 서울의 극악한 환경'을 분석한 다음, "국토이용 양태가 아직 서구국가처럼 안정기에 들지 않고 매우 역동적으로 급변하고 있는 한 불행하게도 토지투기에서는 최고의 여건을 제공하는 곳일 수밖에 없다."는 자못 비관적인 전망을 내렸다.

주제 발표가 있는 다음 곧 열띤 토론으로 이어졌는데, 먼저 국토개발연구원의 최병선(崔秉善) 수석연구원은, "투기 억제와 토지공개념은 그 성격이 다르다.고 규정짓고, "영국의 노동당 집권 당시, 투기 억제를 위해 과도하게 개별이익을 환수하는 정책을 펴다가 경기를 침체시키는 엉뚱한 화를 자초하였는데, 다시 보수당 정권이 들어서면서 투기가 재발하여 새로운 사회문제를 야기시키는 등 투기에 대한 과민한 대책은 또다시 투기에 대한 새로운 대책을 유발시킨다."면서, "한국의 경우 토지공개념에 입각한 토지이용 규제가 일본에 비해 매우 약한 편인데도(일본 토지 이용 규제법 개수는 44개이나 한국은 13개 정도), 일반인들이 강하다고 느끼는 이유는 법절차나 행정절차의 복잡함 때문이므로 간소화할 필요가 있다. 농지 상한제의 폐지와 직접규제보다는 간접규제가 더 바람직하다."고 주장했다.

매일경제신문의 배병휴(裵秉休) 논설주간은, "토지거래 시 관인계약서 사용과 등기를 의무화하고, 비농민의 농지 거래를 제한해야 옳으며, 그러나 무엇보다도 정부의 토지정책에 대한 강력한 실천의지가 있는지의 여부가 관건"이라고 진단했다.

서울·이리·부산 등지의 국토관리청장과 본부수자원국장을 역임한 최이호(崔二鎬) 의원은, "공유수면매립법에 의거, 대재벌에게 인천이나 서해안지방에 대규모 간척과 매립공사를 맡겨 수백만 평의 토지를 소유하게 하여 치부하도록 만들었다. 국토의 확장작업은 개인이나 대재벌에게 맡기면 이권화하므로 철저하게 공영개발제를 채택하여야 옳다."고 제의하여 박수를 받았다.

이어서 자유토론이 벌어졌는데, 그 내용을 요약하면 다음과 같다.

50대 시민(김현식 수석연구원에게): 일반 물가상승 이상으로 등귀한 부동산투기 이익금은 당연히 세금으로 흡수하여야 하며, 궁극적으로 토지는 국공유로 전환되어야 한다. 한국은 자유자본주의 체제이기는 하지만, 토지만큼은 시장논리에서 배제되어야 한다. 국토개발연구원은 자본가나 정부의 눈치를 보고 있는 것은 아닌가?

김현식 수석연구원: 우리 국토개발연구원에서 정책개발이 나가면 그것이 100퍼센트 받아들여지는 것은 아니다. 그리고 정책개발과정에서 외부의 압력은 없다.

한양대학교 학생(최이호 의원에게): 일부 부유한 사람들이 권력과 결탁하였고, 정책 입안에 직접 관여하였으며, 사람들은 도덕성이 결여되어 있다. 이 점에 대해서는 어떻게 생각하는가?

최이호 의원: 정보누출은 막을 재주가 없다. 양식에 맡겨야 할 것이다. 설령 누설이 되더라도 땅값이 안 오르도록 지가고시를 먼저 실시하여야 할 것이다.

30대 시민(최병선 수석연구원에게): 농지상한제를 해제하면 농지투기가 일어날 것이 뻔한데 왜 그런 주장을 펴는가?

최병선 수석연구원: 농민들은 땅을 더 사들일 여력이 없고, 정부의 보조로 기계화를 도모하여야 한다.

이신범 정책연구실장(김현식 수석연구원에게): 종합토지세를 실시함에 있어서 전산화하기가 여간 좋은 여건이 아닌데, 그 시기를 연장하고 있는 것은 토지를 많이 가지고 있는 사람들에게 시간을 벌도록 함이 아닌가?

김현식 수석연구원: 지목과 용도가 불일치하는 등 컴퓨터 입력자료가 부실한 형편이다. 등기부나 지적도상 일치를 이루는 것이 급선무다. 정책의지와 시기가 중요하다. 한두 가지 제도라도 정확하고 철저하게 할 필요가 있다. 시급한 것은 정책지속의 국민적 합의일 것이다.

김광일 당 정책심의회 부의장: 정당이 토지정책과 관련하여 공개적으로 대국민토론회를 개최하기는 이번이 처음이다. 토지공개념에 대해서 실마리를 푸는 것으로 이해하여 주기 바란다. 토지소유권 존중정신에 입각하여 꼭 필요한 실수요자가 땅을 갖지 못하는 사례가 없도록 의회주의적인 방법으로 개혁이 이루어져야 할 것이다. 오늘 문제점은 거의 논의된 것 같은데, 근본적으로 법을 집행하는 측의 양심과 의지의 문제로 귀착된다 하겠다. 오늘 논의된 여러 가지 귀중한 토론내용들은 반드시 의정활동에 반영되도록 노력할 것이다. 앞으로 수권태세 확립에 더욱 박차를 가하겠다.

여기서 특기할 것은 정부가 이듬해 가을 토지 공개념 확대실시를 하기 이전에 맨 먼저 통일민주당이 공론화하였고 이로부터 1개월 이후에 평화민주당이 뒤따르게 하였던 것이다.

토지정책과 관련한 대국민토론회를 마친 통일민주당은 먼저 '토지철학(土地哲學)'이라는 개념부터 정립하였다. 나는 토지철학이란 '토지의 이용·개발·보전·형성·유지와 관련하여 토지정책의 일관성을 유지하기 위한 국민적 합의'라 정의하고, 그러나 이 법은 어디까지나 '공공복리의 증진이라는 공익(共益)과 재산권 행사라는 사익(私益)의 충돌을 조화시킬 수 있어야 한다.'고 주문하였다. 나의 이 견해에 많은 사람이 동의했다. 당은 곧 토지기본법의 제정을 위한 사전 조율작업에 돌입하였다. 그리고 1989년 가을, 정부는 야 3당의 협조로 토지공개념 확대도입과 관련한 3개 법안('택지소유 상한에 관한 법률' '개발이익 환수에 관한 법률' '토지 초과 이득세법')을 국회에 상정, 통과시켰다.

그러나 위 3개 법안이 제정되었다고 해서 토지문제가 근원적으로 해결되었다고 보는 사람은 없었다. 심지어 일부 토지관계 전문가들마저 이들 일련의 정책은 이미 있어 온 충격요법 내지는 대증요법에 불과할 뿐이지, 근본적인 토지정책이 되지 못할 것이라는 비관적인 견해를 피력하기도 하였다. 따라서 통일민주당은 토지문제를 근본적으로 해결하기 위해서는, 먼저 1989년도에 국회를 통과한 '지가공시 및 토지 등의 평가에 관한 법률'에 의거하여 국세 및 지방세를 부과함에 있어서 공시지가를 기준으로 과표를 현실화하는 정책을 지속적으로 펴나가야 하고, 이 같은 여건이 마련된 바탕 위에서 보유과세(保有課稅: 토지종합세제)의 도입과 이전과세(移轉課稅: 양도소득세제)의 강화로 토지를 과다하게 보유하면 고통스럽고, 팔아보아야 이윤도 남지 않는다는 인식을 깊이 심어주는 것이 바로 '토지 경제정의의 실현'이라고 분석하였다.

첫 장에서 잠시 언급한 바 있지만, 내가 통일민주당 정책전문위원으로 입문한 이후, 처음 손을 댄 분야가 '토지기본법'이었기 때문에 토지정책세미나에 깊이 관여할 수밖에 없었다. 따라서 나는 세미나를 실무적으로 주관하고, 세미나를 개최하는 당 정책기조의 방향을 설정하고 그 이론적인 무장에 많은 뒷받침을 하였다. 그리고 당시 세미나 직후에 배포한 책자에 「현행 토지정책에 대한 문제점과 개선방향」이라는 종합적이고도 체계적인 논문을 게재했다.

이 논문에서 내가 강조한 것이 바로 '토지공개념'이었다. 토지는 국민의 생존권과 직결되어 있으므로 사유물이 될 수 없다는 시각, 그대로였다. 그리고 토지에 대한 규제의 필요성을 강조하였는데, 그것은 토지 이용권의 내부적인 편성을 합리적으로 하기 위해서라고 설명하였다.

이 소론(小論)에서 나는 협소한 국토와 인구밀도가 높은 싱가포르로서는 토지에 대한 공적 개념이 높을 수밖에 없다는 것과 지가상승분의 40%를 토지증치세(土地增値稅)로 환수하는 자유중국의 예를 들면서 토지정책에 대한 정부의 강력한 의지를 촉구하였다.

통일민주당은 이 세미나를 통해 얻어낸 토지에 대한 국민정서의 최대공약수와 그간 당 정책심의회가 폭넓게 수렴한 각종 안을 종합적으로 취합, 드디어 1989년 10월 16일 '제안이유'와 14개 항에 달하는 '주요 골자'를 전기(前記)한 전문 23개 조(條)와 부칙(附則) 2개 항으로 된 '토지기본법(안)'을 제정, 개회 중인 제147회 정기국회에 제출하게 되었다.

나는 이 법안의 국내 최초기안자였던 관계로 이 법안의 기초(起草)에서부터 입법화되기까지의 전 과정에 소상히 관계하고 있었다.

당시 김운환(金沄桓), 문준식(文峻植), 최이호(崔二鎬), 황대봉(黃大鳳) 의원을 비롯한 55인의 공동발의로 국회에 상정된 '토지기본법안'의 제안이유와 법안의 주요 골자를 간추려본다.

> "택지·농지·임야 및 산업입지를 포함하는 토지의 이용·개발·보전 등과 관련한 법규는 모두 200여 개에 달하고 있다.
> 이러한 법규들은 국토의 종합적인 이용과 개발이라는 거시적 토지정책이나 토지철학을 바탕으로 하지 않고, 해당 정부 부처 간의 행정목적상 필요에 따라 제정된 것이 대부분이기 때문에 토지 관련 법률 상호 간에서, 혹은 공익과 사익 간에서, 헌법과의 관계에서, 대국민 관계에서 많은 혼란이 야기되고 있는 것도 사실이다.
> 토지공개념의 도입을 강조하고 있는 최근 일련의 토지정책 역시 토지문제에 관한 국민적 합의에 바탕을 두고 있지 못하기 때

문에 사회정의 및 경제정의의 실현과 사회갈등의 해소를 위한 제도적인 장치의 마련을 위해 일면 그 의의는 있으나 대증요법적이고 제한적일 수밖에 없다. 따라서 현존하는 토지 관련 법률 및 향후 시행하게 될 토지 공개념 관련 법률에 대한 모법(母法)인 토지기본법을 제정하여 이 법에서 정한 토지사용의 기본이념 및 토지정책의 기본원칙 범위 내에서 국토에 관한 소유·이용·개발·보전 및 거래 등의 조치나 행위가 이루어질 수 있도록 하기 위함이다."

1. 토지사용의 기본이념과 토지정책의 기본원칙을 규정함(안 제2조 및 제3조).
2. 국가 및 공공단체와 국민의 의무를 정함(안 제4조 및 제5조).
3. 공·사익과 행정기관의 상충되는 이익을 조정함(안 제6조 및 제7조).
4. 토지 수급계획과 토지에 관한 조세정책을 규정함(안 제8조 및 제9조).
5. 토지정책위원회의 의결을 거쳐 매년 토지정책보고서를 국회에 제출하도록 함(안 제10조).
6. 토지정보를 관리하고, 토지에 관한 통계자료를 공개하도록 함(안 제11조).
7. 토지정책은 한반도 전역의 균형 개발을 고려하도록 함(안 제12조).
8. 토지소유를 보장하고, 토지소유 제한을 규정하여 택지소유 상한과 대리개발의 근거를 규정함(안 제13조 및 제14조).
9. 토지이용 및 토지개발에 있어서 원칙적 사항을 규정함(안 제15조 및 제16조).
10. 개발이익의 환수에 있어서 원칙적인 사항과 개발이익 환수와 토지초과이득세 부과의 근거를 규정함(안 제17조).
11. 토지보전의 일환으로 환경권 보호를 고려함(안 제18조).
12. 토지의 자유로운 거래는 조장되며, 토지거래 등의 규제에 대하여 현행 국토이용관리법의 근거를 규정함(안 제19조 및 제20조).
13. 생활환경과 산업입지의 적정화를 기하기 위하여 현행 국토건설종합계획법의 근거를 규정함(안 제21조).

14. 국무총리 산하에 의결기관인 토지정책위원회를 설치하도록 하였음
(안 제23조).

통일민주당의 '토지기본법' 국회 상정이 있은 지 꼭 1년 후, 정부는
당이 발의한 법안을 거의 수용한 내용을 의결하기에 이르렀다. 1990
년 9월 정기국회 개회 중의 일이었고, 제출자는 당시 건설부장관이던
이상희(李相熙) 국무위원에 의해서였다.

다만, 행정부 안으로 수용되는 과정에서 몇 가지 항목이 배척 혹은
삭제된 것은 행정부와 야당의 입장 차이에 기인한 것으로 여겨지기는
하나 모두 개혁적(改革的)인 내용이어서 아쉬움이 많았다.

예를 들어,

- 농지 및 임야에 대해서는 경자유전(耕者有田)의 원칙과 실수요자
  우선의 원칙을 존중하여야 한다(안 제3조 '토지정책의 기본원칙' 5
  항).
- 토지의 소유와 거래는 제도적으로 실명화하도록 하여야 한다(안 제
  3조 6항).
- 토지정책의 수립과 그 집행에 있어서는 공익과 사익을 정당하게 형
  량(衡量) 조정하여야 한다(안 제6조 '공사익의 조정')
- 국가는 토지정책을 실현함에 있어서 한반도 전역의 균형개발문제를
  충분히 고려하여야 한다(안 제12조 '국지상의 통일정책').
- 토지 중 일정 규모 이상의 택지소유는 공공복리를 위하여 법률이
  정하는 바에 따라 이를 제한할 수 있다(안 제14조 '토지소유 제한' 3
  항).
- 토지개발은 전 국토의 균형개발을 위하여 개발 낙후지역 및 농어촌
  지역의 사정을 충분히 고려하여야 한다(안 제16조 '토지개발' 4항).
- ①토지보존에 관한 모든 조치는 국민의 인간다운 생활의 보장과 쾌
  적한 생활의 영위를 우선하여야 한다. ②토지보전과 토지개발에 관
  한 이익이 상충하는 때에는 환경권보호를 고려하여야 한다(안 제18

조 '토지보전').

- 토지의 투기적인 거래가 성행하거나 그 우려성이 있고, 지가가 급격히 상승하거나 그 우려성이 농후한 지역에는 본법의 기본이념과 원칙을 고려하여 법률이 정하는 바에 따라 필요한 규제조치를 할 수 있다(안 제20조 '토지거래 등의 규제').
- 토지 기본계획의 수립과 토지정책에 관한 사항을 결정하기 위하여 국무총리 산하에 토지정책위원회를 둔다(안 제6장 토지정책위원회 중 제22조 '토지정책위원회의 설치').
- 토지정책위원회의 기능 및 조직에 관해서는 법률이 정하는 바에 의한다(안 제23조 '기능 및 조직').
- 토지이용관리법·국토건설종합계획법, 기타 토지와 관련된 법률은 이 법에 저촉되지 않는 범위 내에서 그 효력을 가진다(안 부칙 '토지 관련 하위법률과의 관계')."

이 같은 정부 당국의 배척으로 애초 '전문 23개조 부칙 2개항'이던 법안이 '전문 16개조 3개항'으로 축소될 건 정한 이치였다.

위에 본 바와 같이 통일민주당의 입법추진에 떠밀려 정부안이 성안되어 당시 차관회의를 통과했으나 강영훈 총리가 경제활성화와 관련하여 이념논쟁을 불러일으키고 싶지 않다고 하여 심의 부결되었다. 그 후에도 끈질긴 노력이 계속되어 1994년 내가 민자당 총재 자문기구인 국책자문위원회에 국책연구위원으로 봉직할 때 국책자문위원들과의 회의 도중에 다시 재추진되어 언론에 비치기도 하였으나 다시 수면 아래로 들어갔는데, 언젠가는 우리 사회에도 토지 분야에서 장전(章典)인 '토지기본법'이 제정될 것으로 확신한다.

주택을 재산증식의 수단이 아닌
주거공간으로

―주택 공개념

통일민주당의 정책토론회 이래 공감의 폭을 넓혀가고 있는 '토지공개념'에 이은 또 하나의 새로운 개념 가운데 하나가 바로 '주택 공개념(住宅 公概念)'이다.

'주택 공개념'이라는 선진적인 용어는 후술되는 '농수산물 공개념'과 함께 내가 1988년 8월 위에서 언급한 토지 공개념 세미나를 마치고 당시 주제발표자 및 토론자 앞에서 처음으로 구사함으로써 정계와 학계를 망라한 각계로 파급되었다.

지난 1989년 9월, 국회의사당 내에 있는 통일민주당 총재실에서 '경실련(經實聯)' 지도부와 가진 간담회에서 김영삼 총재는 다음과 같이 '주택 공개념'에 대한 소회와 함께 일부 부유층의 부동산투기열과 주택 과다보유 문제에 대해 언급하면서, 이를 진정시키기 위한 당의 노력을 다음과 같이 밝힌 바 있다.

> "…최근에 와서 토지 공개념의 확대·도입에 못지않게 주택도
> 개인의 사적인 소유물로만 볼 것이 아니라 공공사회의 기본적
> 충족수단으로 보아야 한다는 선진적인 시각에서 '주택 공개념'

이 정립되어야 한다고 믿고 있습니다.

　그리하여 우리 당은 일부 부유한 특정 계층이 많은 주택을 소유하거나 호화주택을 선호하는 것을 막고, 주택을 투기의 대상이 아닌 오로지 주거의 대상으로 인식하는 발상의 전환이 이루어져야 한다고 생각하고 있습니다. 그러나 일부 부유층의 투기열이나 주택 과다보유 행태는 그저 말로써만 그 개선이 이루어지리라고는 보기 어렵습니다. 그래서 우리 당에서는 그 제도적 장치의 일환으로 '주택과다보유세법(안)'을 새로이 제정하기 위해 법안을 준비 중에 있으며, 당내 심의과정을 거치는 대로 이번 정기국회에 상정할 예정으로 있습니다."
　- 나의 「토지·주택 관련 우리 당의 정책기조」에서 인용, 1989. 9.

주택 공개념의 발상은 이렇다.

주택문제는 근본적으로 수요와 공급의 불균형에만 있는 것이 아니다. 그것은 일부 부유한 특정 계층이 수 채씩 '저택(邸宅)'을 보유하면서 주택을 단순히 주거의 용도로서가 아닌 투기의 대상으로 여겨 전매(轉賣) 등의 방법으로 부동산가격 상승을 조장하고 부채질하여 엄청난 불로소득(不勞所得)을 챙기는 데 그 원인이 있다. 이 같은 병리적 현상이 바로 국민 계층 간의 위화감을 조성하는 원인의 하나가 되고 있다.

불로소득으로 치부한 일부 계층은 그것으로 사치와 과소비 성향에 젖으면서 투기 분위기를 더욱 고조시키는가 하면, 살 집을 마련하지 못한 계층에서는 상대적 박탈감으로 가진 자에 대한 불만과 저항심으로 근로의욕마저 저하되는 등의 악순환의 고리가 형성된다고 보는 것이다.

1991년 4월 5일 각 언론은 일제히 다음과 같은 기사를 보도했다.

　서울·부산 등 6대 도시와 경기도에서 두 채 이상의 집을 갖고

있는 사람은 이 지역 주택보유자의 14.6%인 44만 9천9백여 명
에 이르는 것으로 나타났다.

경제기획원과 건설부 등에 따르면, 지난해 11월부터 올해 3
월까지 서울·부산·대구·광주·인천·대전 등 6대 도시와 경기
도를 대상으로 주택 보유현황 전산화작업을 실시한 결과 모두
308만 2천4백80명이 주택을 갖고 있으며, 이 가운데 △2채를
가진 사람이 41만1천4백80명, △3채:2만9천7백 명 △4채:4천8
백 명 △5채:1천5백45명 △6채:750명 △7채:405명 △8채:360명
△9채:180명 △10채:110명 △11채 이상:546명으로 집계되었다.

이 결과는 내무부가 관리하는 재산세 대장을 기초로 건물재산
세를 납부하는 주택소유자를 주민등록번호별로 합산하여 얻어
진 것으로, 주민등록번호가 전산망에 입력된 경우에 한해서만 집
계된 것이다. 이와 관련 정부의 한 관계자는, "이번 전산화작업 결
과 전체 주택의 77.5%만 소유주의 주민등록 상황이 파악됐고, 나
머지 22.5%는 누락된 상태"라고 밝히고 있어 실제 전산화작업이
완료되면 2채 이상의 주택을 보유하고 있는 사람의 수는 50만 명
도 훨씬 넘을 가능성이 크다.

이것으로 일부 부유층의 주택에 대한 정서가 '주택을 하나의 주거공
간으로 보기보다는 재산의 증식이나 치부의 수단'으로 활용하고 있음
을 보여주는 단적인 예일 뿐만 아니라, 이 같은 지나친 부의 편중현상
이 국민적 위화감이나 괴리감 조성에 얼마나 지대한 파문을 일으키고
있는가를 웅변적으로 대변하고 있다 하겠다.

통일민주당의 발의로 1989년 한 해 동안 정부에 의해 수용된 주택
관련 법률로는, △임대주택건설촉진법(개), △주택건설촉진법(개), △주
택임대차보호법(개) 등과 3당 합당 이후 발의된 △주택 과다보유세법
(안) 등이 있다. 임대주택건설촉진법(개)은 자력으로 집을 마련할 수 없
는 서소득 무주택사층을 대상으로 정부가 재정자금 등으로 공공임대

주택을 건립하여 이를 임대하도록 한 강제성 법률이다. 그러나 아무리 임대주택을 많이 건립하였더라도 고소득층이 선점하는 사례가 많아, 당은 다시 1989년 2월, 입주자를 선정함에 있어서 종합점수제를 적용토록 하는 내용을 추가했던 것이다. 정부는 이를 받아들였다.

또 주택건설촉진법(개)은 주택의 원가 연동 분양제를 제의한 것으로, 이 또한 정책정당·책임정당·수권정당으로서의 면모를 유감없이 발휘한 사례 가운데 하나였다. 그리고 주택임대차보호법(개)은 △세입자 보호의 측면에서 발의된 것으로 주택의 인도와 주민등록 전입신고를 마친 임차인은 경매 등의 절차에 있어 후순위 권리자, 기타 채권자들보다 우선하여 임차보증금을 변제받을 수 있도록 하며 보증금 중 일정액은 다른 담보물권자보다 최우선으로 변제받는다는 것과 △주택임차 시 기간을 정하지 않았거나 2년 미만으로 정한 임차인은 그 기간을 2년으로 본다는 등의 내용을 담았다.

그리고 내가 지난 1989년 9월에 이미 제정안을 작성하였으나 빛을 보지 못하고 있다가 3당 합당 후인 1991년 4월, 제154회 임시국회 동안에 당시 이도선(李道先) 중앙정치교육원 원장을 통하여 나웅배(羅雄培) 정책위원회 의장이 제안한 '주택 과다보유세' 역시 주택공개념의 차원에서 제정이 추진된 가장 대표적인 법안이었다.

이 법안의 주요 골자는 주택을 과다하게 보유한 경우 지방세법에서 추가하여 재산세 이외에 별도로 '주택 과다보유세'를 부과·징수함으로써 '1가구 2주택' 이상인 자에게는 고통과 재산상의 손해를 얹어준다는 내용이다.

농·어촌을 산업사회의 기초적 공간으로

—농수산물 공개념

일찍이 내가 응시했던 통일민주당의 정책전문위원 공채 시험문제에 '농업부문은 비교우위론의 시각에서가 아니라 낙후산업 보호의 시각에서 다루어야 한다. 이를 논하라.'는 문제가 있었다.

그렇다. 농산물은 공산물과는 가격탄력성의 차이로 구조적으로 경쟁력에 불리하게 되어 있는 것이다. 그리하여 통일민주당 정책개발과정에서 '토지 공개념'과 '주택 공개념'에 이어 내가 강조하여 마지않은 부문이 바로 '농수산물 공개념(農水産物 公槪念)'이었다.

한정된 경작지와 폭발적으로 증가하는 인구문제, 기상이변으로 지구상의 많은 옥토가 불모지로 전락하면서 오늘날에 이르러서는 지구촌에서 식량 부족으로 굶어 죽어가는 사람이 증가하여 세기말적 상황에 봉착하고 있는 실정이다. 이 같은 관점에서 식량을 단순히 의·식·주의 하나로 인식하는 것은 중대한 오류를 범하는 일이 아닐 수 없다. 넉넉하고 풍요롭기 그지없는 강대국조차도 식량이 곧 '무기'라는 인식을 강하게 풍기는 것은 모두가 그 때문이다.

1960년대부터 1980년대에 이르는 한국의 산업화·공업화·도시화는 절대빈곤으로부터 탈피하자는 다급한 처지에서 비롯된 것이기는 하지만, 그것이 결과적으로 전통 농경사회를 구조적으로 해체하고, 급기야 '탈농촌(脫農村)' 내지는 '이농현상(離農現象)'을 부채질하는 오류를 조장한 계기이기도 하였다. 그러나 이 과정에서 우리 농·어촌은 오로지 보다 싼 가격으로 식량을 공급하는 배경으로서만, 혹은 저렴한 노동력을 조달하는 공간으로서만 인식되는 자기모순을 범함으로써 도·농(都農) 간의 괴리감은 회복하기 어려운 나락으로 굴러 떨어졌다 할 것이다.

문제는 우리의 농·어촌을 '인간 정주(定住)의 공간'으로서가 아니라 다만 '농수산물을 생산하는 공간' 정도로 치부함으로써 오늘날과 같이 정치·경제·문화 등 모든 부문에서 현격한 괴리감을 조장하였다는 비난을 받더라도 할 말이 없게 되는 것이다.

유럽과 미국 등 선진국의 농촌모델을 그대로 이식함으로써 토착화에 실패한 선례라든지, 지나친 하향식(下向式) 행정수단을 동원함으로써 오히려 농·어민의 신뢰성을 상실한 농촌지도사업이라든지, 농·어촌의 현대화에 상당한 동인(動因)이 되었다는 긍정적인 평가에도 불구하고 이미 입지를 잃어버린 '새마을운동'마저도 어떤 면에서는 하향식 개발방법이어서 농·어민의 괴리감은 더더욱 증폭될 수밖에 없었던 것이다. 특히 1970년대 이후 추진되어온 농·어촌 새마을운동은 마을개발과 농촌 소도·읍(小都邑) 개발을 분리·추진해 왔다는 점에서 반성이 요구되는 대목이기도 하다.

대도시는 자생적인 존립과 성장이 가능하지만, 인구 10만 이하의 소도·읍들은 배후지인 농·어촌에 절대적으로 의존하는 '농촌 속의 도시'와 같은 특성을 안고 있어서 이를 '농촌 중심 도시'라고 부르고, 이러한 농촌 중심 도시는 여러 가지 면에서 상위도시와 배후 농·어촌을 연계시키는 역할에 머물러왔다.

나의 현지조사 결과에 의하면 우리 농·어민들이 바라는 정책의 우선순위는 ①농수산물의 가격 보장, ②본업 이외의 소득기회 마련, ③농수산물의 유통구조 개선, ④물가안정, ⑤농지기반 조성, ⑥복지·문화수준의 향상 순으로 나타났다.

이 같은 우선순위에도 불구하고 내가 가장 중점을 두고 싶은 부문은 '유통구조의 개선'인데, 이 문제야말로 농·어가의 소득증대와 직결되어 있어서 이의 선결이 곧 농·어가의 재무구조를 튼튼히 하고 아울러 부채상환 능력을 제고시키는 등 궁극적으로는 '이촌향도(離村向都)'라는 굴절되고 왜곡된 인구의 편중현상을 가로막는 장치라고 여겨진다. 이제부터 농·어촌이 도시를 제외한 나머지 공간이라는 편협한 인식으로부터 과감히 벗어나 우리의 농·어촌이야말로 적극적으로 산업사회와 연계된, 오히려 산업사회의 가장 필수적이고도 기초적 공간이라는 발상의 전환이 필요할 때다.

'농수산물 공개념'의 발상은 여기에서 비롯되었으며, 통일민주당 정책심의회가 지속적으로 입법화한 다음의 법안들이 이를 잘 증명하고 있다.

- 농·어가 부채 경감에 관한 특별조치법: △경지면적 2헥타르 미만의 농가와 이에 준하는 어가 및 양축가의 중장기 차입자금은 호당 400만 원 범위 안에서 5년 거치 5년 균분상환토록 하며, 금리는 0.7헥타르 미만의 농·어가는 무이자, 0.7~2헥타르는 3%로 한다. 경지면적 2헥타르 미만의 농가와 이에 준하는 어가 및 양축가의 상호금융 차입금은 호당 200만 원 범위 안에서 3년 거치 7년 균분상환토록 하며, 금리 0.7헥타르는 3%로 한다. △경지면적 2헥타르 미만이 농가와 이에 준하는 어가 및 양축가의 상호금융 차입금은 호당 200만

원 범위 안에서 3년 거치 7년 균분상환토록 하며, 금리는 0.7헥타르는 무이자, 0.7∼2헥타르 농·어가는 5%로 한다(1989년도 개정).

- 축산법: 비농민 대자본의 축산업 경영을 금지하고, 축산업심의위의 심의를 거쳐 허가하도록 한다(1989년도 개정).

- 농·어촌진흥공사 설립 및 농지관리기금 설치법: △농촌 지도사업의 활성화를 위하여 자본금 1조 원으로 설립, △간척지나 비농가 등의 농지를 우선 매입하여 전업농가에 매도하고 농지 구입자금을 지원, △전업을 희망하는 영세농가의 농지를 공사가 장기임대하여 이를 전업농가에 재임대한다(1989년도 제정).

- 농업재해 대책법: △국가 및 지방자치단체가 재해대책에 소요되는 비용의 전부 또는 일부를 보조하고, 재해를 입은 농가 및 어가에 대해 지원, △농업재해의 범위에 설해(雪害) 및 동해(凍害)로 인한 피해 및 가축의 피해를 추가, △농림수산부에 농업대책심의위를, 수산청에 어업재해 대책심의위를 설치한다(1989년도 개정).

- 수산업법: △일정 규모 이상의 어장을 취득하고 있는 자와 1년 이상 어촌에 거주하지 않은 자 등에 대해 면허를 주지 않음으로써 현지 영세어민이 어업권을 취득할 수 있는 기회의 확대, △어촌계가 공동어장에 유료 낚시터를 지정받아 소득원으로 개발·운영할 수 있고, △수산청장은 수산자원의 번식·보호 등을 위해 필요한 경우 일부 수면을 낚시 제한구역으로 지정할 수 있다(1990년도 개정).

- 농어촌 구조개선 특별회계법: △회계세출은 농업기계화 촉진, 농업기반 조성·농림수산물의 유통·저장·가공시설의 확충을 위한 경비 및 농어촌 발전기금에로의 전출 등으로 한다. △축산단지 개발 등 축산업 구조개선 사업과 경제림 조성 등 임업 구조개선 사업 및 연근해 수산자원 조성 등 수산업 구조개선 사업에 필요한 경비에 대해

서도 지원토록 한다(1991년 개정).

• 농·어촌 발전 특별조치법: △수입농산물에 부과·징수되는 관세액
과 배합사료 및 축산기자재에 부과·징수되는 부가가치세 전액을 매
회계연도 세출연산에 추가계상하여 농·어촌 발전기금에 지원토록
한다. △농·어촌 발전기금은 농·어촌 발전계정과 농수산업 구조개
선 계정으로 구분하며, 농수산업 구조개선 계정은 원예·전작 생산
시설의 저장·가공 및 유통시설과 그 운영에 사용토록 한다(1991년도
개정).

제 6 장

국민의 피부에 와 닿는 정책활동

아저씨, 조치법(措置法)
한번 해 보소

   입법화(立法化)되는 각종 법률안의 단서는 현직 국회의원의 연구와 탐구정신에서도 비롯되지만, 대부분 정책자문위원의 끊임없는 발굴노력으로 빛을 보기 마련이다. 마치 어부의 그물에 몰려드는 고기와 같은 이치이다. 그렇다고 그 일이 수월하다거나 아주 간단히 포착된다는 뜻은 결코 아니다. 그야말로 국가의 백년지대계를 쓸어담는 내용이고, 국민의 복지와 행복을 추구하는 가장 귀중한 잣대가 되기 때문이다.

   각종 개혁적인 법안은 어떤 비현실적인 사안(事案)에 부딪혀야 비로소 제·개정(制改定)의 실마리로 기능한다. 이것이 철칙이다.

   정당의 민원실에는 하루에도 수많은 민원사항이 답지한다. 음해성의 고발문도 있고, 조사해 보면 전혀 터무니없는 한풀이 투서도 있다. 그러나 그중에는 정말 입법화해야 할 정당한 사유의 것도 있다. 당 정책실은 그 사안을 놓고 입법화해야 할 것인가, 아니면 당론으로 정책화해야 할 것인가를 조심스럽게 저울질한다. 그 선정과정을 거쳐서야 비로소 각 분야별로 심층적인 천착이 시작되는 것이다.

1988년 7월 중순경.

경북 군위군 우보면에 있는 월성 박씨(月城 朴氏) 문중 선산 성묘를 마친 날 저녁이었다.

"아재, 그래 서울 재미는 좋아요?"

집안의 여러 어른들이 수십 명 방안에 비잉 둘러앉아 있는 가운데, 문중유사(門中有司)이자 '상국 어른'이신 박영동(朴永東) 씨가 나에게 물었다. 나이는 서른 살이나 많지만, 항렬(行列)은 한 대(代)가 떨어진다. 그래서 말씨도 그처럼 어중간하였을 것이다.

"예."

그날은 일가끼리 잔치가 있었다. '바깥어른'들은 소고기 국밥으로, '안어른'들은 돼지갈비로 그득히 배를 불렀다. 그리고 아낙네들은 손에 손을 잡고 쾌지나칭칭나네를 했다.

"대구 국세청에 근무하다가 때려 치우고 서울로 올라가더니, 이제는 통일민주당 김영삼이 참모로 들어갔다면서요?"

"예."

행정고시 합격이 늦어지자 동대구세무서에 7급 세무공무원으로 근무했는데 얼마 되지 않아 다시 공부를 하겠다며 직장을 그만두고 서울대학교 환경대학원에 입학하자 문중 어른들은 고개를 갸웃거렸었다. 그 좋은 직장, 잘만 하면 돈도 수월찮이 굴러들어올 직장을 그만둔 이유를 그들은 통 이해할 수가 없었던 것이다.

1983년 대학원 1학년 재학 중에 행정고등고시 제2차 시험에 합격하였으나, 6·3 한일 굴욕외교반대 시위 전력으로 임용에 탈락하고 서울행정고시학원 강사를 하다가 1988년 통일민주당 전문위원 공채로 들어가게 된 것이다. 문중 어른들은 그래서 궁금증이 많을 수밖에 없었다. 더구나 아직도 노태우 씨가 대통령직에 있고, 허다한 'TK 인사'들

이 정·관계에서 떵떵거리며 포진하고 있는 마당에 엉뚱하게도 야 3당
이니 여소야대니 하며 고함만 질러대는 통일민주당의 정책전문위원
으로 들어가게 되었다니 그들로서는 더더욱 모를 일이었을 것이다.

"그런데 전문위원이라는 직책은 도대체 무슨 일을 하는 거라요?"

"예, 전문위원이란 정당의 정책을 개발하고, 그리고 각종 법률안을
만들고 개정하는 일을 합니다. 그 법률안의 입법화(立法化)는 국회의
원들이 하구요."

어른들이 고개를 끄덕이며 아는 체를 했다.

"그러면 국가적으로 대단히 중요한 일을 하게 되는 셈이군요."

문중유사라면 단체에서의 '총무'나 '간사'직과 같다. 그러니 문중 출
입을 많이 하여, 전통적인 제향(祭享) 같은 일도 뚜르르 꿰리만큼 박식
한 편이다.

"예."

보름여 전, 통일민주당 정책전문위원 공채시험에 합격하고 아직도
입당원서(入黨願書)조차 제출하지 않은 처지지만, 나로서는 이미 정치
권에 발을 내디딘 이상 이제는 더 물러설 여지가 없다는 생각에서 나
라의 발전과 당의 발전에 보탬이 되는 일이라면 그야말로 신명을 바
칠 각오가 되어 있었다.

"그러면 이런 문제는 취급 안 하나요?"

"무슨 내용이신데요?"

"우리 집에 땅이 좀 있재. 그런데 그걸 팔려고 하니 명의가 아직도
일제시대 때 그대로 되어 있지 않나? 그러니 낭패이지요."

"……."

"그 문제가 비단 나뿐만이 아니라… 어떤 부동산은 일본사람 명의
로 되어 있고 또 어떤 부동산은 돌아가신 아버지 명의로 돼 있기도

하고, 도대체 해결할 방법이 없어요."

"그렇겠군요."

"몇 년 전에 무슨 조치법이란 것이 나와서 민원이 상당히 해결된 모양이더라만, 우리같이 시골에 처박혀 있는 사람이야 소문도 못 들었으니 알 수가 있나? 설혹 들었다 하더라도 도대체 무얼 하는 법인지도 몰라서 그냥 지나쳤을 게고, 또 알았다 카더라도 당장 쓸모가 있을 것 같지 않아 차일피일 미루다가 그만 날짜를 넘겨버린 거지요? 그래서 그만 실기(失機)를 해버린 거라요."

"그렇겠군요."

이런 내용의 말은 여러 번 들은 적이 있다. 일제시대 이후 부동산을 매입한 경우, 실소유자이면서도 부동산관리에 대한 인식이 부족하여 이전등기 등 당연히 수행하여야 할 행정적인 절차를 빠뜨리고만 경우 등이 그에 속했다. 그런데 이제 와서 뒤늦은 재산권을 행사하려고 하지만 이전등기가 되어 있지 않으니 도리가 없다. 또 앞서 상국 어른처럼 구제를 위한 특별조치법이 시행되었음에도 차일피일하다가 그만 기회를 놓친 경우도 허다하다.

"그렇겠군요가 아니라, 서울 올라가거든 당장 그런 문제부터 해결해 보세요. 전문위원이 그런 거 하는 직책이라면서요?"

"예."

나는 그러나 그 뒤로 상국 어른의 당부를 잊고 말았다. 출근을 시작하자마자 당장 한 달 후에 있을 '토지공개념' 주제의 세미나를 비롯한 산적한 각종 법률안 마련에 눈코 뜰 새가 없었기 때문이었다. 그리고 두어 달이 지나서였다. 당 민원실에 접수된 서류철을 들여다보다가 지난번 성묘 날 상국 어른의 말이 문득 생각났다. 그와 똑같은 내용의 민원사항이 전국적으로 수십 가지도 넘게 쏟아져 들어오고 있었던 것이다. 이름하여 '부동산 소유권 등기이전 등에 관한 특별조치법(안)'과 관련한 내용이었다. 나는 곧 자료조사에 착수했다.

'부동산 소유권 등기이전 등에 관한 특별조치법'은 지난 1977년 12월, 정기국회에서 법률 제3094호로 제정·공포된 바 있었고, 다음 해인 1978년과 1982년도에 개정되어 시행되다가 그로부터 만 2년 후인 1984년 12월 31일에 그 효력이 소멸된 특별조치법이었다. 그 2년 남짓한 시행기간 중에 처리된 사례가 전국적으로 무려 938만여 건에 이르렀다는 통계도 나와 있었다. 나는 곧 그 법률 개정안의 기초작업에 착수했다. 그것을 다음에 소개한다.

─제안 이유

과거 일제시대 이후 부동산을 매입하여 이후 수십 년간 실소유자로 있었으나, 1977년 제정·공포된 특별조치법 실시와 그 후 수차례 개정하여 실시하였음에도 불구하고 이에 대한 인식부족 등으로 이전등기를 하지 아니한 결과, 최근에 이르러 재산권을 행사하기 위한 등기를 하려고 하나 전(前) 소유자가 이미 사망하였거나 그 직계자손이 대부분 전국에 산재해 있어, 정상적인 절차로는 이전등기가 불가능한 상황이므로 이에 대한 특별조치가 필요한 바, 보다 간편한 절차로서 구제의 길을 터주려고 함.

─주요 골자

- 1977년 12월 31일에 제정되고, 1978년과 1982년에 개정되어 시행되어오다가 1984년에 그 효력이 소멸된 '부동산 소유권 등기이전 등에 관한 특별조치법'에 준함.
- 적용 범위를 1985년 12월 31일 이전에 매매·증여·교환 등 적법절차로 사실상 양도된 부동산과 상속받은 부동산으로서, 아직 소유권 등기이전이 이루어지지 아니한 부동산으로 한정함(법률안 제3조).

- 부동산투기를 목적으로 하는 사람들에게 악용되는 일이 없도록 벌 칙을 강화함(법률안 제13조).
- 1993년 12월 31일까지 그 효력을 가지는 한시법으로 함(법률안 부 칙 제3항).

전문 제14조와 부칙 3개항으로 된 이 법안은 당시 통일민주당 원내 부총무이며 농수산위원인 박태권(朴泰權) 의원 외 59인의 발의로 정식 으로 상정하였다. 법안 심의를 농수산위원회로 상정한 것은 민원대상 이 된 부동산 대부분이 밭[田]이거나 논[畓]이기 때문이었다.

그런데 심의과정에서 법제사법위원회로 넘겨진 이 법안은 당 소속 율사로 이름난 강신옥(姜信玉) 의원이 부결시키는 커다란 오류를 저지 르고 말았다. 나는 당시 김영삼 총재의 방소 연설문 초안 작업 관계로 그 법안의 심의가 진행되고 있는 법사위 회의에 참석하지 못하였는 데, 그 사이에 강 의원이 그만 중대한 실책을 범하고 만 것이었다. 물 론 강 의원도 그 법안의 기초위원이 나임을 잘 알고 있었다.

이튿날 엘리베이터에서 마주친 강 의원이 나에게 보란 듯이 말했다.

"박 위원, '부동산등기법(不動産登記法)'이란 게 있지 않소? 그러니 이 특별조치법안은 필요가 없단 말요."

"네?"

"그래서 내가 부결시켜버렸소. 같은 법안이 있는데, 또 올리면 그게 무슨 창피요?"

기가 찰 일이었다. 그래도 명색이 당내에서는 '율사'로 알려진 법률 통이 아닌가. 그런데도 일반법과 특별조치법도 분간하지 못한단 말인 가. 나는 그 씁쓸함을 금할 수가 없었다.

그로부터 4년 후인 1992년 3월 중순경. 한창 제14대 국회의원 선거가 뜨겁게 달아오를 때의 일이었다. 당시 민주자유당 사무총장은 중앙당의 선거대책본부장을 맡은 관계로 너무 바빠 나에게 군위군만큼은 전권을 갖고 부탁한다는 특별요청을 해왔다. 그리하여 군 내 20여 개 문중촌을 중심으로 선거지원을 하고 있을 때였다.

한번은 효령면 배방골에 위치한 문화 류씨(文化柳氏) 일문(一門)에서 임시 문회(門會)를 개최하고 있었다. 진외가 아저씨인 류응상 씨에게 행정고시 합격하고 박씨 문중에서는 일찌감치 잔치를 했지만 촌수가 떨어져 늦게나마 외손(外孫)이 인사를 드린다고 명분을 건 것이다.

100여 명의 어르신들이 오셨는데 제실에는 남자들이, 미닫이문을 튼 가정집에는 아낙들이 좌정하여 이 지방의 자랑거리인 닭고기 요리와 주류로 분위기가 잡혀가고 있을 때,

"교수라 그러시던데 어느 대학 교수이지요?

"예, 중앙정치교육원 교수입니다."

이어서 졸지에 고명(?)하신 박 교수님의 10분 안팎의 특강이 이루어진다. 먼저 자녀교육문제로 관심을 집중시킨 뒤에 지역사회발전에 있어서 예산배분 이야기로 넘어가면서 당해 지역의 세력가가 그 지역을 발전시키게 된다는 결론에 도달한다.

좌중에 연세 지긋한 어르신네가 우렁차게,

"교수님 말씀을 들어보니 우리 김 의원이 참말로 일꾼이군요."

"네? 오 의원이라구요?"

헛들은 척하고 너스레를 떨자니깐,

"아, TV에 매일 나오는 김 의원 몰라요? 참 교수님도 숙맥이시구먼."

"어쨌든 어르신네들, 맥주 한잔 올리겠습니다."

이하 반 잔씩만 받아도 족히 50여 잔을 받아 마셔야 한다. 정신력으로 버티는 것이다.

"누구 잔은 받고 누구 잔은 받지 않고…"

"이 마을에 올 때 군 노래자랑대회에 누가 나가 예선에 올랐다면서요?"

"바로 이 사람이라요."

"한양서 온 교수님 앞에 한 곡 하지 그래."

이어 자청해서 누가 뒤쪽에 가서 징풍물을 내오고 밤새도록 쾌지나 칭칭나네를 하다 보면 이심전심으로 뭣(?)이 흘러 공감대가 형성되는 걸 느낀다.

최병국 군위 경찰서장에 의하면 선거지원 초반 김윤환 후보와 상대방 무소속 최종두 후보 간 군위군 판세는 50:50으로 봤는데 개표결과 60.1%로 끌어올렸으며, 문중집회 개최지는 70~80%로서 평균보다 10~20% 격차를 보였다. 하여튼 이 임시 문중집회에 김윤환(金潤煥) 국회의원 후보가 소식을 듣고 달려와 제실에 좌정하였는데,

"김 의원, 옆에 앉아계시는 박두익 교수님은 정말 명석하신 분이에요."

"예예, 맞습니다."

"김 의원, 서울 가거던 조치법 한번 해보셔요."

김윤환 민주자유당 사무총장은 나를 보고,

"교수님, 저분 말씀이 무슨 말입니까?"

"농촌지역사회에 정말로 피부에 와 닿는 법내용이니까 무조건 수용하십시오."

세력가 국회의원이 정말 세긴 세다는 걸 나중에 알았다.

합당 전 내가 국회에 상정하였으나 앞에서 본 바와 같이 부결되었는데, 이번엔 거꾸로 지역구 의원이 동료의원들의 동조를 얻어 국회를 통과시켰고, 5년 한시법(限時法)으로 이 법의 혜택을 본 사람들은 전국적으로 수두룩하다고 듣고 있다.

세법 개정 자체는 딱딱,
내용은 굵직굵직

우리 사회에서 경제의 안정과 성장을 착실히 추구하여 국민의 삶의 질을 높이는 것이 우리가 지향하는 목적가치라면 일련의 세제(稅制) 개편과정은 이러한 목표를 달성하기 위한 수단가치의 개선인 것이다.

앞에서 언급한 바와 같이 여소야대 정국에서의 세제개편은 정책정 당으로 자부해온 통일민주당이 주도하여 1988년에는 대형개편, 그 이 듬해에는 소형개편이 이루어져 계층 간의 위화감 해소, 시장경제질서 자생력 유도 등 경제민주화에 크게 기여하였던 것이다.

우선 1988년도에 행해진 주요 세법 개정(稅法 改正) 내용을 보면 다 음과 같다.

■ 소득세법 중 개정 법률안

주안점: 지난 1982년에 정해진 인적 공제액은 그동안의 물가상승률 과 국민소득수준의 향상을 고려하여 현실에 맞게 개편하였는데, 계 층 간의 형평성 제고를 위해 근로소득자를 포함한 중산층 이하에 대 해 소득세 경감과 함께 '특별소비세' '전화세' 등의 간접세를 경감시켜 세부담을 완화하였다. 면세점은 5인 가족 기준으로 연 274만 원에서 360만 원으로 올리고, 기초공제액은 연 30만 원(월 2만5천 원)에서 연

42만 원(월 3만5천 원)으로 인상하였으며, 연 180만 원 이하에 6%로 적용하던 최저세율을 연 250만 원 5%로 조정하였고, 연 6천만 원 초과 시 55%이던 최고세율은 연 5천만 원 초과 시 50%로 조정하였다.

또 1988년도 개정 당시, 6%부터 55%까지 16단계로 세분화되어 있던 종합소득세율을 5%부터 50%까지 8단계 체계로 대폭 간소화하여 중간계층의 누진율을 완화함으로써 중산층 이하의 세부담 경감폭이 커지도록 하였다(동법 제70조).

배우자 공제액은 연 42만 원(월 3만5천 원)에서 연 54만 원(월 4만5천 원)으로 인상하고(소득세법 제63조 내지 제65조), 근로소득 공제액은 연 94만 ~170만 원에서 연 140만~230만 원으로 인상하여 5인 가족을 기준으로 할 때 근로자 면세점을 월 22만8천 원에서 38만3천 원으로 대폭 상향 조정하였으며, 특히 하루 1만5천 원이던 근로자의 면세점을 2만 5천 원으로 올려주었다(동법 제61조).

또 1988년 개정 당시, 연 24만 원의 범위 이내에서만 공제혜택을 받아오던 자녀교육비를 중·고교 공납금 전액을 공제받을 수 있도록 하였고, 동거하는 형제·자매의 교육비도 함께 공제받을 수 있도록 하였다(동법 제61조 4항).

그리고 사회복지 지원을 위하여 장애자와 경로우대 특별공제제도를 신설하였으며(동법 제61조의 4항, 제66조, 제66조의 4항), 이자와 배당소득을 지급 받은 사람의 실제 명의가 확인되지 아니한 경우 현행 실명분 10%, 비실명분 20%로 차등 과세하고 있는 것을 실명은 그대로 두고, 비실명만 40%로 세폭을 확대함으로써 금융자산의 실명화를 유도하였다(동법 제144조).

그리고 농어가 부업소득의 비과세 범위를 현재의 연 224만 원에서 연 386만 원으로 올림으로써 농어민의 실질소득 증대를 꾀하였다(동법 시행령 제6조의 2항).

또 종업원 지주제의 확산을 위해 '우리사주(社株)'를 3년 이상 보유한 경우, 주식 액면가액 500만 원 이하 분까지는 배당소득에 대한 소득세를 종전 10%(교육·방위세 포함 시 16.75%)에서 소득세만 5% 분리 과세하고, 조합원이 사망한 경우 상속이 이루어질 때는 종전에는 상속세를 물었으나 이를 폐지하였다.

■ 소득세법 중 양도소득세 관련 개정 법률안

첫째, 양도자산별·보유기간별로 정률과세를 원칙으로 하던 양도소득세율 체계를, 개인별로 연간 발생한 양도차익을 모두 합산하여 그 크기에 따라 40% 내지 60%의 초과 누진세율을 적용토록 하였으며(소득세법 제70조),

둘째, 농지와 택지를 부동산투기의 수단으로 악용하는 사례를 방지하기 위하여 외국인 투자기업 설립 시 현물출자자산에 대한 양도세 비과세 규정을 폐지하였으며(동법 제5조 및 법인세법 제59조의 3항),

또한, 공유수면매립지 양도 시 양도세의 감면율 축소(소득세법 제59조 3항)와 비과세되는 1세대 1주택의 부속토지 범위의 축소(동법 제5조), 그리고 역시 비과세되는 8년 이상의 자경농지 범위도 축소하였다(동법 제5조).

■ 상속세법 중 개정 법률안

1988년도 개정 당시 15단계로 되어 있는 상속세 세율 등급을 8단계로 대폭 간소화하였고, 100만 원 이하 7%인 최저세율을 300만 원 이하 5%로, 5억 원 초과 60%인 최고세율을 55%로 인하하였다.

상속세의 공제한도액도 현행 7천만 원에서 1억2천만 원으로, 2천만 원인 배우자 공제한도액은 3천만 원으로, 300만 원인 연로자(年老者) 공제한도액은 1천만 원으로, 그리고 800만 원으로 되어 있는 장애자 공제한도액은 1천만 원으로 각각 인상하였다.

■ 법인세법 중 개정 법률안

법인세법 중에서 개정된 주요 내용을 보면,

첫째, 기업의 결손금에 대한 이월공제 허용기한을 3년에서 5년으로 연장하여 기업의 재무구조 개선을 지원하였으며(법인세법 제8조 및 제53조),

둘째, 법인세 하위세율 적용계급을 5천만 원에서 8천만 원으로 인상하여 중소법인의 세부담을 경감시켰고(동법 제22조),

셋째, 중소법인의 법인세 분납기한을 30일에서 45일로 연장하여 중소법인의 자금부담을 완화했으며(동법 제31조),

나아가 비영리법인의 이자소득·주식양도차익 및 수익사업용 고정자산 처분이익을 과세대상으로 전환하고, 특히 이자소득에 대하여는 다른 수익사업소득과 합산하여 과세함을 원칙으로 하여 비영리법인 대상의 과세를 합리화하였다.

■ 부가가치세법 중 개정 법률안

1988년도 개정 당시 기본세율이 13%로 되어 있었으나, '±3'의 탄력세율 적용으로 10%로 일관하고 있는 점을 고려, 탄력세율제도를 폐지하여 10%로 고정시켰다(부가세법 제14조).

또 납세자의 편의를 도모하기 위하여 과세특례범위를 확대하였고(시행령 제74조), 소액 불징수금액을 인상하고(동법 제29조), 과세특례 적용 신고를 간소화하였다(동법 시행령 제78조).

■ 조세감면규제법 중 개정 법률안

첫째, 농·축·수협 단위조합에 대하여는 계속해서 현행 5%의 세율을 적용하되, 이외의 공공법인에 대하여는 과세표준 3억 원을 기준으로 하여 그 이하인 경우에는 10%의 세율을 적용하고, 초과하는 경우에는 초과금액에 대하여 15%의 세율을 적용토록 하였다(조세감면규제법 제8조).

둘째, 1988년도 개정 당시 국제수지 흑자에 따른 대외통상 마찰 해소와 수출산업과 내수산업 간 경쟁 중립성 유도를 위하여 수출산업에 대한 지원제도의 일부를 축소하였다(동법 제24조 및 제25조).

셋째, 중소기업 기술제도의 보완책으로 중소기업 투자준비금을 설정한 개인기업의 법인 전환 시 가산세 추징요건을 완화하였다(동법 제13조).

넷째, 기술 관련 지원으로 기술소득에 대한 감면제도를 보완하였으며(동법 제87조), 기술개발준비금은 조세지원의 종합한도에서 제외하여 준비금으로 설정한 잔액을 비용으로 인정받게 하였다(동법 제88조).

다섯째, 농·어업용 기자재에 대하여는 부가가치세 영세율(零稅率)을 적용하였으며(동법 제73조), 자경농민에게 농지를 양도할 때는 의무경작 기간을 단축토록 하였다(동법 제67조 6항).

다음 해인 1989년도에는 소폭적인 개편이 이어졌는데, 그 주요 개편 내용을 요약하면 다음과 같다.

첫째, 근로소득과 여타 소득 간에 세부담의 형평성을 증대시키고, 근로자의 실질적인 소득이 증대될 수 있도록 '근로소득 세액제도'를 신설하는 한편, 시간외 근무수당 등에 대하여는 비과세가 적용되도록 하였다.

둘째, 투자활성화와 기술개발 촉진을 지원하기 위하여 임시 '투자세액 공제제도'를 시행토록 하는 한편, 기술인력 개발에 대한 세액공제 대상 및 기술개발준비금의 사용기준을 확대함으로써 산업구조 조정을 통한 국제경쟁력 회복에 기여토록 하였다.

셋째, 농·어촌 발전 종합대책을 효율적으로 뒷받침하기 위하여 영농조합 법인 등에 대한 세제지원방안을 강구하였다.

넷째, 토지공개념 확대도입의 일환으로 토지초과이득세를 신설하는 등 부동산투기 억제를 위한 관련 세제를 보강하였는데, 유휴토지와 비업무용 토지 등을 보유한 사람에 대하여는 정상적인 지가상승분을 초과하여 얻은 초과자본 이득의 일정분을 보유단계에서 과세로 흡수토록 하였다. 나아가 종래의 부동산 양도소득에 대한 비과세·감면규정 중 주거생활 안정을 위한 지원이나 생산기반 유지를 위한 지원 등을 제외하고는 정책목적상 꼭 필요한 경우라 하더라도 50% 감면으로 축소한 점이다. 또한, 토지 절약적인 생산투자를 통한 기업의 건전한 경영풍토를 조성해 나가기 위하여 법인체의 비업무용 부동산 판정기준을 크게 강화하였다.

다섯째, 채권시장 활성화를 위한 채권이자소득의 감면제도의 신설, 납세 편의를 위한 부가가치세 소액불징수액의 상향조정 등, 경제에 활력을 주고 납세자의 권익을 보호하는 방향에서 그 보완이 이루어졌다.

지방세불복(地方稅不服) 절차는
왜 방치하나?

나는 전문위원으로서 기회가 있을 때마다 민생경제적 시각에서 이 나라 사회의 하부구조인 토지·주택·세제(稅制) 등 3개 분야에 대한 고언(苦言)을 마다치 않았다.

시사 월간지 『한국논단』(1991년 11월호)에 기고한 「계층 간 위화감 해소를 위한 개혁입법을 하라」는 기획논단 기고문에서 나는 다음과 같은 논지를 폈다.

…작금 국회는 문을 열기만 하면 "안기부법·경찰법·보안법 등을 개폐하라."며 구두선(口頭禪)처럼 개혁입법을 주장하고 각급 언론매체들도 이에 큰 의미를 부여하고 있지만, 일반 국민에게는 과연 얼마나 피부에 와 닿는 이야기일까? 모름지기 참다운 개혁입법이란 기득권자의 과잉보호로부터 과감히 탈피하여 계층 간의 위화감을 불식시키는 방향으로 법의 제·개정이 이루어져야 할 것이다.

사회 하부구조의 위화감을 덜어주기 위한 관련 법안이란 바로 토지·주택·세금제도이다.

나는 정치권에 몸을 담은 이래 민생경제와 관련된 많은 법률의 제·

개정 작업에 관여하였지만, 특히 이 장에서 논의하려고 하는 '조세심판소(租稅審判所)'의 신규설치문제는 일반 국민의 실생활과 가장 밀접한 관계를 갖고 있고 피부에 와 닿는 조세행정(租稅行政)이다.

납세자의 조세불복은 1차적으로 관할세무서에 이의신청을, 2차적으로 지방국세청에 심사청구 등의 불복청구를 제기한 다음, 3차로는 재무부 산하의 국세심판소에 심판청구를 하게 되어 있다. 여기에도 승복을 못 할 경우 민원인은 마지막으로 법원에 행정소송을 제기하는 다단계 과정을 밟고 있다.

국세청에 따르면, 일선 세무서가 고지한 세금내용에 불복하여 이의신청이나 불복신청을 제기한 건수는 1988년 4,167건에서 1989년에는 5,205건으로 1년 사이에 1,000건 이상이 증가하는 등 점점 국민의 무언의 저항이 행동으로 나타나고 있지 않은가 하는 우려를 금치 못하게 한다. 더구나 조세불복으로 마지막 관문인 국세심판소까지 이의를 달고 올라간 조세소송에서 국가 패소율이 38.8%나 되어 일반 행정소송의 국가 패소율인 16.1%보다도 두 배도 더 넘는 결과가 나오고 있다. 그뿐 아니라, 지난 1986년부터 1990년까지의 5년 동안 국가가 패소한 비율은 절반을 넘어 51%나 된다니 가히 충격적이지 않을 수 없다. 게다가 납세자의 주권의식 향상 등으로 국세심판소에 접수되는 심판청구 건수가 매년 30% 이상씩 증가하는 추세에 있다고 하니, 차제에 조세행정의 문제점을 들춰내 보지 않을 수가 없다.

아직 조세에 대한 국민적 저항은 별로 없다. 그것은 내가 내는 세금이 곧 국가나 지방 공공단체의 운용에 직·간접적으로 유용하게 쓰이고 있으며, 세무관서는 형평성과 경제정의의 눈금으로 세금을 부과하고 거두어들여서 사회계층 간의 빈부격차를 줄이고, 국가와 사회의 안정과 발전에 기여하는 등의 선기능을 수행하고 있다는 인식이 국민의식에 깊이 자리 잡고 있기 때문이다.

만약 정부나 공공단체가 국민으로부터 조세저항(租稅抵抗)을 받게 되면 어떻게 될까? 한순간에 국가질서는 붕괴하고 행정력은 마비될 것이며, 급기야는 정부가, 나라가 전복되는 처참한 결과가 도래하고 말 것이다. 다만 상상하는 것만으로도 모골이 송연한 일이 아닐 수 없다. 기왕의 '국세심판소'가 아닌 '조세심판소'의 설치가 요청되는 것도 이 때문이다.

조세심판소의 설치가 요청되는 이유로는,

첫째, 현행 조세불복은 국세는 재무부장관하에, 지방세는 내무부장관하에 두어 이원적인 운영을 하고 있다. 이것은 발상부터가 행정편의주의에 입각한 것이지 국민의 기본권인 권리구제에 초점을 맞춘 것이 아니다. 실제로 일반 납세자들은 국세와 지방세의 분간도 쉽지 않은 처지다.

둘째, 현 제도는 이의신청, 심사청구, 심판청구 등 아직 법원에 이르기도 전에 전심절차(前審節次)가 3단계나 되고 있어, 불복기간의 장기화에 따른 민원인들의 번거로움은 차치하고서라도 세무관서에 대한 불신이 팽배해지고 있는 형편이다.

셋째, 현행 국세심판소는 재무부장관 소속하에 있기 때문에 기타 국세청장과 관세청장으로부터 직·간접적으로 영향을 받고 있다. 국세심판소의 심판관 구성을 보더라도 소장을 포함한 5명의 상임심판관 중에 재무부 출신이 3명, 국세청 출신이 2명으로 보임되고 있어 심판소가 처분청인 일선 세무관서의 부당한 행정집행에도 이를 합리화해주는 사례도 가끔 지적되어왔다.

넷째로는, 특히 지방세 불복의 경우, 단순한 민원사항 정도로 치부하는 경박한 처리를 하고 있음을 자주 목격한다. 그러나 지방세의 절대액수가 국세에 비해 비록 적을지는 몰라도 저소득층이나 농어민들에게는 만만치 않을뿐더러 그 반발심이 오히려 클 수도 있다.

이상과 같은 문제점을 개선하기 위한 대안(代案)의 필요성이 절대적으로 요구된다.

첫째, 경제 부처인 재무부 산하의 국세심판소와 비경제부처인 내무부로 이원화된 지방세 불복제도를 통폐합하여 가칭 '조세심판소'를 설치한다. 이것은 현행 국세기본법 및 지방세법 등 관계 법규를 개정하는 것으로 충분한 만큼, 따로 법규를 제·개정하거나 별도의 기구를 만드는 것도 아니어서 부담도 없다.

둘째, 최종적으로 법원으로 가기 전, 삼원화된 현행 행정전심절차를 국세청·내무부장관의 심사청구와 신규 설치될 가칭 '조세심판소'의 심판청구로 이원화시킨다.

셋째, 지방세 불복과 관련한 심판은 예컨대 대학에서 조교수 이상의 직에서 5년 이상의 경력이 있는 자 등으로 객관적이고 중립적인 인사들로 구성된 심판관들을 포함시키는 방법이 바람직하고, 가칭 '조세심판소'에 대하여는 준사법적인 기능을 부여하도록 한다.

조세불복 심판청구에 있어서 이 같은 개편은 납세자의 민원절차를 간소하게 하고, 투명성도 보장하여 대(對)국민 관계 개선에 획기적인 기여를 할 것으로 확신한다. 부처 이기주의나 할거주의에 천착한 일부 관계부처의 용단을 촉구한다.

방송의 공정성과
정치적 중립성을 위하여

"… 어제로써 언론의 자율화 등을 내용으로 한 소위 '6·29선언'이 나온 지 한 돌을 맞았습니다. 민주화를 요구하는 국민의 뜨거운 항쟁에 항복을 했다는 그 선언은 요즈음 대학가와 국민 사이에서는 '속이구 선언'으로 완전히 평가절하되고 있습니다. 그것은 선언에 따른 실질적인 민주화 조치가 거의 전혀 취해지지 않아 기만을 당했다는 느낌이 강하게 들었기 때문입니다. 특히 언론의 자율성 보장문제만 하더라도 문화공보부의 홍보정책실이 이름만 바뀌었지 업무는 그대로 계속되고 있는 상황입니다.

지난번에 언론기본법을 폐지하고 새로이 제정된 방송법에 의거하여 구성되는 방송위원회 위원 12명 중 현재 8명이 임명되어 있지만, 일부는 현역판사 등 제5공화국 당시 정권을 위해 앞장섰던 인물들이 임명되어 방송의 공정성이나 정치적 중립성이 지켜질지 의심스러운 지경입니다. …"

통일민주당 김영삼 총재의 차분한 목소리가 장내를 찌렁찌렁 울리고 있었다. 1988년 6월 30일에 개최된 '현행 방송체제의 문제점과 그 개선방향'이라는 주제의 세미나에 앞선 인사말 서두였다.

단상에는 주제를 발표하기 위한 방송 현업인과 대학 방송학 교수들이 자리를 잡고 있었고, TV 카메라는 방청석 전경을 풀샷으로 잡고 있다가 다시금 김 총재의 얼굴로 서서히 클로즈업되고 있었다.

이 세미나는 통일민주당이 미래의 수권정당으로서 '정책정당' 지향을 선언한 이래 이달 들어 가장 국가적인 문제가 되고 있는 주제들

예컨대 '수입개방을 앞둔 농·어촌 문제'를 비롯하여 '증권시장 육성방안' '공안분야 제도개선문제' '사법부 독립문제' 등 굵직굵직한 주제의 세미나를 평균 일주일 건너 연속적으로 개최해 오고 있는 상황이어서 사회 각계층의 관심이 뜨겁게 집중되고 있었다.

참고로 이 책에 수록된 내용 중에서 이 부분은 유일하게 내가 실무적으로 주관하지 않았으나 그간 통일민주당이 정책정당·과학정당을 꾸준히 추구하였음을 증명하기 위해 부연하는 것이다.

김 총재의 말은 계속되었다.

"… 현 정권은 1980년 당시 공영방송이라는 미명하에 방송사까지 통폐합하여 지금은 공영이 아닌, 완전히 관영방송으로 전락시키고 말았습니다. 방송사의 1980년 이전으로의 원상회복과 민영 TV 설립 허가요구 여론에 밀린 정부와 민정당은 CATV는 민영화하겠다는 방침을 세우고, 공중파 방송은 계속 정부가 독점하겠다는 참으로 시대착오적인 발상에서 깨어나지 못하고 있습니다. 방송은 정부가 장악하거나 장악하려 해서는 절대로 안 되는 것입니다. 오늘날 현대의 첨단기술을 이용한 신속하고도 광범위한 전파의 수단인 방송은 그 정치적 중립성 내지는 보도의 공정성이 극도로 요구되고 있습니다.

방송 일선과 학계의 저명하신 여러분들을 모시고 오늘 이 자리를 마련한 것도 우리나라의 방송문화 내지는 그 제도를 어떻게 하면 제 기능을 발휘하게 할 수 있을까, 어떻게 하면 국민의 알 권리를 충분히 보장해 줄 수 있을까에 대한 문제들을 해결해 보고자 하는 데 있습니다. …"

김 총재의 인사말에 이어 황병태 의장도 같은 요지의 인사말을 했다.

"… 그러므로 우리 당은 방송매체, 특히 TV를 어떤 식으로 관리하느냐 하는 데 대한 정책을 발표하기 전에, 또 관계법률을 개정하기 전에 사계의 여러 권위자들의 의견을 들어서 그 결과를 가지고 당의 방침을 결정할 생각입니다.

사계 여러 대표들과 우리 당의 대표로 나오신 박관용(朴寬用) 의원의 활발한 토론을 기대합니다. …"

가장 영향력이 있는 언론매체로서, 그리고 가장 대국민 접촉도가 높은 방송이 권력의 원격조종하에 파행적인 운영을 자행함으로써 이 나라의 민주화 성취를 지연시킨 가장 핵심적인 장애요소였다. 통일민주당은 그 파행적 운영이 방송법을 비롯한 제반 제도적인 모순에서 비롯된다고 보고, 이의 개선을 위한 정당활동의 하나로 방송문제에 대한 세미나를 개최하게 된 것이었다. 세미나장은 곧 뜨겁게 달아올랐다.

김정강(金正剛) 당 정책평가실장의 사회로 진행된 이날의 세미나에서 먼저 마이크를 넘겨받은 서강대학교 최창섭(崔昌燮) 신방과 교수는, '방송법과 방송 관련한 기구(機構)의 개선방안'이라는 주제를 집중적으로 파고들었다.

"… 먼저 우리나라의 방송이 일제하 식민지 방송시대를 시작으로 1940~1950년대의 국영방송 시대, 1950년대 후반의 국·민영방송 시대, 1973년부터의 공·민영 혼합방송 시대, 그리고 1980년대의 명목뿐인 공영방송 체제를 거치며 그동안 상업성에 대한 폐단도 경험하였고, 공영 아닌 관영형태의 예속화 내지는 공정성과 편향성에 대한 시시비비도 경험하였습니다. 그리고 1987년도 후반부터는 민주화 열기와 발맞추어 '언론기본법' 개폐문제와 나아가서는 방송법 개정논의를 해야 한다고 하리만큼, 개선이 아닌 급조된 방송법을 아직도 갖고 있습니다."

최 교수는, "따라서 우리는 앞으로 과연 명실상부한 공영방송을 가질 것인가? 아니면 국민소유로 환원할 것인가? 그것도 아니라면 공·민영 혼합체제로 갈 것인가? 라는 세 가지의 전제하에서 방송법 개정은 이루어져야 한다."고 말하고 개정의 기본원칙을 다음과 같이 정리했다.

- 첫째, 방송인의 전문성과 자주·자유성을 최대한 보장하여야 한다.
- 둘째, 일반 수용대중의 접근권을 최대한 보장하여야 한다.
- 셋째, 방송계·수용계·관련기구 등 3자 간에 상호 경제와 보완이 가능한 범위 안에서 제3자의 간섭을 배제할 수 있는 기본바탕을 마련하여야 한다.
- 넷째, 전파는 국민소유이기 때문에 이번 기회에 전파를 국민에게 되돌려준다는 입장에서 추진되어야 한다.
- 다섯째, 국민 정신건강을 보호한다는 차원에서 이루어져야 한다.

최 교수는 계속해서, "방송이 권한보다는 기능을 확대하는 쪽으로의 개선이 바람직하다."는 전제하에 현행 방송법에서 문제가 되는 조문을 다음과 같이 열거하였다.

- 방송법 제4조: '방송의 공적 책임'이라는 표현은 아주 애매모호하므로 용어의 개정이 필요하다.
- 동법 제5조 1항: 보도의 공정성이나 개관성에 대한 선언적 의미일 뿐, 제도적으로 보완장치가 마련되어 있지 않다.
- 동법 제5조 3항: 방송은 특정 집단이나 정당·이익·신념에 대해 옹호할 수 없다고 되어 있다. 그러나 뉴스와 방송해설(신문의 사설)은

구분되어야 한다. 뉴스에서는 특정 개인에 대한 지지가 불가능하다 해도 사설을 통해서는 나름대로 지지를 표명할 수 있도록 문호가 개방되어야 한다.

- 동법 제6조 1항: 방송법인이 아닌 자의 주식지분 상한선이 49%까지로 되어 있는데, 몇 % 정도로 축소하여 주식의 분산효과를 피하도록 하여야 한다.
- 동법 제12조: 방송위원회 위원의 선정·임명은 전문성이 바탕이 되어야 한다.
- 동법 제17조 1항 7조: 기본정책 수립 시 '문공부장관 요청 시'에다 '시청자집단 요청 시'를 추가시켜야 한다.
- 동법 제19조: 방송심의위원회가 방송위원회의 산하기관으로 되어 있는 점이 문제다. 방송 프로그램의 사전심의는 방송국이나 협회의 자율적인 심의에 맡기고, 방송위원회 차원에서는 모니터링 후 다음 프로그램의 면허제청권이나 사장 재청권 등을 통해 통제를 가할 수 있는 방식으로 제한되어야 한다.
- 동법 제34조: 가능한 한 교육방송의 독자성이 적극적으로 고려되어야 한다.
- 동법 제37조: 방송국을 개국·휴업·폐업할 경우 문공부장관이 아닌 방송위원회에 보고하는 게 기본원칙에 맞다.

최 교수는 마지막으로, "방송위원회는 과거 기본법에 명시된 본연의 의무와 책임을 다하지 못하였다."고 진단하고 그 개선책으로 △방송과 관련한 단일 감독기관으로서 방송위원회에 방송국에 대한 실질적인 규제를 할 수 있도록 권한을 부여해야 하고, △언론연구원의 방송에 관한 기능은 방송위로, △언론중재위의 기능은 사법부로, 그리고 △방송광고공사는 근본적인 개편이 있어야 한다고 못 박았다. 최 교수는 이 같은 개혁을 위해서는, "가칭 '합동연구검토위원회' 같은 한시적인 기구의 설립이 필요하다."고 제의했다.

한양대학교 이민웅(李敏雄) 신방과 교수는, 'AFKN·MBC·KBS 한국방송광고공사에 대한 여러 가지 문제점과 개선 방향'을 집중적으로 다루었다. 이 교수의 발표내용을 매체별로 나누어 요약하면 다음과 같다.

─AFKN 채널문제

AFKN은 미군사령부 정보처 산하 해외주둔군 방송채널의 하나다. AFKN의 TV 방송은 그 내용과 형식면에서 미국 국내에서조차도 연방통신법과 연방통신위원회(FCC)의 규정 등에 의거한 규제를 받고 있는데 주재국인 한국정부로부터는 아무런 법적·행정적인 규제를 받고 있지 않다.

AFKN의 이 같은 치외법권적 특권은 지난 1966년에 체결된 이른바 '한·미 행정협정'에 근거한다. 이 협정의 공식명칭은 '대한민국과 미합중국 간의 주한 미국군 군대의 지위에 관한 협정'이다.

이 협정의 제3조 2항을 보면, "전자파 발사장치용 라디오 주파수, 또는 이에 유사한 사항을 포함한 전기·통신에 관한 모든 문제는 양국 정부의 통신 당국 간 약정에 따라 최대한의 조정과 협력으로 신속히 해결해야 한다."로 되어 있다. 문제는 이 협정이 체결된 이후로 단 한 번도 그 내용이 개정된 일이 없다는 사실이다.

AFKN은 또 4만 명 정도의 미군과 10만 명 정도의 가족들을 위한 방송에 불과한데도 VHF 채널을 이용하고 있다는 점이다. 서독에 주둔하고 있는 미군방송은 그곳 방송협회에 가입하고 있다. 따라서 채널을 UHF로 전환하고 방송내용도 한·미 호혜평등의 정신으로 짜여야 할 것이다.

―KBS와 MBC의 존재양식

그동안 우리나라의 공영방송이 사실상 관영체제로 운영되어 왔기 때문에 보도방송의 편파성과 왜곡성 문제로 일반 시청자들의 인식이 좋지 않다. 방송은 정치권력으로부터 뿐만이 아니라 경제권력으로부터의 공정성 침해가 더 큰 문제다.

이 같은 제반 외압으로부터 탈피하기 위해서는 방송법과 시행령을 고쳐 시급히 공영방송체제를 확립하는 것이다.

한국에서 가장 정통성을 인정받고 있는 부문은 국회다. 그러므로 방송국의 장과 임원을 비롯한 방송위원회의 임원들을 선정하는 작업은 전적으로 국민의 대의·의결기관인 국회의 몫으로 돌려야 한다.

―방송광고공사(KOBACO)의 위상문제

방송광고공사는 반민주 악법의 대명사인 언론기본법에 근거하여 만들어진 '방송광고' 관리기구다. 방송광고공사의 존재는 일반 광고주의 매체 집행이나 전략을 흐트러뜨린다. 이것은 경제민주화의 원칙에 정면으로 위배된다. 끼워팔기·광고물의 사전검열제 등 횡포가 심하다. 광고도 매스컴의 하나인 만큼 심의는 광고윤리위원회에 맡겨야 한다.

방송광고공사가 매년 수백억씩 조성하는 공익자금 중의 상당액이 당근용으로 언론인의 해외시찰이나 정치성 짙은 부분에 사용되고 있다는 혐의가 짙다. 따라서 방송광고공사는 해체되어야 한다.

한국외국어대학교 김우룡(金寓龍) 교수는 '케이블TV 도입에 따른 제문제'를 다음과 같이 요약했다.

다채널과 프로그램 운영의 상호교환성 등의 특성을 가진 케이블TV의 도입에는 국민의 의사가 반영될 수 있도록 자율적으로 운영되어야 하지만, △일본 등 인접국가의 프로그램 시청 가능, △포르노TV, △외국 프로그램의 범람 등의 문제에 있어서는 일정한 규제가 있어야 한다는 전제하에 그 도입과 운영에 있어서 신중성이 요구되고 있다.

한국교육개발원의 김학천(金學泉) 교육방송본부장은 '교육방송의 개선책'에 대해, "한국의 교육방송은 전담채널 및 방송정책의 전담창구가 없고, 열악한 제작환경과 특히 서울을 제외한 지방은 UHF 채널이어서 전국을 커버하지 못하고 있다."고 말하고, "시청 대상이 분명하고 여론을 집약시킨 시민토론 프로그램, 사회모순을 비판하고 감시하는 건전한 비판 프로그램을 제작·방송하는 등 공영방송의 본질을 추구할 수 있도록 전문채널로서의 정착이 시급하다."고 촉구했다.

다음은 이날 벌어진 토론내용을 간추린 것이다.

사회: 오늘의 토론에서는 방송체제를 공영으로 할 것인가, 공·민영으로 나아갈 것인가, 그리고 방송위원회의 위상과 구성을 어떻게 할 것인가 하는 내용에 초점을 맞추기로 하겠습니다.

이정춘(李正春) 중앙대 교수: 이민웅 교수가 말씀하신 방송광고공사 폐지론은 방송사나 광고대행사에 대해 군림하는 자세에서 탈피하도록 하고 방송사의 위탁을 받게 하는 등의 위상의 조정으로 충분하다고 봅니다. 공익자금의 운용에는 역시 문제가 있다고 봅니다.

또 KBS와 MBC의 존재양식에 국회의 영향력이 커야 된다는 말에는 반론을 제기하며, 다양한 영향력 중의 하나가 되어야 옳다고 봅니다. 교육방송은 교육개발원으로, 국제방송은 관계부서로 이관하여 KBS의 비대증을 해소시켜야 한다고 봅니다.

현재 우리나라 방송위원회는 민주주의가 가장 발달한 나라들이 시행하는 형태를 취하고 있습니다. 그러나 한국의 정치문화로는 시기상조라는 생각이 듭니다. 따라서 전문성과 다원성의 차원에서 국민의 의사전달이 가능한 행정부·국회·지역대표·사회 이익단체 등이 골고루 참여하는 구성이 바람직하다고 생각합니다.

이형모(李亨模) 방송PD연합회 회장: 방송법은 지도·억압·통제·규제로서가 아니라 지원·보호·육성·자율이라는 개념에서 제·개정되어야 한다고 생각합니다. 이러한 개념이 충만할 때 자율적으로 제작에 임할 수 있습니다.

방송위원회는 정책적인 면만 제시하도록 하고, 구체적인 것은 방송사 자율에 맡겨야 합니다. 케이블TV든 민영방송이든, 경영과 편성·제작이 분리되어야만 정경유착으로부터 벗어날 수 있습니다.

박관용(朴寬用) 통일민주당 국회의원: 방송의 공영체제하에서 국민의 알권리를 어떻게 충족시키고, 전파의 소유자인 국민이 어떻게 운영에 접근권을 갖느냐가 핵심이 되어야 한다고 봅니다.

방송위원회는 방송매체를 규정하는 핵심기능을 가진 의회라고 볼 수 있습니다. 방송위원회가 방송을 중립화할 수 있도록 인사권·예산권 등의 실질적인 권한을 행사할 수 있도록 해야 한다고 생각합니다. 현행 방송체계는 공영체계가 아니라 국가독점 체계이며, 채널의 집중화를 분산시켜야 합니다. 재벌의 방송 소유를 반대하는 것은 정경유착을 사전에 예방하기 위해서라고 봅니다. AFKN의 채널 문제는 즉각 해결되어야 합니다.

이정춘 교수: 프로그램에 대한 비판은 방송사 내나 방송위원회 등 제도적 여건에서 통제되어야 합니다. 따라서 방송심의위원회는 당연히 없어져야 옳습니다. 경영에서는 최대한 자율권이 보장되어야 하며 KBS 이사회는 방송위원회·국회·KBS 직능별 위원회에서 추천하는 인사로 구성되는 게 바람직하다고 봅니다.

최창섭 교수: 방송위원회의에 대표성과 원로성만 따질 것이 아니라 전문성도 추가되어야 합니다. 방송제도의 개선은 공익성에 초점을 두어야 합니다. 방송위원에 현직 법관이 끼어 있는 것도 난센스입니다.

황병태 의장: 좋은 말씀들 대단히 감사합니다. 지금 우리당이 역점을 두고 있는 부문은 AFKN 채널 변경, 교육방송의 독립, 케이블TV에 대한 방침 및 민영방송의 설립 등입니다. 특히 방송법의 개정을 통해 방송위원회의 공익성을 제고하고 기능을 강화하기 위한 방안을 마련 중에 있으며, 오늘 이 자리도 결국 이들 문제에 귀결된다고 하겠습니다. 우리 당의 기본적인 방침은 KBS의 사장도 방송위원회가 임명하도록 하여 방송위원회가 KBS에 대한 인사권·예산권 등 실질적인 권한을 갖도록 하는 일입니다. TV의 민영화문제도 공익성 제고에 초점을 두고 있으며, 이러한 것을 어떻게 경제세력으로부터 중립화시킬 수 있을 것인가를 염두에 두고 있습니다.
AFKN은 한·미 행정협정의 개정과 함께 UHF에로의 채널 변경이 우리의 당론입니다. 케이블TV와 관련한 여러분들의 견해도 우리와 일치합니다. 교육방송은 문공부·KBS로부터 독립을 추진하겠습니다. 감사합니다.

통일민주당은 이 세미나에서 수렴된 각계 전문가의 의견과 기왕에 당론으로 갖고 있던 정책을 한데 묶어 곧 관계 법률의 개정작업에 들어갔는데 △정부나 외부의 간섭 없는 MBC의 운영을 위해 '방송문화진흥회법'을 제정(1988년)한 데 이어, △한국방송공사법 개정(1989년), △한국방송광고공사법 개정(1989년), △전파관리법 개정(1990년)을 이루었고, 특히 △교육방송의 독립과 △AFKN 채널의 환수 등 국민적 관심사이던 현안을 적극적인 국회활동을 통해 성취하는 개가를 올렸다.

야당이 법 제정안을 최초로 국회 상정하여
본회의를 통과하다

　소위 기금관리기본법[基金管理基本法(案)]의 제안이유는 다음과 같다.
　이 법안의 제안 당시(1988년 10월) 재형저축 장려기금·농어가 목돈마
련저축 장려기금·체신보험기금 등을 제외한 모든 정부 관리기금과 대
통령령이 정하는 민간기금의 종류는 58개에 달하고 있었고, 조성된
기금액수가 무려 21조 원을 넘어서는 등 일반회계(一般會計)의 예산규
모에 육박하고 있음에도 그 내용이 일반 국민에게는 전혀 공개되지도
않은 채 주무부처 장관이나 관련 공무원에 의해 거액의 자금이 마음
대로 운용되어 온 비현실적인 관행을 바로잡고, 이를 계기로 국민경
제의 균형 있는 발전을 도모하는 데 그 입법취지가 있었다.
　공적 자금인 기금도 궁극적으로는 국민부담에 의존한다는 점에서
세금과 다를 바 없고, 날로 증가하는 기금 규모는 결국 국민부담의
확대를 전제로 할 수밖에 없는 것이다. 그럼에도 불구하고 예산회계
법 내지는 기금관리제도상 정부관리기금의 경우 행정부가 그 편성과
운용을 독단하고 있음에도 형식적으로 국회에 자료를 제출하는 것으
로만 끝나게 되어 있어 애초부터 국회의 심의와 의결 대상에서 제외
되어온 실정이었다.

마찬가지로 민간기금 역시 정부가 거의 전권을 행사하고 있는 실정이어서 사실상 정부관리와 민간관리기금의 구분조차도 무의미한 상태에 놓여 있었다. 따라서 방대한 규모의 기금이 어디에, 어떻게, 얼마나 쓰이고 있는지도 파악할 수 없게 되어 있는 등 이를 원천적으로 제도화할 필요성이 제기되었다.

이러한 여러 가지 문제점을 개선하고, 기금의 공익성을 최대한 살려 가능한 한 복지재원으로 활용토록 유도하는 등 국민경제의 균형 있는 발전을 꾀한다는 뜻에서 이 법안을 제안하게 된 것이다.

이 법안은 애초에 내가 통일민주당 소속 황병태 의원 외 59인 명의로 1988년 11월 12일에 발의하였으며, 한 달 후에는 발의 참가 의원 수가 129인으로 늘어났다. 법안의 중요성을 뒤늦게 인식한 결과였다.

이 법안은 결국 1991년 11월, 제13대 국회의 마지막 회기인 제156회 정기국회에서 경제과학위원회의 대안(代案)으로 상정되었으며, 동 위원회의 '대안 제안이유'에서도 밝혀지고 있듯이 애초 발의가 이루어진 1988년부터 불과 3년 사이에 기금의 규모가 21조 원에서 27조 원 이상으로 증가해 있는 등, 법안 발의의 만시지탄을 절감케 한 상징적인 예이기도 하였다.

─제안 이유

1988년 12월 13일, 김남(金南)·강금식(姜金植) 의원 외 129인으로부터 발의된 기금관리기본법안을 당 위원회(경제과학위원회)에서 검토한 바 기금제도는 예산회계법상 세입·세출예산 외로 운용하도록 되어 있는 것으로, 자율성과 탄력성을 그 본질로 한다는 점은 인정되나 1991년 11월 현재 정부관리기금이 39개(실제 운용은 36개)에 달하고, 연간 운용 규모도 27조7천9백65억 원(1992년 계획)에 이르는 등 기금의 수가 늘어나고 규모도 크게 팽창되어 일반회계 예산규모에 이르게 되어, 공공성과 효율성을 조화시킬 수 있도록 기금제도의 기본적 원칙과 기준에 대한 별도의 기본법 제정이 필요하다고 판단되었기 때문에 발의된 법안에 대한 대안을 마련하게 되었다.

─주요 골자

당 위원회는 애초 의원 발안에서 제기된 법 적용 대상을 정부관리기금 이외의 주요 민간관리기금까지로 확대, △기금운용의 기본원칙 천명, △기금운용계획 수립과정에서 행정부 내부의 절차 보강, △기금운용계획에 대한 국회통제 강화, △여유자금의 재정 투·융자 특별회계 예탁, △기금별 기금운용 심의위원회의 설치 등에 주안을 두어 동법안의 대안을 마련하였으며 그 주요 골자는 다음과 같다.

1. 법 적용 대상의 기금으로 저축장려만을 목적으로 하는 재산형성 저축장려기금, 농어가 목돈마련 저축장려기금 및 체신보험기금을 제외한 전 정부관리기금과 대통령령이 정하는 민간관리기금으로 하였음(안 제2조 '적용범위').
2. 기금관리 주체는 기금으로 주식과 부동산을 원칙적으로 매입할 수 없도록 하되, 기금의 설립목적과 공익목적에 위배되지 않는 범위 내에서 기금운용계획에 반영된 경우에는 이를 허용하였음(안 제3조 '기금운용의 원칙').
3. 기금운용계획은 경제기획원장관과의 협의와 국무회의의 심의를 거쳐 대통령의 승인을 얻음으로써 확정되게 하였으며, 확정된 기금운용계획은 9월 20일까지 경제기획원장관에게 제출토록 하였음(안 제5조 '기금운용계획의 수립').
4. 정부는 확정된 기금운용계획을 회계연도 개시 80일 전까지 국회에 제출하여야 하며, 기금관리 주체는 기금운용계획을 국회의 소관 상

임위원회에 출석하여 보고하고, 질의에 답변하도록 하였음(안 제7조 '기금운용 계획의 국회 제출 등').

5. 기금관리 주체는 기금운용계획의 지출계획을 주요 항목 지출금액의 1/2 범위 안에서 변경할 수 있고, 그 범위를 넘는 경우에는 경제기획원장관과의 협의와 국무회의의 심의 및 대통령의 승인을 얻어야 하며, 이 경우 변경명세서를 감사원·경제기획원장관 및 재무부장관에게 제출하고 정부는 국회에 제출하는 기금결산보고서에 변경내용과 사유를 명시하도록 하였음(안 제8조 '기금운용계획의 변경').

6. 기금의 목적달성에 필요한 당해 연도의 지출 소요를 초과하는 여유 자금을 재정 투·융자 특별회계에 예탁하게 하였으며, 예탁의 규모는 경제기획원장관과 기금관리 주체가 협의하여 결정하도록 하였음(안 제10조 '여유자금의 재정투융자 특별회계 예탁').

7. 기금관리 주체에게 기금운용심의회를 설치하게 하여 기금운용계획의 수립이나 주요 항목 지출액의 변경 등이 발생할 경우에는 심의회의 심의를 거치도록 하였음(안 제11조 '기금운용심의회').

8. 이 법의 적용을 받는 기금관리 주체에 대해 국정감사의 대상기관으로 하였음(안 제12조 '기금운용의 감독').

이 법은 1991년 정기국회에서 본 회의를 통과하여 실시하고 있으며, 그 후 몇 차례의 개정을 통하여 내실을 기하였다.

제 **7** 장

칫솔만 가지고 부뚜막에
먼저 올라가다

칫솔만 가지고
돌아다니는 친구들

1989년 2월 10일, 여의도 중소기업회관 국제회의실. 민생치안 야 3당 합동공청회장.

한 소장(少壯) 교수의 발언이 시작되자마자 장내는 찬물을 끼얹은 듯한 정적이 감돌았다. 숨소리 하나 들리지 않았고, 종이 바스락거리는 소리 하나 들리지 않았다. 완전한 침묵 속이었다. 그의 첫마디는 이랬다.

"범죄 문제 하나 해결하지 못하는 정부가 과연 정당성을 갖춘 정부이며, '야대(野大)'만을 앞세우며 5공 청산이니 무슨 무슨 악법을 개폐하자며 거들먹거리기만 하는 정당이 과연 민의 수렴하고 대변하는 정상적인 정치집단이란 말인가! 국민의 생명과 재산을 보장하지도 못하는 체제와 정부·정당·국회에 대하여 과연 어느 누가 더 이상의 신뢰와 미련인들 가질 수 있을 것인가! 정치라는 게 과연 무엇을 하자는 것인가! 어떻게 지금까지 여야 모두가 정권획득의 방법을 한결같이 높은 수준에 두면서도 국민의 가장 기본적인 신체와 재산의 보호라는 실천과제의 해결에는 하나같이 바보게임을 벌여왔는가! 국민을 도외시하고 민생도 외면했던 장외게임이 그래, 얼마나 유익했더란 말인가!"

'물음표' 대신에 시종 '감탄부(感歎符)'로 대체한 것은 주제 발표자의 억양이나 감성이 워낙 격했고 힘이 실려 있었기 때문이었다. 그의 질타는 계속되었다.

"따라서 민생치안의 구조상의 허점은 6공 이전까지 계속된 권위주의와 일선 치안담당자에게 체제옹호에나 앞장서게 함으로써 결과적으로 치안업무의 본질을 흐리게 하고 그들의 사기를 떨어트린 것이 오늘날과 같은 치안위기로 내몰았으며, 또한 권위주의체제의 왜곡된 치안기능 조정이 오류를 유발한 요인으로 집약할 수 있다! 이렇게 볼 때, 치안서비스의 산출(창출)능력은 그 크기에서뿐만 아니라 무게에서도 근대화 이전의 수준에 머물고 있다고 보아야 할 것이다!"

이쯤에서 그의 톤은 조금 누그러졌다.

"그나마도 다행스러운 것은, 지금 이슈화되고 있는 민생치안의 문제를 정부·여당에 앞서 야 3당이 해결해보고자 팔을 걷어붙였다는 사실이다. 이 점이 정부·여당에게는 틀림없이 경악과 충격을 안겨주었을 것이다!"

일순간 장내가 떠나갈 듯한 환호와 박수가 터져 나왔다. 국립경찰대학 이상수(李相守) 교수. 그가 내건 주제는 「민생치안의 문제점과 그 대책」이었다. 그 자신도 치안책임자의 테두리에서 결코 예외가 아닐 터임에도 공개적으로 자신을 재단하는 발언을 서슴없이 내뱉고 있던 것이다. '민생치안확립을 위한 야 3당 합동공청회'가 열리고 있는 공개토론회장에서의 일이었다.

치안을 담당하고 있는 경찰은 물론이고, 정부를 비롯한 정치권 일체를 싸잡아 매도하는 이 공청회는 떼강도·인신매매·부녀자 납치 등

반인륜적 범죄가 기승을 부리고 있던 때에 발맞추어 통일민주당 정책위원회 전문위원인 내가 실무 주관하고 평화민주당·신민주공화당과 공조하여 이루어졌던 것이다.

날로 흉포해지고 잔인해지기만 하는 현대 한국사회가 각종 범죄의 다발(多發)과 이에 대한 치안부재상태를 방관만 할 수 없어, 정부와 경찰 당국에 대오각성을 촉구하고, 이와 관련한 민의를 수렴하여 관련 법률의 제·개정 토대를 마련하자는 뜻깊은 야당 주도(主導)의 공청회였던 것이다.

이날 참석자들에게 배부된 책자에는 경찰청 형사과가 내놓은 '치안백서(治安白書)'가 게재되어 있었다. 심포지엄에 참가한 일반인의 이해를 돕기 위해 주최측이 삽입한 자료였다.

이 자료에서 경찰은 전국적으로 매일 평균 800여 건의 범죄사건이 발생하고 있다고 밝히고 있었다. 지난 10년간 매년 6.5%의 증가율을 보인다는 설명도 덧붙여져 있었다. 더구나 최근 들어 특히 강도와 폭력사건의 발생률은 이보다도 훨씬 높은 수치로 증가하고 있다고 강조하고 있었다.

통계는 우리나라의 범죄 발생률이 일본에 비해서는 좀 높은 수치지만, 그러나 미국·영국·프랑스·독일 등 선진 여러 나라와 비교하면 별로 많은 건수가 아니라며 다음과 같은 통계자료를 곁들이고 있었다.

범죄 계수

(인구 10만 명당)

한국	일본	미국	프랑스	영국	서독	이탈리아
1,983	1,300	5,479	5,956	7,707	7,153	2,452

그러나 충격적인 것은 최근 범죄가 △흉포·잔악화, △수단의 대담화, △기동력의 광역화, △집단화, △연소화, △수법의 지능화, △누범률의 증가(직업화) 등으로 심각한 양상을 띠고 있다는 데 있었다. 이른바 흉악범죄의 유형이 선진국형으로 발달해 간다는 뜻이었다. 이 자료는 또 이 같은 범죄에 대해 경찰의 대응능력도 설명하고 있었는데, 인력과 장비면에서 매우 낙후되어 있다는 대목을 특히 강조하고 있었다. 늘 들어오던 말이었다. 그렇다고 경찰의 책임이 면제되는 것은 아닐 터였다. 경찰은 범죄를 미연에 방지하기 위해서는 시민 스스로가 범죄를 유발하지 않도록 단단히 주의할 것과 더욱 효과적인 방법으로는 신고와 제보하는 협조정신이라고 당부하고 있었다.

이날 주제발표에 나선 한기찬(韓基贊) 변호사는, "최근 들어 '갑자기'라고 하리만큼 살인·강도·강간·폭력·공갈·방화 등의 강력범죄가 활개를 치고 있어 시민들을 공포와 불안에 떨게 하고 있다."고 전제하고, 떼강도가 대낮에 부녀를 집단으로 강간하고 재물을 강탈하는 '가정파괴범'의 증가 등 세기말적인 범죄가 기승을 부리고 있다."고 개탄했다. 그리고 그는 가정주부와 어린 여학생을 가리지 않고 닥치는 대로 납치하여 퇴폐 향락업소나 사창가에 팔아넘기는 소위 '부녀납치범'과 '인신매매범'들이 활개를 치고 있다며, 이 때문에 딸아이 걱정으로 가정주부가 아이와 함께 등하교하는 처지라고 설명했다.

고발은 계속 이어졌다. 그는 서울지방변호사회의 총무이사직을 맡고 있었으며, 논리가 정연한 인권변호사로 잘 알려져 있었다.

"범죄의 양적인 증가도 문제지만 질적으로도 '악질적'으로 발전하고 있다는 데 문제의 심각성이 있습니다."

핵심을 찌르는 말이었다.

한 변호사는 이어서 근본적인 대책을 강구하기 전에, "먼저 일선 치안을 책임지고 있는 우리 경찰이 예방과 진압이라는 그들 고유의 임무를 다하였는가? 그리고 어떻게 하면 우리 경찰이 진정한 '민주경찰' '민생경찰'로 거듭 태어날 수 있겠는가?"고 자문한 다음, "원래 경찰이란 시민의 생명과 재산을 보호하는 일, 즉 민생치안이 가장 기본적이고도 고유한 임무인데 지난 권위주의 시절 오로지 '시국치안'이나 '정권치안' 등의 엉뚱한 일에만 전념해 왔기 때문에 결국 본질을 망각하게 되었다."고 결론지었다.

다음은 이날의 심포지엄에서 한 변호사가 발표한 '우리나라 경찰의 문제점'을 요약한 것이다.

1948년 정부수립과 함께 국립경찰로 출발한 우리 경찰은 지난해 창설 40주년을 맞은 장년기에 접어들었다. 현재의 경찰인력은 경찰 7만 5천 명, 의경 3만4천 명, 전경 4만5천 명 등 16만여 명에 달하고 있다. 경찰관 1인당 담당 인구수도 많이 개선되어 현재 600명 선이다(참고로 미국은 357명, 영국은 359명, 프랑스는 261명, 서독은 313명, 이탈리아는 312명인데, 이 국가들보다는 떨어지는 편이나 치안 세계 제일을 자랑한다는 일본의 557명에 비하면 그렇게 뒤떨어지는 숫자는 아니라고 본다).

우리나라 경찰은 현재 허다한 문제점을 안고 있어 시급한 개선책이 요구되고 있다. 그중에서도 민생치안과 관련하여 다음과 같은 문제점들을 지적하고자 한다.

첫째, 경찰의 권력 종속화와 어용화이다.

경찰이 정치권력에 종속되어 충성을 바친 주객전도의 현상은 해방 이후 오늘에 이르기까지 이어져 내려오고 있는 하나의 전통이요, 고치기 어려운 고질병의 하나다. 물론 경찰의 권력에의 종속·어용·시녀화는 경찰 스스로가 선택한 것은 아니다. 이 같은 현상은 파행과 왜곡을 거듭해 온 우리나라 정치문화와 밀접한 연관성을 갖고 있는데, 어쨌든 정치권력을 장악한 자들이 예외 없이 경찰을 수중에 넣고 수족처럼 부려왔음을 우리의 짧은 헌정사가 웅변하고 있다.

해방 이후 미 군정이 단순히 치안확보라는 단견에서 일제 경찰에 봉직하던 자들을 그대로 한국 경찰로 채용하였는데, 당시 간부급인 경위는 83%, 경감의 75%, 총경의 83%가 일제 경찰 출신이었다. 이들을 앞세워 이승만 정권은 반민특위를 해체시키고, 이후의 모든 선거에서 경찰을 정치적인 반대세력에 대한 탄압도구로 사용함으로써 민생경찰로 자리잡을 수 없도록 만든 풍토적 요인이라 하겠다.

자유당정권하에서는 아예 내무부장관이 경찰을 총동원하여 대담하고도 무모한 선거부정을 자행하던 끝에 국민적 저항에 부딪혀 형장의 이슬로 사라진 것은 경찰이 독재권력의 사병화가 될 때 정치도 권력도 멸망하고 만다는 교훈이기도 하다.

공화당정권하에서도 경찰의 사유화 경향은 예외가 아니었고, 5공하에서는 아예 시국치안에 총동원됨으로써 정권의 하수인으로 전락하기도 하였다. 해방 이후 지금까지 경찰이 결국 '권력의 파수꾼'이었을지언정 '민중의 지팡이'로 기능한 적은 없다고 할 수 있다. 그러므로 민생경찰로 거듭 태어나기 위해서는 하루빨리 정치권력으로부터 독립하여 그 중립성이 법적·제도적으로 확고히 보장되어야 한다.

둘째, 경찰조직의 부패도 심각한 양상이다.

이른바 '용산 마피아'로 상징되는 경찰인사의 부패는 지난 한 시대의 흘러간 이야기라 하더라도, 김근조 씨·고숙종 여인·권인숙양·김근태 씨·박종철 군·명노열 씨 등 드러난 고문사례들도 우리 경찰의 반민주성과 경찰의 인권에 대한 의식수준을 가늠케 하는 좋은 증거들이다.

경찰이 소매치기조직으로부터 정기적으로 상납을 받고 있다는 식의 부패는 아예 고전으로 치부한다 하더라도, 이제 경찰은 그의 단속권을 이용하여 단속대상과 공생하고 있는 것은 아닐까 하는 의구심을 버릴 수가 없다. 이처럼 경찰의 부패는 선량한 경찰관을 슬프게 하고 있으며, 이러한 조직과 배경으로 날로 치열해지기만 하는 대범죄전쟁에서 살아남을 수 있을지조차 의심스럽다.

고질적인 무사안일·허위보고·핑퐁식의 관할 회피·왜곡된 보안유지 솜씨 등은 모두가 다 경찰의 부패로 인한 타성과 사기저하에서 연유한다고 보아야 할 것이다.

셋째, 연약한 수사조직문제다.

우리나라 경찰에서 수사요원은 전체 16만여 명 가운데 7.7%에 해당하는 1만5천여 명 정도이며 나머지 대부분은 작전·경비·보안·정보·교통·통신 등 범죄수사와 직접연관이 없는 분야에 종사하고 있다. 그나마도 수사경력자는 아주 적다. 5년 이상 경력자는 56.5% 정도이고, 10년 이상은 15.7%에 불과한 실정이다. 하루 수사비는 4천 원 정도로는 택시 값에도 미치지 못한다. 그뿐만 아니라 승진의 기회도 아주 적어서 사기마저 크게 저하되어 있다.

반면 이들이 대적해야 할 범죄자들은 날이 갈수록 지능화·조직화·기동화·광역화되고 있으니 '범죄와의 전쟁'에 승산이 보이지 않는 건 정한 이치 아닌가. 한마디로 장비·예산·자질·사기면에서 매우 열악한 상황에 놓여 있는 셈이다. 그러니 그들을 아무리 질타하여도, 대통령이 특별지시를 내려도, 비상근무령을 내려도, 대통령이 범죄와의 전쟁을 선포해도 나 몰라라 팔짱만 끼고 있는 참담한 상황인 것이다.

넷째, 검거율의 허구성 문제다.

범죄인이 가장 두려워하는 것은 법전 속의 중형이 아니다. 또 그들로부터 양심상의 죄의식을 기대할 수도 없는 일이다. 범행을 저지르면 언제든지 붙잡히고 만다는 경찰의 완벽한 검거활동만이 범죄를 예방하는 특효약이다. 이것은 모든 범죄학자들의 공통된 연구결과다. 그런데 우리나라의 검거율은 예상외로 높다. 최근 10년간의 검거율이 85% 정도이고, 강력범의 검거율은 놀랍게도 96%에 달한다고 되어 있다. 가히 세계 최고의 수준이다.

그러나 이 통계는 '신고 또는 보고된 범죄'에 대한 단순한 곱하기일 뿐이다. 1988년 경제기획원이 발표한 '한국인의 사회지표'에 의하면 범죄를 당하고도 '아무 소용이 없을 것 같아서' 신고를 하지 않은 비율〔암수율(暗數率)〕이 무려 85.5%나 되고 있으니 말이다.

이상의 여러 문제점을 살펴보면 우리 경찰이 민생경찰로 거듭 태어나기 위해서는 과연 어떠한 개선이 이루어져야 할 것인가 하는 답안은 명쾌하게 도출된다. 경찰의 독립성과 중립성을 보장하고, 수사요원을 늘리고, 자질을 높이고, 수사비를 증액하고, 수사장비를 현대화하고, 광역 공조체제를 효율화하고, 그리고 수사요원의 사기를 드높이는 일이다.

이원달(李源達) 중앙일보 논설위원은 범죄가 증가하고 범죄양상이 흉포화하게 된 이유를 다음과 같이 결론지었다.

■ 사회경제 및 환경적 요인
 • 상대적 빈곤감과 범죄유혹에 빠져들기 쉬운 향락과 퇴폐풍조의 만연
 • 물질과 금전만능주의의 팽배로 인한 가치관의 전도
 • 준법정신을 마비시키고 한탕주의에 물들게 하는 권력형 부정 및 부조리의 만연과 싹쓸이 군사문화의 병폐
 • 전인교육이 결여된 입시 위주의 교육

- 절대빈곤층 및 분배의 불균형에서 오는 불만과 갈등
- 사회복지 등 사회보장제도의 불비
- 재범률이 40%나 되리만큼 범죄인의 재사회화(再社會化)에 기여하지 못하는 현행 교정(矯正)과 행형제도 등

■ **정부의 치안정책 부재와 범죄 대처능력의 약화**
- 경찰을 정권안보를 위한 시국치안체제로 운영해 왔다.
- 우수인력이 교통 등 인기부서에만 몰려 수사부문이 공동화(空洞化)되었다.
- 수사기술의 낙후·전문성 결여·경찰의 사명의식이나 직업의식의 저하 등으로 미제사건이 누적되고, '범죄를 저질러도 안 잡힌다'라는 인식이 범죄인 세계에 널리 퍼져 잠재적 범죄인까지도 범행에 뛰어들도록 조장하였다.
- 경찰에 대한 신뢰성 결여로 범죄신고율이 25%밖에 안 되리만큼 '범죄정보의 공백상태'를 야기했다.
- 예방이 아닌 검거활동에만 주력해 왔다.

이원달 위원은 현행 우리 경찰을 내무부로부터 독립시켜 최소한의 중립성이 보장되는 제도적인 장치의 마련과 함께, 국립경찰을 '국가경찰'과 '지방경찰'로 이원화하는 방안과 국무총리실 산하에 '치안종합대책기구'를 설치하여 부처 간 정책조정과 범죄에 효과적으로 대처하는 방안이 시급히 강구되어야 한다고 제의했다.

16만 명이나 되는 거대한 조직을 단 1인이 지휘·감독하기란 이미 그 한계를 넘어섰다는 것과 대민 접촉이 가장 빈번한 경찰을 그대로 두는 것은 지방자치제 실시 취지와도 어긋난다는 게 그의 주장이었다.

그리고 그는 지방경찰의 관리는 선거제로 전환하여 중립성과 독립성을 담보함으로써 지역주민에 대한 치안 서비스와 책임성을 높이도록 해야 한다고 주문했다. 말하자면 미국식 경찰제도인 것이다.

이 공청회에서 나온 각종 제안이나 의견을 토대로 통일민주당은 곧 관련 법안의 손질에 착수하였는데, 그로부터 2년에 걸쳐 '사회보호법' '사회안전법' '벌금 등 임시조치법' '범죄 피해자 구조법' '경찰공무원법' '경찰공제회법' 등을 개정하였고, 1991년에는 드디어 치안본부를 경찰청으로 독립시키는 '경찰법'을 새로이 제정하기에 이르렀다.

이 기간 동안 통일민주당의 주도하에 제·개정이 이루어진 경찰 관련 법률 내용은 다음과 같다.

■ 사회보호법(社會保護法)

- 필요적 보호감호와 치료감호를 폐지하고, 보호감호가 치료감호의 요건에 '재범의 위험성'을 명시, 법관이 재량으로 결정할 수 있는 임의적 감호처분만 유지한다.
- 보호감호의 수용기간을 7년 이하로 낮춘다.
- 보호감호 처분의 대상 범죄를 상습범과 미성년자 약취유인·부녀매매·강도·강간 등 인신매매 등 가정파괴 사범에만 국한한다(1989년 개정).

■ 사회안전법(社會安全法)

- 현행 사회안전법상의 보안관찰 해당 범죄를 대폭 축소하여 내란죄 등을 제외한다.
- 보안관찰 대상자는 해당 범죄로 금고 이상의 형을 선고받고 그 형기 합계가 3년 이상인 자로서 형의 전부 또는 일부의 집행을 받은 자로 한다.
- 현행 사회안전법상의 보안감호와 주거제한제도는 폐지하고 보호관찰을 보강하여 보안관찰제도를 신설한다.
- 법무부장관은 보안관찰 처분 대상자 중 준법정신이 확립돼 있고, 일정한 주거와 생업이 있을 때는 보안관찰처분을 면제하는 결정을 할 수 있도록 한다.

- 보안관찰 처분을 받은 자는 고지를 받은 날로부터 7일 이내에 소정 사항을 관할 경찰서장에게 신고하고, 그 후 3개월마다 계속 신고하도록 한다.
- 법무부장관은 가족이 없거나 가족이 있어도 인수를 거부하는 보안관찰처분 대상자 또는 피보안관찰자에 대하여 거주할 장소를 제공할 수 있도록 한다.
- 대상자가 도주하거나 각종 신고를 하지 않거나 허위신고를 하는 경우 등에는 형사처벌 되도록 한다(1989년 개정).

■ 벌금 등 임시조치법
- 벌금 액수를 5천 원 이상에서 3만 원 이상으로 조정하고, 경감할 때는 3만 원 이하로 할 수 있도록 한다.
- 과료를 500원 이상 5만 원 이하에서 2천 원 이상 3만 원 미만으로 한다(1990년 개정).

■ 범죄 피해자 구조법(犯罪被害者救助法)
- 범죄수사와 재판과정에서 고소·고발이나 증언 등을 했다는 이유로 보복범죄를 당할 경우 그 피해의 구조요건을 완화한다.
- 가해자의 불명 또는 무자력(無資力), 피해자의 생계 곤란 여부와 관계없이 구조금을 지급하도록 한다(1990년 개정).

■ 경찰공무원법(警察公務員法)
- 경감 이하 경찰공무원의 정년을 3년에 걸쳐 단계적으로 58세로 연장한다(1991년 개정).

■ 경찰공제회법(警察共濟會法)
- 경찰공무원들이 자진 납부한 회비를 기금으로 공제사업을 시행할 수 있는 공제회를 둘 수 있다.
- 공제회는 법인으로 하고 정치활동을 할 수 없다(1991년 개정).

■ 경찰법(警察法)

- 치안본부를 내무부장관 소속하의 경찰청으로 독립시킨다.
- 지방의 경우 시·도지사 소속하의 지방경찰청으로 개편한다.
- 경찰청장은 경찰사무의 통합, 각급 경찰기관의 지휘·감독, 일선 서장의 전보권 행사 등을 독자적으로 행사할 수 있게 보장한다.
- 내무부에 경찰의 주요 정책과 제도 및 인권보호에 관한 사항을 심의·의결하는 경찰위원회를 설치한다.
- 경찰위원회는 7인으로 구성하고, 2인은 반드시 법관 자격이 있는 자로 임명한다(1991년 제정).

나는 위에서 본 바와 같이 당(黨) 지도부의 명을 받아 역사적으로 성대하게 민생치안 야 3당 합동공청회를 실무적으로 주관하였는데, 옥에 티가 있다면 평민당(平民黨)의 작태가 너무 심했던 것이다. 본인들 발표만 끝내고 공청회 도중에 단체로 빠져나가 버렸다.

나는 출구로 달려가 소리쳤다.

"예끼 나쁜 놈들! 칫솔만 가지고 돌아다니는 놈들!"

부뚜막에 먼저 올라간 평민당

여소야대 정국구도하에서 평민·민주·공화 3당의 공조 체제는 한편으로 환상적인 플레이였다. 3당 소속 국회의원과 정책전문위원이 각각 3명씩 참여한 가운데 가장 합리적이고 정의에 근접한 법안을 개정하는 일이니만큼, 여기에 국민적 합의만 수용한다면 지금까지의 모든 악법도 하나하나 수정·보완과정을 거쳐 결국에는 미래를 내다보는 가장 훌륭한 법안을 창출할 수 있는 상황이었다.

각종 법안의 제·개정작업을 위한 야 3당 연석회의는 1988년 9월 초순부터 본격적으로 개시되었다.

앞에서 언급한 바와 같이 회의 벽두, 평화민주당 류인학 의원이 제의한 대로 나 박두익 전문위원이 사회를 보는 가운데 △각 당의 당리·당략이나 특정 개인의 이권을 배제하고, 거시적인 시각에서 국가이익과 국민의 복지를 우선하며, △미래를 내다보는 최선의 법안을 만들어낸다는 참가자들의 진지함은 각 당 총재들의 유별난 관심이 투영되고 있었던 만큼 그 열기는 뜨거울 수밖에 없는 일이었다.

애초 평민당 측에서는 전문위원이 선정되지 않아 류인학 의원의 비서관인 임갑수(林甲洙) 씨가 대타로 참가했다. 그리고 한 달 후, '세제개편'이 본격적으로 시작될 때부터 박덕일(朴德一) 전문위원이 정식으로 가담했다.

그런데 나중 가담한 박 위원은 엉뚱하게도 야 3당 연석회의에서 도출하고 3당의 재무위원회 의원 명의로 국회에 상정한 법안을 평민당(平民黨) 단독안(單獨案)으로 둔갑시켜 보도자료를 흩뿌리는 파렴치한 행위를 자행하였다. 바로 지금 설명하려는 '주식회사 외부감사에 관한 법률 중 개정 법률안'을 그 예로 들 수 있다. 그 행위를 알아낸 D일보가 가십난에서 '부뚜막에 먼저 올라간 평민당'이라는 제하의 기사를 보도하여 세인으로부터 손가락질을 받는 수모를 당하기도 하였다.

맨 먼저 통일민주당의 김봉조 의원 명의로 국회에 상정하였고, 나중에 야 3당이 공조하여 '주식회사의 외부감사에 관한 법률'을 개정하기로 한 것은 아직도 우리의 기업이 소유와 경영이 분리되지 않은 상황에서 기업의 경영내막을 공정한 감사를 통해 밝혀냄으로써 선의의 투자자를 비롯한 근로자와 소비자를 보호하는 데 그 궁극적인 목적이 있었다.

지금까지 각 기업은 피감사자인 기업이 감사인을 임의로 선정하여, 이들에게 감사를 맡김으로써 수많은 부실기업을 양산하는 우를 범해왔다. 종전의 법은 5공 초기 국보위(國保委) 당시에 졸속으로 제정된 가장 부실하고 허약한 법률 가운데 하나였다.

결국 고용되다시피 한 공인회계사가 자신의 감사의견을 소신껏 피력할 수 없는 상황하에서 이루어지는 감사란 하나 마나 한 것이 될 수밖에 없었다.

다음에 1989년 11월 국회에 제출된 '주식회사의 외부감사에 관한 법률' 중 개정 법률안 주요 내용을 일별하면 다음과 같다.

─주요 골자

△ 외부감사위원회의 설치
- 설치 목적: 감사인의 독립성을 보장하고, 감사보고서의 신뢰성을 제고하기 위함
- 성격: 재무부장관의 감독하에 독립기구 운영
- 설치 장소: 증권관리위원회
- 위원의 구성: 회사·감사인·이용자 측이 추천하는 각 3인씩 총 9인으로 구성

△ 외부감사위원회의 감사인 선임방법
- 회사가 외부감사위원회에 신청(회계연도 개시일로부터 4월 내)
- 외부감사위원회에서 감사인 선임(회계연도 개시일로부터 5월 내)
- 외부감사위원회의 선임에 대하여 정당한 이의가 있는 경우에는 회사와 감사인에게 상호 기피권 인정

△ 정부투자기관도 외부감사 대상에 포함
- 의의: 정부투자 기관은 설립취지 및 목적상 공익성이 매우 큰 회사이므로 정부투자 기관의 재무제표는 대외적으로 높은 신뢰성이 요구되기 때문

△ 감사인에 대한 벌칙 강화: 감사인의 사회적 역할이 매우 중대하므로 부실감사 및 부정을 요인하면 많은 이해관계자가 피해를 입게 되므로
△ 재무제표 작성자인 회사에 대한 조치 신설
△ 감사분쟁조정위원회의 설치
△ 감사인의 보험가입 등을 의무화: 부실감사 또는 이의 용인으로 인해 선의의 투자자가 피해를 입을 경우에 대비하여 손해보험 등의 보험가입을 의무화함

어쨌든 이 '주식회사의 외부감사에 관한 법률 개정안'은 국회 재무
위원회의 법안심사에 회부되어 일부 취지는 반영되었지만 기본골격은
배척되었다. 정당의 정책전문위원들은 관련 업계(業界)로부터 강하였
으나 국회의원들은 막후 로비에 약했던 것이었다.

제 **8** 장

정책정당 추구가 대권으로 연결되다

3당 통합의 막전막후

BT와 YS,
인연의 시작

나는 제14대 대통령 선거 당시 3당 통합 후 거대여당이 된 민주자유당의 사무처 당직자 중 한 사람으로서 김영삼 후보의 유세평가팀장으로 전국 유세장을 누볐다. 그때의 구호들이 아직도 귓가에 생생하다.

- 0303직통, 김 총재 이건 이렇게 달라져야 합니다.
- 김 총재, '한국병' 고칠 때 '고3병'도 고쳐주세요.
- 깨끗한 사람만이 과감한 개혁을 할 수 있습니다.
- 약속은 누구나 할 수 있습니다. 그러나 약속을 지킬 수 있는 사람은 김영삼뿐입니다.
- 우리에게 필요한 지도자는 '말대통령' '돈대통령'이 아니라, 깨끗하고 실천하는 대통령입니다.
- 돈이라면 대통령도 살 수 있다는 망상, 국민의 힘으로 뿌리 뽑아버립시다.

선거전이 달아오르는 동안 단 하루도 머릿속에서 떠나본 적이 없는 선거구호들이었다.

그리고 드디어 1992년 12월 18일, 중앙선관위가 최종적으로 김영삼 후보의 당선을 선포하자 그 날짜 각 일간지의 1면 하단에는 일제히 다음과 같은 감격스러우면서도 차분하기 그지없는 인사 문안이 실려 있었다.

- 국민 여러분, 감사합니다. 이제 흩어졌던 마음을 하나로 모아 희망 찬 신한국을 열어갑시다.
- Let's open the door of a bright New Korea together!
  (밝고 밝은 신한국을 맞이하기 위하여 우리 모두 문을 활짝 엽시다.)

이로써 두 달 동안의 대권(大權) 고지를 향한 숨찬 대장정이 막을 내린 것이었다. 나는 아직도 당시의 숨 가빴던 대장정의 하루하루를 잊을 길이 없다.

김영삼 총재(YS)의 대권성취는 한국 정당사상 초유의 '정치 대변혁'이라는 민주정의당, 통일민주당, 신민주공화당의 3당 합당이 그 기폭제라 할 수 있다.

만약 3당 통합이 이루어지지 않았다면, 모르기는 해도 집권당인 민정당의 한 사람과 예의 3김씨가 맞붙은 형국의 4파전 양상에서 결국은 집권당의 프리미엄을 업은 민정당의 어느 후보가 대권을 움켜쥐는 뻔한 결과로 나타났을 것이다. 이거야말로 구태의연한 지역 패권주의와 TK세력의 기득권과 그리고 선거 때면 틀림없이 돌출하는 인위적인 '용공성 시비' 등을 묶어 안정을 바라는 보수층의 얼을 반쯤 빼놓은 끝에 어렵사리 얻어내곤 하던 지난 역사의 어김없는 되풀이가 아닌가.

YS는 집권하자마자 곧 일련의 개혁을 단행하였는데, 일부는 이를 가리켜 'YS는 대통령이 되기 위해서 3당 합당에 응한 것'이라고 격하하고 있으나, 지난 몇 년 동안 그의 휘하에서 각종 정책의 입안과 당론 설정에 헌신해 온 나로서는 결코 그렇지 않다는 점을 확신하고 있다.

YS의 오늘이 있도록 한 장본인들은 김동영(金東英), 최형우(崔炯佑), 김덕룡(金德龍), 서석재(徐錫宰) 의원 등 기라성 같이 많다. 그러나 이 책자에서는 BT(황병태, 黃秉泰)에게 더 많은 스포트라이트를 비추고 있는데, 그것은 이 이야기의 핵심이 당시 정책정당을 추구하던 통일민주당(YS)의 갖가지 노력에 초점을 맞추다 보니 그렇게 된 것뿐이다. 황병태 의원은 당시 정책심의회 의장을 수행하고 있었다.

위대한 역사의 전면에는 언제나 출중한 영웅이 존재한다. 그리고 그 뒤안길에는 그 영웅을 떠받든 뛰어난 지략가(智略家)가 숨어 있다. 이것은 YS의 대권쟁취과정에서도 그대로 적용되는 말이다. 바로 3당 통합이라는 정치적 사건의 언저리에서의 일로, 그 지략가가 바로 BT인 것이다. 비록 정치적인 경험은 미천하였으나 그는 남다른 감각과 이론을 겸비한 정치의 연금술사(鍊金術士)였다.

그는 YS에 의해 정치의 '정'자도 모르는 상황에서 입당원서를 썼다. 그러고는 곧장 허다한 가신(家臣) 그룹을 제쳐내고 통일민주당의 부총재직을 떠맡았다. 이어서 그는 당 정책을 개발하고 당론을 확정 짓는 당 정책심의회의 의장직을 맡는다. 이른바 '정책정당'에로의 급선회를 시작한 통일민주당의 행보와 딱 맞아떨어지는 순간이었다.

BT는 그러나 학자였지, 정치가는 아니었다. 그리고 그는 일찍이 YS와 깊이 친교를 맺은 적도 없었고, 별로 수인사를 나눈 적도 없었다. 다만 그가 경제기획원의 차관보를 지낼 때 정부의 일로 국회의사당 언저리에서 몇 번 얼굴을 마주쳤을 뿐이다.

때는 1988년 1월 2일, 서귀포 하얏트 호텔 로비.
당시 한국외국어대학교 총장이었던 BT는 이제 며칠 후이면 정든 강단을 떠나기로 되어 있었다. 모두가 시국과 관련한 이유 때문이었지만, 거의 만성적이다시피 한 대학생들의 데모 등으로 어지럽혀진 학내 사태를 책임지고 그는 이미 재단이사회에 총장직 사표를 제출해 두고 있던 참이었다.

그는 제주도의 서귀포 해변에서 오랜만에 남해로부터 불어오는 바닷바람을 쐬었다. 며칠 후면 서울대 경영대학원에 다니다 교통사고로 비명에 간 큰아들의 2주기였다. 울적해 있던 차에 매제가 '바람이나 쐬러 가자'고 제의해 와 남국의 정취가 물씬 풍기는 제주도 나들이에 나선 길이었다.

매제와 함께 서귀포 일원을 돌아보고 오후 5시경 호텔로 돌아오는데, 마침 로비 저편에서 김영삼 총재가 측근들에게 둘러싸인 채 마악 객실로 들어가려 하고 있었다.

'저 양반도 심사가 편치만은 않을 거라.'

정치는 잘 모르지만, 그래도 '대선 패배'가 가져다준 고뇌가 원로 정치인의 가슴에 상처를 입힌 것만은 분명하지 싶었다.

지난달 12월 17일에 실시된 제13대 대선에서 YS는 차점으로 낙선의 고배를 마셨다. 당시 노태우 후보는 828만여 표를, YS가 634만여 표를, DJ는 611만여 표를, 그리고 JP는 182만여 표를 각각 획득했었다.

당 일각에서와 평민당에서는 이번 선거를 사상 유례없는 부정선거라고 못 박고 무효화 투쟁을 선언하고 나섰으나 YS는 그 말을 거두어들였다. 그리고 그는 앞으로 3개월 후에 실시될 총선에 대비, 머리도 식힐 겸 제주도 나들이에 나선 것이었다.

황병태 총장(BT)은 얼른 YS의 시선을 피해 몸을 숨겼다. 내심으로는 그를 우러르고 있지만, 지난 대선 동안의 연이은 학내사태와 대학 총장 입장에서 드러내놓고 선거를 도와줄 수 없는 입장이어서 이런

곳에서의 상면이 그로서는 부담일 수밖에 없었다.

그런데 YS가 어떻게 알아보았는지 저쪽에서 먼저,

"어이, 황 총장!"

하고 불렀다.

피할 수도 없는 일이었다. 그래서 쭈뼛거리는 자세로 다가가 머리를 꾸벅 숙였다.

"황 총장께서도 머리 식히러 오셨나?"

그러고는,

"언제 올라갈 거요?"

하고 거푸 물었다.

"내일 올라갈 생각입니다."

"그래요? 그러면 한 시간쯤 있다가 내 방에서 커피나 한잔 할까요?"

"네."

객실로 돌아온 BT는 한참 동안이나 YS가 무엇 때문에 자신을 만나자고 하는지에 대해 곰곰 생각해 보았다. 그러나 도무지 그 실마리를 찾을 수가 없었다.

시간에 맞추어 YS가 머물고 있는 방으로 찾아갔다.

"지난 선거 때는 찾아뵙지도 못하고, 정말 면목이 없습니다."

뒤늦었지만 진심으로 사과를 드렸다.

"그거야…."

YS는 커피를 천천히 저었다. 커피잔 달그락거리는 소리가 실내를 감돌고 있었다.

그렇게 잠시 침묵이 흘렀다. BT는 아직도 YS가 자신을 보자고 한 이유를 알아차릴 수가 없었다. 그렇다고 다만 커피나 한잔하기 위해 자신을 부른 것은 아닐 것이라는 생각이 들었다.

이윽고 YS가 입을 열었다. 매우 차분하고 안정된 음성이었다.

"이번에 제주도로 내려와 생각해 보니, 이번 대통령 선거에서 내가 떨어진 것도 다 뜻이 있는 것 같소. 내가 대통령이 된들 나라를 관리할 능력이나 철학이 있었겠소? 이걸 하느님이 미리 알고, 다 나라와 나를 위해 떨어뜨렸다는 생각이 듭니다. 그렇다고 내가 아주 정치를 떠난 것은 아닙니다. 이제부터는 수양도 하고 공부도 할 겁니다."

매우 의지에 차 있음을 알 수 있었다.

"예."

BT는 그저 묵묵히 듣고만 있었다. 그때까지만 해도 그저 건성의 인사치레려니 했을 뿐이었다. 그런데 그게 아니었다.

"그러니 황 총장이 좀 도와주어야겠소."

너무도 돌연한 제의였다.

"예?"

"꼭 좀 나를 도와주시오. 확실히 약속해야 합니다."

"예. 이제 대학도 그만두었고 자유로워졌으니 그렇게 하지요."

BT의 이 말은 정말 인사치레였다. 그렇게 대답을 해주지 않고서는 도무지 빠져나갈 틈이 없을 것 같아서였다.

"고맙소."

새삼스럽게 손을 내밀어 악수까지 청하는 YS였다.

"나를 도와주려면 국회의원에 출마해야 합니다."

YS의 이 말에 BT는 화들짝 놀랐다. 도와달라는 것은 자신이 정치학을 전공하였고, 또 관계와 학계에도 몸담고 있었던 만큼 적당히 외곽에서 정책적인 조언이나 해주면 될 줄로 알았는데, '국회의원에 출마해야 한다'는 전격적인 제의를 해올 줄은 정말 예상도 하지 못한 일이었다.

"예?"

YS는 그러나 BT의 의중은 아랑곳없이,

"지난 국회에서는 헌법과 국회법도 개정되었고, 그래서 이제는 국회의원도 할 만합니다. 예전 국회의원이 아니지요."

하고 자신의 흉중을 털어내기 시작했다.

그때까지만 해도 BT는 '어쩌면 전국구 자리나 하나 주려나 보다' 싶었다. 그런데 그게 아니었다. 완전히 헛다리를 짚은 꼴이었다.

"한번 옳게 하는 게 어떻겠소? 종로 같은 데서."

전국구가 아니라 지역구인 것이었다. 그것도 '정치 1번지'라고 하는 곳에서!

"아이쿠, 저는 집이 신당동에 있는데요."

국회의원에 출마하려면 연고가 있는 지역구라야 하지 않을까 하는 생각에서 그렇게 발을 뺐더니,

"그러면 중구도 좋지요, 황 총장! 그동안 내가 국회의원 시키겠다는 사람치고 안된 적이 한 번이나 있었소? 황 총장이야말로 고위 공직자도 하고 대학총장도 지냈으니 이번 기회에 한번 결심을 하도록 하세요."

"예, 잘 생각해 보겠습니다."

그렇게 대답하지 않을 수가 없었다.

"나는 5일에 서울 올라갑니다. 날짜 맞추어 꼭 연락해주세요."

"예."

그러나 BT는 약속 날짜를 이틀이나 넘겨서도 연락을 취하지 않았다. 그는 제주도에서의 약속을 아예 잊기로 하고 있었다. 아직 정치에 뜻이 확고하지 않았기 때문이었다. 그러면 저쪽에서도 잊어버리고 말겠지. 어쩌면 마주친 김에 한번 해본 소리인지도 모를 일이니까. 그런데 7일 오후, 미국 버클리대학에서 스칼라피노 교수의 지도로 정치학

박사과정을 밟고 있을 때 함께 공부한 사이인 김창근(金昌槿) 씨가 신당동 자택으로 찾아왔다. 그와는 매우 가까운 사이였다. 그는 YS의 핵심 브레인 역을 맡고 있었다.

"연초에 제주도엘 갔었다며?"

"그래, 바람도 쐴 겸 해서."

"그때 YS를 만났었나?"

"응."

"그래서 그러시는구나. 시방 YS가 당신을 목이 빠져라고 기다리고 있으니 말야."

"뭐라구?"

"꼭 들른다고 약속까지 했다며?"

"그거야…."

김 씨가 가고 난 다음에도 BT는 연락을 하지 않았다.

그랬더니 이틀 후에 김 씨가 다시 찾아왔다.

"이봐, 무슨 일이 있는가 봐. 얼른 김 총재에게 가보라구."

이제는 더 어떻게 할 수가 없었다. BT는 1월 11일 '상도동'으로 김 총재를 찾아갔다.

"그래, 이제야 결심이 선거요?"

BT를 보자마자 YS가 내던진 첫마디였다. 반가움이 역력했다.

"저어…."

머뭇거리는데, YS는 아랑곳없이 양복 안주머니에서 두 번으로 접은 종이 한 장을 내밀었다. 입당원서(入黨願書)였다.

"어서 적으소."

순간 BT는 만감이 교차하는 느낌을 맛보았다. 무언가 일이 잘못되어가고 있다는 생각만이 그의 머릿속을 휘저어댔다.

"총재님, 도장을 가져오지 않았습니다."

순간을 모면해 보려는 변명이었다.

"도장? 그건 당장 필요 없고, 서명만 하면 돼요."

자못 내키지 않는 마음으로 겨우 서명을 끝냈더니, YS는 얼른 그것을 안주머니 속에다 집어넣었다. 그리고 이제야 되었다는 듯이 잘라 말했다.

"오는 15일, 우리 당 부총재로 발표하겠소."

아주 퇴로까지 단단히 차단해 버렸다. BT의 정치생활은 이렇게 시작되었던 것이다. 그리고 그로부터 석 달 후에 실시된 제13대 국회의원 선거에서 '신정치 1번지'라고 하는 '강남 갑구'에서 당당히 당선되어 정계로 나갔다.

YS가 학자 출신인 BT를 끝까지 물고 늘어져 입당시킨 것은 그에게는 이미 원대한 계획이 서 있었기 때문이었다. 이제부터는 정권퇴치를 위한 투쟁의 정치가 아닌, 순수한 '정책정당·과학정당·수권정당'으로서의 통일민주당의 위상을 확고히 하겠다는 그런 원대하고도 야심적인 자기변신인 것이었다. 그 과정은 이 책자 전편을 통해 상술하고 있는 그대로다. 그리고 초선의원이면서도 당 3역 가운데 하나인 정책심의회의 의장직을 맡은 BT는 그때부터 YS의 방소(訪蘇) 등정과 이를 바탕으로 3당 통합을 성사시키는 등 '대통령 만들기'에 가장 중요한 임무를 수행하게 된 것이었다.

YS의 방소는 전적으로 BT의 막후조정 덕분이었다. 만약 한국의 야당 지도자로서 최초로 소련을 공식방문하게 되면 그것으로 정치역학상의 구도적 위상도 달라진다. BT의 말처럼 '이제 비로소 투쟁의 시대는 가고 정책대안의 새로운 시대'를 맞이하게 되는 것이다(1988년 5월

18일 수유리 아카데미 하우스 국회의원 세미나에서). 그야말로 급변하는 국제 정세에 대응하고, 세계의 유수한 정치 지도자들과의 교류를 통해 한반도와 동북아를 비롯한 세계의 흐름에도 깊은 통찰력을 갖게 되는 것이다.

YS의 소련방문 실마리는 일본에서 풀리기 시작했다. YS는 자신의 총재산 4억2천만 원을 지난달 국회에 등록하였다고 밝힌 다음 날인 8월 17일부터 일주일 동안 일본을 방문했다. 그의 일본방문은 한반도의 평화정착을 위한 '동북아 6개국의 의원협의체 구성' 제의와 일본 사회당과의 공식교류 서명을 위해서였다. 당연히 BT는 이 방문길에 수행했다.

체일 중 BT는 소련 주간지 「노보에 브레미아」의 일본특파원인 오브샤니코프로부터 YS와의 인터뷰를 주선받았다. 「노보에 브레미아」는 당시 북한의 김일성과 중국의 조자양(趙紫陽) 등 동북아의 지도자들을 차례로 인터뷰하고 있었다. 따라서 이 인터뷰에 응하는 것이 정치전략상 매우 유리하다는 판단을 했던 것이다. BT는 이를 수용토록 YS에게 조언했다.

그 인터뷰 기사는 10월 1일자로, 중국 공산당 총서기 조자양의 기사와 나란히 실렸다.

"… 우리는 다음번 선거에서 승리할 자신을 갖고 있습니다. …"

이것은 YS가 「노보에 브레미아」와 가진 인터뷰 중의 한 대목이었다. 그는 분명히 다음번 대통령이 될 확신을 갖고 있었다.

당시 소련은 한국과의 교류를 트기 위한 정치창구를 모색하고 있던 참이었다. 소련이 바라는 정치창구는 '온건하고 거부감 없는 이미지의 정치인'이었다. BT는 이것을 간파했다. 그래서 다음과 같이 YS에 대한 정보를 오브샤니코프 특파원에게 충분히 제공했다.

> 김 총재야말로 온건하고 합리적인 사고의 소유자입니다. 지금
> 은 비록 제2야당의 총재이기는 하지만, 앞선 대통령 선거에서 노
> 태우 후보 다음으로 많은 득표를 하였고, 그가 이끄는 당이 비
> 록 평민당에 비해 당선자 수에서는 뒤졌으나 총 득표율은 오히
> 려 높았습니다. 차기에는 틀림없이 대통령에 당선되실 것입니다.

BT로서는 이제 YS의 방소 실현이 당면과제였다. 그는 올림픽기간 중 불가리아의 수도 소피아에서 개최된 국제의원연맹(IPU) 총회에 참석하고 돌아오는 길에 비밀리에 모스크바를 들르기도 했다. 그리고 곧 서울 올림픽이 개최되었다.

BT는 오브샤니코프 특파원으로부터 올림픽기간 중에 소련의 유력인사인 「노보에 브레미아」의 편집장이 서울로 온다는 귀띔을 받았다. 그가 바로 고르바초프 대통령의 측근이자 소련의 개혁과 개방정책 입안에도 깊이 참여하고 있는 이그나텐코였다. BT의 주선으로 김 총재는 이그나텐코 편집장과 올림픽개막 다음 날인 9월 18일, 63빌딩의 한 음식점에서 마주앉았다. BT와 오브샤니코프 특파원도 이 자리에 동석했다.

그 자리에서 이그나텐코 편집장이,

"김 총재가 한국 정치인으로서는 처음으로 소련을 방문하게 될 것 같다."고 언급했다. 드디어 역사적인 소련방문이 눈앞으로 다가온 순간이었다.

이그나텐코 편집장은 YS에게 매우 호감을 가졌다. 그는 YS의 팬이 되어 소련으로 돌아갔다. 그로부터 얼마 후 소련으로부터, "우리는 한국의 온건 야당과 교류를 원한다."라는 요지의 '낭보'를 전해 왔다. 통일민주당도 차제에 당의 지도노선을 재정립했다. 바로 '국내문제는 집권당과 차별성을 두되, 통일과 외교문제에 있어서는 초당외교 입장을

견지한다.'는 것이었다.

해가 바뀐 1989년 1월, YS는 재차 일본을 방문한다. 도이 다카코 일본 사회당 위원장의 공식초청에 의해서였다.

이 무렵 국내의 사정은 5공 비리의 와중에서 한 치도 벗어나지 않은 채, 검찰 5공 비리 특수부는 장세동·이원조·안현태 씨 등을 소환 조사 중에 있었고, 평민당 김대중 총재는 신년 기자회견을 통해 '공화 국연방제'를 거듭 천명하면서, 민간기구가 주도하는 '범국민 통일기구' 를 구성하자는 주장을 계속하고 있을 때였다. 국내 정국은 한시도 쉴 틈 없이 물고 물리는 정파싸움을 계속하고 있었다.

BT는 주일 소련대사관 측과 접촉을 가졌는데, 이 자리에서, "만일 김 총재가 소련을 방문하게 되면 노태우 정부와 사전협의를 할 것인 지, 그리고 양국 간의 현안에 대해 논의할 때 노태우 정부와 같은 입 장을 취할 것인지 반대입장을 취할 것인지를 알려 달라."고 타진했다. YS의 방소시기가 임박했다는 뜻이었다.

"물론 사전협의를 해야지요."

BT가 먼저 상대방의 비위를 맞추었다. 이건 물어보지 않더라도 YS 가 고개를 끄덕일 사안이라고 그는 굳게 확신했던 것이다. 그의 예상 은 적중했다.

"맞아. 옛날에는 내가 해외에 나가면 박정희 대통령을 욕하기도 하 였으나, 이제는 안 돼."

BT의 보고를 듣고 YS가 확신에 찬 어조로 한 말이었다. 이 말이야 말로 초당외교를 선언한 YS의 굳은 신념인 것이었다.

BT는 YS의 방소와 관련한 정부와의 조율을 위해 홍성철(洪性澈) 청 와대 비서실장을 만났다. 그리고 5월 31일, 노태우 대통령과 김영삼 총재는 청와대에서 단독회담을 가졌다. 외부에 알려지기로는 '5공 청산 문제의 조속한 매듭'이라고 되어 있었으나, 내막은 YS의 방소문제였다. 그리고 그 이틀 후인 6월 2일, YS는 드디어 7박8일간의 공식적인 소련 방문길에 올랐다. 앞에 잠깐 언급한 바와 같이 YS의 소련방문 연설문의 경제편은 김동영(金東英) 수석부총재와 황병태 정책위의장의 건의로 YS, 즉 김영삼 총재의 전격적인 지시로 내가 작성하게 되었다.

소련방문을 마친 YS는 미국 프레스 클럽에서 연설(주한미군 주둔문제)하고, 정계 지도자들과는 방소 성과 등 양국 간의 현안을 논의한 다음 19일 돌아왔다. 그리고 그 이틀 후, YS는 청와대에서 노태우 대통령과 회담을 가졌다. 이 자리에서는 '북방정책'에 대한 의견의 교환이 주를 이루었다. 회담장 밖으로 간간이 웃음소리가 들렸다. 3당 합당의 실타래는 그렇게 해서 풀려나가기 시작한 것이었다. 그리고 이어서 YS는 집권 민주자유당의 대통령 후보로 부각되었다.

YS가 대통령에 취임하고 난 다음 황병태(BT) 의원을 중국대사로 임명한 것은 김영삼 대통령이 그의 소련방문을 성사시킨 북방외교의 솜씨를 높이 평가한 면도 있고, 앞에서 언급한 좌동영 우형우(左東英, 右炯佑), 김덕룡 서석재 의원 등이 연합전선을 펼쳐 갑자기 기라성 같이 등장하여 과거 자기들 공로의 빛을 퇴색하게 하고 있는 전병태 후병태 전후병태(秉泰) 황병태 의원을 권력 핵심부에서 몰아내게 된 계기가 되기도 한다.

제 **9** 장

남기고 싶은 이야기

집권당 금고가
몽땅 털리다니

　1992년 하반기 당시 민주자유당 약칭 민자당이 처한 상황은 서울시지부 용산 출신 서정화 위원장을 필두로 서울 시내 44개 지구당위원장들을 몰아쳐서 다가오는 대통령 선거에서의 정권재창출을 위하여 박차를 가할 때였다.

　서울시지부 사무실을 현재 인사동 문화예술거리 대성그룹 사옥 입구 왼편에 입주하고 있었는데, 사무처장은 민주정의당 출신 소위 민정계 박승웅 씨였고 사무차장은 통일민주당 출신 민주계 나 박두익이었는데 휘하에 민주계 김영국 조직부장, 김성호 청년부장, 민정계 윤근순 여성부장이 있었다.

　나는 잠실 새마을시장 인근 주공 3단지 아파트에서 전세방 살이를 하다가 통일민주당 때 주택조합을 하여 현재의 광진구 구의 현대 2단지로 이사를 하게 되었는데 이날은 이삿날로 민자당 서울시지부 사무실에 양해를 구하고 조퇴를 하여 집 이사를 거들고 있었다.

　이날 오후, 박승웅 사무처장이 중앙당에 가서 서울 시내 44개 지구당에 내려 보낼 대선자금을 가져왔다. 통상 정치자금은 즉시 처리하는데 이날 하루 내 방 금고에 잠을 재운 것이 화근이었다.

이튿날 아침 출근하여 내 방안을 살피는 중 금고 위의 화분 위치가 약간 다르다고 생각하는 찰나, 금고 담당 이일우 간사가 들어와 금고 문을 열려고 시도하다가 "박 차장님 금고문이 열리지 않습니다. 큰일 났습니다." 하면서 난리를 치는 게 아닌가!

집권당 금고가 몽땅 털리고 나니 갑자기 당사 사무실이 쑥대밭이 되어 평소 10여 명의 사무처 요원이 근무하던 공간에 형사 20여 명이 들락거리고 있었다.

늦게 집에 도착하니 집사람이 중앙일보 이상일 기자(훗날 새누리당 비례대표 국회의원)가 나를 취재한다고 장시간 기다리다가 갔다고 하였다. 이튿날 거의 모든 일간지 정치면 1면에 사무실 내의 금고 위치를 상세하게 작도하여 일련의 사건에 장문의 추측기사를 싣고 있었다.

수도권 일원에 금고털이 전과 7범 등 여러 명을 동원하여 금고를 열려고 하였으나 실패하고 결국 파손했는데 현금은 물론 수표까지 몽땅 털려 금고 안은 텅 비어 있었다. 서울 시내 전 지구당에 내려보내 대통령 선거의 승리를 독려할 금액이었으니 엄청난 액수였다. 수표 다발은 인근 우체국 우체통으로 반환되었지만 현금 회수는 늦어지고 있는 판에 대통령 후보로 확정된 김영삼 후보와 경합자였던 이종찬 후보를 둘러싸고 온갖 억측이 나돌고 있었다.

어쨌든 이 사건으로 회계 관리 책임을 물어 박승웅 사무처장은 국책연구위원으로, 나는 보사심의위원으로 좌천되고 금고 담당 이일우 간사는 파면되었는데 내 생각에는 이 사건은 내부의 이일우 간사와 내통한 외부세력의 정치 공작인 것 같은데 그 진상은 지금도 미스터리로 남아있다.

전두환·노태우 전 대통령을 구속한 금융실명제

   1992년 상반기 당시는 집권 민주자유당, 약칭 민자당 대통령 후보로 통일민주당 총재 출신인 소위 민주계 김영삼 최고위원과 민주정의당 출신 민정계로부터 지지를 받는 이종찬 의원이 경선으로 가는 뜨거운 경쟁을 하고 있을 때였다. 그리고 민자당 사무처 대부분의 실·국 등은 여의도 현 VIP빌딩에서 업무를 보았지만 전문위원실과 서울시지부는 현재 인사동 도자기 골목 대성그룹 사옥에 포진하여 있었다.

   이 당시의 최대 이슈는 금융실명제를 실시하자는 내용을 다가오는 대통령 선거에 공약으로 내걸 것인가였다. 이런 내용을 다룰 부서가 정책위 산하 재무전문위원과 재무심의위원실이었는데 당시 1급 재무전문위원은 재무부 관료 출신으로, 후일 주택은행 행장을 역임하였고 그 유명한 율산그룹 신선호 회장의 친형이며 이종찬 대선 후보 경선 지지 운동을 하던 신명호 씨였고, 2급 재무심의위원은 김영삼 대선후보 경선 지지운동을 하던 나였다.

   나는 곧 편찬하게 될 대선공약집 초안에 나의 평소 소신인 "금융실명제를 조속히 실시하겠습니다."라는 내용을 넣어 신명호 재무전문위원에게 넘겼는데 재무 분야 여러 공약 중에 이 구절만 빼고 인쇄소에 넘겼다는 사실을 알아냈다.

나는 바로 인쇄소에 전화를 걸었다.

"내일 아침에 나의 신분을 조회해보면 알겠지만 나는 민자당 재무심의위원인데 실수로 공약집에 뭘 한 구절 빠뜨렸습니다. 다름이 아니고 금융실명제를 조속히 실시하겠다는 내용을 넣어서 인쇄를 해주세요."

이튿날 아침에 출근하여보니 간밤에 인쇄소가 밤샘 작업을 한 대선공약집이 2만 권이나 출판돼 민자당사와 관계기관에 배송되었다. 우선 내가 넣은 금융실명제 공약 게재를 확인하면서 "후유…" 숨을 몰아쉬었다. 정당의 수뇌부나 김영삼 대선후보가 금융실명제를 할까 말까 하는 그 상황이 아니었다. 여권 전반에 책자가 2만 권이나 배부되어 향후 정권을 재창출하면 금융실명제를 실시하겠다는 것이 기정사실화되어 버렸던 것이다.

최근 언론에 김영삼 전 대통령이 금융실명제를 실시하겠다고 결단을 내린 것은 대통령 별장인 청남대를 다녀온 후 구상이라고 하는데 이는 사실과 거리가 멀다. 어쨌든 김영삼 대통령 당선자가 대선공약대로 금융실명제를 실시하게 되는데 그 위력은 나도 짐작할 수 없었다.

그 후 전두환·노태우 전 대통령이 최초로 구속된 계기는 12·12쿠데타와 광주민주화운동 등이 아니라 금융실명제 위반이라는 사실은 알 만한 사람은 다 알고 있는 내용이다.

관운에 대하여

관운(官運)이란 국어사전에 의하면 벼슬을 할 운수라고 하는데 우리 인간사회에서 실제로 존재하는 것 같다.

내가 1971년 공군헌병대 병장으로 3년 4개월의 군복무를 마치고 1972년 영남대학교 상경대학 경제학과에 복학하니 군에 가지 않고 학교에 다녀 4학년이 된 김인구(조흥은행 지점장 역임, 현 영남대학교 경제과 출신 동기들의 모임 신제회(信濟會) 회원)의 조언이 있었다. 내가 공부를 잘하게 보였던지 장차 행정고등고시를 준비하여 꼭 합격하라고 하였다.

그 길로 상대 캠퍼스는 경북 경산읍에 있었지만 주로 영남대 대구시 대명동 캠퍼스 도서관으로 전재희(후일 보건복지부장관), 이찬재(후일 국토교통부 산하 청장, 현 영지회(嶺志會) 회원), 한진희(전 서울지방경찰청장, 현 영지회(嶺志會) 회원) 등과 점심, 저녁 도시락 2개를 싸들고 고시 공부에 열중하였다.

한창 공부하던 중 머리를 식히려고 도서관 옆 베란다에 나왔는데 마침 같은 수험생 이곤호(후일 보건복지부 한방과장)가 나를 보더니 "자네 관상은 앞으로 관계(官界)로 나아갈 상(相)이 아니고 교수가 될 것 같아." 순간 크게 쇼크를 받았다. 장차 장·차관을 하겠다고 열심 행정고등고시 공부하는 사람을 보고….

갑자기 공부할 마음이 식었다. 술과 안주로 그놈의 점괘를 바꾸어 보려고 시도하였다. 용돈이 딸리는 시절이지만 큰마음 먹고 대구시 비산동 당시 오스카극장 주변으로 이곤호 군을 유인하여 크게 대접을 하였으나 끝내 그 관상을 바꾸지 않았다. 민자당 중앙정치교육원 교수 2년, 영남대학교 겸임교수 5년으로 교수 칭호를 7년간 받았으니 교수직 근처에 가긴 했다. 처음부터 전임교수로 나아갔어야 했는데….

주역(周易) 또는 역점(易占)을 연구하는 학문인 역학(易學)이 현실적으로 맞는 면이 있는 것 같기도 하다.

행정고등고시의 경우 처음 1차 시험을 합격한 후 통상적으로 1년 후에 1차 시험 응시 면제를 받고 2차 시험만 공부하여 합격하는 사람들이 대부분이었다. 나는 76년 8월에 제19회 행정고등고시에 처음 합격한 후 1년 후인 77년도 8월에 시험 공고가 나야 운(運)이 제대로 작용했다고 볼 수 있었다. 그러나 제19회 2차 시험 합격자가 55명이라 예상 충원 수가 적어 추가 모집 성격으로 77년 1월에 시험 시행 공고가 나버렸다. 아하! 1차 시험 응시 면제를 받고 2차 과목만 공부하여 합격할 수 있는 기회를 박탈당하다니 정말 재수가 없는 해였던가 보다.

그리고 1976년에 병원은커녕 약국도 한 번 가신 적 없을 만큼 건강하시던 아버님이 급환으로 쓰러져 회생하시지 못하게 되자 자식 된 도리로 혼사를 서둘러 계성고교 동기 남효덕 군의 중매로 초등학교 교사였던 서옥순(徐玉順)과 결혼하게 되었다. 그 후 선하(宣河), 은하(銀河) 두 딸을 두었지만 수험생활로 아빠 역할을 제대로 못했던 것이 지금도 항상 안타깝게 생각하고 있다.

1977년은 나의 인생에 있어서 극한상황을 겪었던 해이다. 1월에는 행정고등고시 2차 시험에 낙방하고 가을에는 아버님이 돌아가시고 겨

올에는 장모님이 돌아가시고…. 이 와중에 부부가 같이 사는 결혼 초 신혼생활은 생각할 수 없었으니 아내에겐 두고두고 미안하기 짝이 없게 되었다. 뒤이어 1978년도와 1979년도에는 1차까지 낙방하여 인생의 밑바닥으로 쿵 떨어져 버렸다.

이렇게 파란만장(波瀾萬丈)한 생활을 하면서 통산 1차 시험을 3회 합격하고, 2차 시험을 6회 응시한 끝에 1983년 7월에 드디어 제27회 행정고등고시 제2차 시험에 합격하게 되는데 이마저 1965년 대구 계성고교 3학년 때 6·3 한일 굴욕외교반대 시위 전력으로 제3차 시험에 낙방하여 임용에 탈락하고 만다. 서울대학교 환경대학원 동기생들과 2차 시험 합격하였다고 학교 근처 신림역 네거리에서 돼지갈비와 소주로 축하를 받았을 때는 상상도 못 한 일이었다.

지금 생각하니 2차, 3차 시험에 관운이 작용하지 못한 것이 치명적이지만 구조적으로 잘못된 것이 1차 시험에서는 영어 과목 득점이 저조했으며, 2차 시험에는 못 쓰는 글씨에 손이 느려 공부한 분량을 제한된 시간에 표현해내지 못해 치명적이었다. 평소에 영어 실력이 부진한 것이 반성이 되어 요즈음도 매일 1시간가량 영어회화 서적으로 어학공부에 집중하고 있으며 글씨를 쓸 때는 항상 신중하려고 노력하고 있다.

이러한 시행착오를 겪고 인생 과정에서 최선을 다하여 뒷북치기로 한(恨)을 풀었다고 생각한다. 초중고 1·2학년 때 전교 1등으로 달리다가 흙과 가난과 청소년, 문학병(文學病), 6·3 학생시위 선봉장 등의 후유증으로 서울대 입시에 낙방하였는데 훗날 서울대학교 환경대학원으로 진학하여 도시계획학 석사학위를 취득함으로써 심경을 달랬다. 또한, 6·3 시위 전력으로 일반직 공무원으로 가는 길은 거부당하였으나 별정직 2급 이사관직인 국회정책연구위원을 거쳐 정부의 1급 차관 보급에 상당하는 집권당의 1급 전문위원도 역임했고, 2009년도에는 '민주화 운동 관련자 증서'를 받아 명예 회복을 하며 6·3 운동 공로자 회 부회장으로 있으면서, 대기업체인 대우건설 사외이사 겸 감사위원 장을 거쳐 이 땅에 사회정의를 실현하기 위하여 시민단체 사회정의실 현시민연합 약칭 사실련 중앙회 대표직에 최선을 다하고 있다.

이정표(里程標)

　그간 문화예술계 방면에서의 인간적 친분 관계를 보면 내가 대표로 있는 시민단체 사회정의실현시민연합(약칭 사실련)의 초대 문화예술위원장을 역임한 이성림 전 예술문화단체총연합회(약칭 예총) 회장님이나 '사실련 회가'를 작곡하신 김봉임 전 경희대 음대 학장 겸 서울 오페라 단장님이나 초대 사실련 예술분과위원장을 역임하신 국민가수 현철 씨 등이 많이 회상되지만 최근 내가 즐겨 부르는 애창곡은 '길 잃은 나그네의 나침판이냐, 항구 잃은 연락선의 고동이냐…'로 시작하는 남일해 가수의 〈이정표〉이다. 이 노래가 나의 어제와 오늘의 심정을 잘 대변하고 있는 듯하다.

　1964년에 비상계엄령이, 1965년 위수령이 선포되어 전국적으로 한일 굴욕외교반대 시위에 대처하고 있을 때이다. 무엇이 그토록 굴욕적이었던가. 이승만 정권은 우리나라 해역에 평화선을 그어 놓고 일본이 국권을 침탈하여 피해를 입힌 사실에 대하여 20억 달러의 배상금을 지불한다고 하여도 거부했었다. 그런데 박정희 정권은 훗날 포항제철을 설립하고 경부 고속도로를 건설하는 데 밑천으로 사용되어 대한민국 경제 건설에 초석을 낳았다는 순기능도 있었지만, 대일청구권이라는 명칭으로 5억 달러를 받았다는 것이 치명적인 굴욕이었다.

그 당시의 데모는 이명박, 서청원, 김덕룡, 송천영 등등 대학생들이 전적으로 기획하고 주도했고, 손학규, 김근태, 저자 박두익 등 고교생은 무지막지한 돌격대 역할로 물불을 가리지 않아 진압하는 사람들로 봐서는 간담이 써늘했던 모양이었다.

1990년도 노태우 대통령 시절 나는 민주자유당 중앙정치교육원 교수로 재직 중이었고 신현확 전 국무총리가 삼성물산 회장을 할 때이다. 비서진으로부터 모월 모일 11시에 회장님을 상면하도록 하라는 전달이 왔다.

이유는 이러했다. 신 전 총리가 보건사회부 장관을 할 때 민주공화당 후보로 성주, 칠곡, 왜관, 군위 등 중선거구에서 국회의원에 출마했다. 나는 결혼 전에 몇 번이나 행정고등고시를 합격할 기회가 있었는데도 실기하여 결혼 후에도 수험 생활을 계속할 때였다. 아내가 김천 시내 초등학교 교사로 재직하고 있어 인근 금릉군 청암사 극락전에서 다른 수험생들과 공부하는 중에 장인어른께서 대구 처가로 급히 오라는 전갈을 보내셨다. 불과 얼마 전 결혼 중매를 섰던 계성고교 동기 남효덕 군(훗날 영남대 공대 교수, 대안학교 달구벌 고등학교 설립)과 함께 불려가 꿇어 앉아 서로 천정만 쳐다본 일이 있었고, 처자식을 돌보지 않고 수험 생활을 하는 죄가 큰지라 두말없이 달려갔다.

아내의 큰어머님이시고 당시 신현확 보건사회부 장관의 친 누님인 처 백모님과 장인어른이 함께 처가 아래채에 앉아 계셨다.

"박 서방."

"예."

"신 장관님은 왜관 약목이 고향이라 이번 총선에서 군위군 지역이 취약지구이니 현지에 가서 선거 운동 좀 해라. 여기 국회의원 선거법령과 칫솔 한 통 있으니 바로 떠나거라."

"장인어른, 그런데 국회의원 선거 끝나고 행정고시 공부 그만하라고 하시면 안 됩니다."

"그렇게 하지."

과거 평광동 재실에서 같이 공부한 석호익 행정고시 수습 사무관(훗날 KT 부회장 역임) 등은 연고지 왜관 쪽으로 보내고 나는 군위군으로 가서 일체의 경비 지원 없이 어머님과 같이 정말이지 열심히 선거 운동을 하였다.

해냈다. 신 장관이 당선되었다. 처 백모님과 처가 위채 방에서 자는데

"박 서방 자는가?"

"아닙니다."

"박 서방."

"네."

"서울 올라가서 삼성이나 현대 경력 사원 모집할 때 이름만 써 놓고 나오너라. 합격시켜 줄게."

"백모님, 향후 국가 사회에 충성하기로 맹세하였지, 이병철 씨나 정주영 씨 개인에게 충성하는 것은 싫습니다."

"…"

이 사실을 신 장관님은 오래 간직하고 있다가 일간지에 내가 민주자유당 연수원 교수로 임용된 것을 보고 옛날 생각을 하고 보상하고픈 생각이 들었던 것 같다.

엘리베이터가 삼성물산 회장실 층에서 멈췄다. 내리려다 으리으리한 붉은 카펫에 놀라서 돌아서는데 비서진이 불러서 접견실로 인도되었다.

약 한 시간가량의 독대 중에 한국과 일본의 노사 분규 추세 비교뿐

만 아니라 퍼센트, 심지어 건수까지 예시하는데 질겁을 했다. 그러다
가,

"자네 뭐 하고 싶으냐?"

"현재 중앙정치교육원 교수에 만족하고 있습니다."

"……."

집으로 와서 아내에게 이 사실을 이야기하니

"잘했어요, 정말 잘했어요."

신 전 총리의 외동아들 신철식 씨에게 전화로 이 일을 이야기하니

"사형, 정말 등신 바보입니다. 저희 오야지(아버님)가 사형을 부를 때
국가적으로 커다란 자리를 마련하여 주려고 불렀는데, 쯔쯔쯔….."

2013 하반기 대우건설 사외이사 감사위원장으로 재직할 때이다.

P사장이 J부사장, P사외이사(전 서울고등법원 법원장), 저자 박두익 사
외이사(사회정의실현시민연합 중앙회 대표), J사외이사(전 법제처장) 등 등기
이사 7명 앞에서 얼굴이 창백하여 전전긍긍하면서 "이를 어쩌나 산업
은행이 우리 대우건설 임원들의 퇴직금을 깎으려고 합니다."라고 독백
처럼 되뇌고 있었다.

순간 장내는 물을 끼얹은 듯이 쥐 죽은 듯이 적막감이 감돌았다.

산업은행이 대우건설 주식의 52%를 차지하고 금호그룹이 10%, 나
머지는 소액 주주였으니 산업은행이 명실상부한 대주주인 셈이다. 자
본주의 사회에서 대주주의 권한은 막강한 것이다. 그러나 나는 하버
드대 마이크 샌델 교수가 지은 『정의란 무엇인가?』라는 책의 몇 구절
이 가슴을 스쳤다. 익히 알면서 물었다.

"J상무, 우리 대우건설 임원들의 급여가 경쟁사인 현대건설이나 GS
건설 등과 비교하면 몇 %쯤 됩니까?"

"약 70%쯤 됩니다."

"그래 말이요, 평소 급여도 그러한데 S사장에서 P사장으로 바뀌면서 퇴직금을 삭감하겠다고 하는 것이 말이 됩니까? 그리고 신임 사장의 리더십에 많은 상처가 생기는 게 아닙니까? 그래서 말인데 대주주 쪽에서 그런 요구가 있어서 마지못해 수용하더라도 그간 실적과 상황을 보아서 내년 1월에는 원상 복귀하도록 하세요. 분명히 의사록에 기록으로 남겨 주세요."

사외이사 E씨처럼 국회의원이 되어 겸하기가 적절하지 못한 경우는 몰라도 3년 임기에 연임하는 것이 보통이었다. 그러나 나는 그해 연말, 사외이사 연임에 탈락했다. 마지막 이사회에서 허공에다 대고 "사외이사의 유임 여부의 기준은 무엇입니까?" 물었다. 모두가 말이 없었다. 훗날 S 전 사장은 나에게 박 이사님의 인기가 회사 내에 대단하다고 전해주셨다.

인기와 실리와의 함수 관계는 어떻게 정의해야 하는가.

비망록

1 주요 전문위원 활동

1988년~1997년 정당사무처 8년, 국회의사당 2년 합계 10년 봉직

○ 재무위원회 소관
— 매년 세제개편안을 마련, 국회에 제출하여 심의에 임하였음
— 세제개편관계 당시 통일민주당, 평화민주당, 신 민주공화당 야 3당 국회의
원과 전문위원 연석회의서 실무사회를 보았음
— 조세불복 절차 정비안 작성, 후에 민주자유당 재무심의위원 직책을 받아
추진하였음
— 주식회사 외부감사에 관한 법률 중 개정 법률안을 국회에 제출하여 그 취
지가 관철됐음
— 기금관리기본법안을 국회에 발의하여, 제156회 정기국회를 통과하였음

○ 건설위원회 소관
— '토지 주택 관련 통일민주당의 정책기조'를 작성하여 김영삼 총재에게 보고
— 특히 농·어촌지역에 부동산의 실수요자와 부동산등기가 일치하지 않는
사항을 합리적으로 정리하고자 '부동산소유권 이전등기 등에 관한 특별
조치법(안)'을 작성하여 국회에 제출, 1992년 가을 정기국회를 통과하였음
— 토지공개념과 관련하여 정책위원회 주최 대국민토론회 및 월간지 『지방자
치』를 통하여 정부에 앞서 최초로 공식화
— '토지기본법안'을 최초로 기안, 국회에 제출
— 정부안인 '지가공시 및 토지 등 평가에 관한 법률안'을 적극적으로 주도하
여 국회를 통과시켰음
— 주택과다보유세제(주택공개념)를 작성하여 그 취지가 정부에 의해 채택
되었음
— 주택관계 대국민토론회 개최

— 대한주택공사법 중 개정 법률안을 국회에 제출하여 본회의 통과했음
— 임대주택의 입주자 선정에 있어서 종합점수제를 적용하여야 한다는 취지의 '임대주택 건설촉진법 중 개정 법률안'을 국회에 제출하여 심의 중에 정부가 수용 관철시켰음
— 아파트에 원가 연동분양가격제를 채택해야 한다는 취지의 '주택건설촉진법 중 개정 법률안'을 국회에 제출하여 심의 중에 정부가 수용 관철시켰음

○ 기타
— 통상산업위원회 소관: 박운서 차관, 박두익 전문위원, 박우병 태백·정선 국회의원이 강원랜드 카지노사업장을 탄광 대체산업으로 조성
— 교통·체신위원회 소관: 박두익 국책연구위원이 전직 체신부장관 20여 명을 초청, 경상현 차관이 부처명칭을 체신부에서 정보통신부로 변경하도록 보고, 대통령에게 밀봉 우송 관철

○ 총재 연설문 작성 등
— 발전적인 정당을 위한 조직간 갈등의 해소방안을 김영삼 총재에게 보고하여 수용되었음
— 김영삼 총재 소련방문 연설문 작성
— 김동영 부총재 중국방문 연설문 작성
— 김동영 부총재 경남지역 경영자협회 초청 조찬간담회 기조연설문 '3고시대에 직면한 기업지원정책' 작성하여 현지 출장
— 3당 합당 직후 구 통일민주당 대표로 민주자유당 정책위원회 작업 및 제148회 임시국회 보고서를 작성하여 3당 실무자 대표로 박태권 운영실장과 함께 김용환 정책의장에게 보고
— 노태우 대통령 퇴진 통일민주당 의원총회 결의문 작성하여 김영삼 총재가 낭독

② 주요 논문

- 〈計劃의 支配와 法의 支配와의 關係〉, 서울大學校 環境大學院, 1984. 6.
- 〈地方定住 生活圈設定에 관한 研究〉, 『環境廳學術論文集』(第1號), 1984. 9.
- 〈우리나라 環境施設投資의 經濟的 妥當性 分析에 관한 研究〉, 서울大學校 環境大學院 都市計劃學 碩士學位 論文, 1985. 8.
- 〈各國 環境投資의 現況分析 및 우리나라 環境投資 效率性 提高의 方案〉, 『環境廳學術論文集』(第2號), 1985. 9.
- 〈自由貿易의 效果에 관하여 論함〉, 季刊 「高等考試」 送年號, 行政考試社, 1986. 12.
- 〈現行土地政策의 問題点과 改善方案, Ⅰ·Ⅱ〉, 月刊 「地方自治」 韓國自治新聞社, 1989. 1. 2.
- 〈現行 住宅政策에 대한 問題点과 改善方案, Ⅰ·Ⅱ〉, 月刊 「住宅情報」 韓國住宅事業協會, 1989. 11. 12.
- 住宅 및 土地問題 세미나에 政黨代表로 參席, 季刊 「對話 크리스찬 아카데미 소식」, 1989, 겨울호
- 〈土地基本法, 너무 선언적이어선 안 돼〉, 「한국논단」, (주)한국논단, 1991. 5.
- 〈第6共和國 以後의 稅制改編過程과 個人 및 法人의 稅負擔推移比較─특히 個人과 企業에 미친 影響을 中心으로 ─ 〉, 「月刊租稅」, 조세통람사, 1991. 5.
- 〈階層間 違和感 解消를 위한 改革立法을 하라〉, 「한국논단」, (주)한국논단, 1991. 11.
- 〈租稅不服節次整備와 관련하여〉, 月刊 「租稅」, 조세통람사, 1991. 11.
- 〈經濟的 側面에서 實質的인 地方自治를 해야〉, 「한국논단」, (주)한국논단, 1991.
- 〈土地基本法案, 審議에 즈음하여〉, 「한국논단」, (주)한국논단, 1991.
- 〈사회발전과 복지정책〉, 「육군」, 육군본부, 1991. 11. 30.
- 〈稅法관련 法律改正(案) 解說〉, 「정책과 대화」, 民主自由黨 政策委員會, 1991. 11. 30.

- 〈미래지향적 자세추구〉, 「한국법률사회신문」, (주)한국무역신문사, 1992. 5.
- 〈地自制 정착 위해 民資 유치 바람직〉, 매일신문 「論檀」, 1994. 3. 16.
- 〈實質的인 地方自治를 實施해야〉, 계간 「國策研究」, 1994, 여름호
- 〈韓國의 社會基礎 弛緩現象과 그 對策〉, 계간 「國策研究」, 1994, 겨울호

❸ 주요 강연

— 1992년 1월 육군본부의 추천으로 국방정신교육원에서 전군(全軍) 이념교
  육 교관(예하부대 정훈참모) 매회 100명을 대상으로 2차례 "사회경제적 측
  면에서 본 남북한 정세"라는 주제로 강연
— 2002년 11월 한국외국어대학교 교수회관에서 한국NGO학회 특별국제 연
  례 학술대회에서 "시민사회 영역의 좌표설정에 관한 연구"로 주제 발표

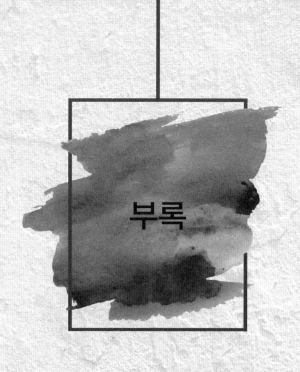

부록

시민단체의 이론적인 근거

시민사회 영역의 좌표설정에 관한연구

본 논문은 최근 한국NGO학회 주최 특별 국제 학술대회에서
일본 · 독일 및 인도네시아 학자의 발표에 이어 국내 학계로는 첫 주제발표로서,
"NGO의 이론과 실제"에 있어 그간 여러 학자의 단편적인 논지를
국내외적으로 처음 체계화하였다는 평가를 받고 있다.

● 차례

I. 서론

최근 시민사회학이나 NGO 관련 학자들은 하단의 그림과 같이 넓은 의미의 사회를 대체로 정부·기업·시민사회 영역으로 3분하고 있다. 이상 3가지 분야가 견제와 균형이 잘 되어야 바람직할 것이지만 특히 제3섹터(sector)의 비중이 커져야 선진국형 사회가 될 것이다. 그리하여 본 논문에서는 제3의 비영리 섹터인 시민사회 영역에 대한 집중적인 고찰을 위하여 먼저 각 영역의 활동주체·주된 정신·폐단을 잣대로 하여 상호 비교하여 보려 한다.

첫째, 제1섹터(sector)인 정부 혹은 국가는 그 영역이 넓은 의미의 정부 및 정치권이라 볼 수 있다. 이 영역에서의 활동주체는 행정부의 관료·국영기업체 등의 준공무원과 여야 정치권 관련 인사들을 두루 통칭하고 있다. 이들은 한결같이 주된 정신으로 국익(國益)이나 공익(公益)을 앞세워 일하고 있지만, 그 폐단으로 예전이나 지금이나 일부가 권력의 속성에 따른 부패를 일삼아 은밀하게 사익(私益)을 추구하여 계층 간의 위화감을 증폭시키고 있는 것이다. 그리하여 시민사회의 끊임없는 견제와 비판이 뒤따르고 있다.

둘째, 제2섹터(sector)인 기업 혹은 시장은 그 영역이 대기업 혹은 중소기업을 영위하는 분야라 볼 수 있다. 이 영역에서의 활동주체는 대기업 혹은 중소기업 관련 종사자들이다. 이들은 자본제 사회의 속성과 시장의 가격기구, 즉 수요와 공급의 원리에 따라 주된 정신으로 노골적인 자기회사의 이윤을 적나라하게 추구하고 있는 것이다. 시민사회는 기업과 NGO 간의 파트너십 정립을 위하여 노력할 부분도 많지만 제2섹터(sector)의 폐단인 대기업의 비리 및 횡포와 기회주의에는 NGO를 비롯한 시민사회의 지속적인 평가와 비판이 가해져 이윤추구와 사회적 형평성 간의 균형과 조화가 모색되어야 하는 것이다.

셋째, 제3섹터(sector)인 시민사회 혹은 비영리섹터는 국가나 시장을 제외한 나머지 영역으로 그 주된 활동주체는 NGO를 비롯한 비영리단체로서 그 주된 정신은 시민성으로 요약되며, 이 영역에서의 활동주체들의 폐단으로는 자만과 독선 등을 들 수 있는데 자세한 것은 본론에서 체계적으로 논의하여 보고자 한다.

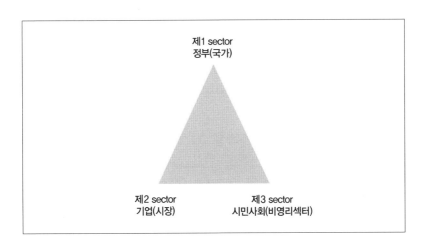

	제1 sector 정부(국가)	제2 sector 기업(시장)	제3 sector 시민사회(비영리섹터)
영역	넓은 의미의 정부 및 정치권	대기업 혹은 중소기업	시민사회
활동 주체	관료 · 정치인 등	대기업 혹은 중소기업 종사자	NGO〈CSO〈NPO
주된 정신	공익성	이윤추구	시민성
폐단	권력의 속성에 따른 부패	대기업의 비리 및 횡포와 기회주의	자만과 독선

참고) NGO(non governmental organization), CSO(civil society organization), NPO(non profit organization) 등의 개념정리는 본 논문의 시민사회의 활동 주체 부문에서 고찰하기로 한다.

II. 시민사회의 영역

1. 시민사회의 영역과 관련하여 먼저 시민사회 고유의 특성과 제1섹터인 국가
   와 제2섹터인 시장, 즉 경제관계에서 고찰하려 한다.

   • 시민사회의 특성

   여기서 시민사회란 단순히 개인적인 물리적 생존만을 전제한 자연상태의 개념이
나 자연적 인간관계, 즉 공적인 영역을 전제로 하지 않고 사적영역만을 전제로 하
는 개념과 구별된다. 즉 자연적 인간관계(또는 자연상태) → 시민사회 → 국가의 발
전단계를 통해 개인의 자유가 실현된다.

   개인적 자유실현의 확대는 불가피하게 타인의 자유실현과 관련을 가질 수밖에
없게 된다. 자유란 기본적으로 개인적 영역의 문제이지만 이의 실현은 사회적일 수
밖에 없다. 나아가서 시민사회 내의 사적영역의 확대로 발생하는 문제를 공적인 영
역을 통해서 해결하는 것이 보다 효과적이라고 한다면 여기에 공적영역의 존재이
유가 성립된다.

   문제는 사적이익의 극대화가 공공이익의 극대화로 연결될 수 없는 경우가 많다
는 데 있다. 시민사회에서 생활하는 개인의 측면에서 본다면 사적이익 극대화 논리
에 입각하여 행동하는 것이 단기적 차원에서 보다 합리적이라고 할 수 있다. 왜냐
하면 공적이성에 의존하는 공공이익의 달성은 시민사회의 개인에게는 자유의 제한
과 이를 달성하기 위한 비용의 지불로 나타나게 되기 때문이다. 나아가서 이러한 자
유의 제한과 비용의 지불로 받는 대가 또는 서비스는 간접적인 경우가 대부분이다.

   다른 한편 공공이익은 시민사회 전체의 공동참여를 통하여 이루어지게 되는데,
이 공동참여에 참가하지 않아도 일단 공동이익 또는 공동선이 달성되게 되면 이를
누릴 수 있다. 즉 무임승차자(free-rider)가 가능하게 된다.

   즉 개인적 합리성의 논리에 따른다면 비용을 지불하지 않고 서비스를 누릴 수 있
다. 구태여 공공이익을 위한 공동참여에 응할 필요가 없게 되어 시민사회의 자율성
에 입각한 공공의 문제를 해결하는 데 한계가 있다. (이신행 외 「시민사회 운동 - 이
론적 배경과 국제적 사례」 법문사, 1999, p46~71)

   예컨대, 시민단체 사실련(사회정의실현시민연합)이 주도하고 있는 청렴·공정하고
긍정적인 사회 분위기 조성, 기업하기 좋은 나라 만들기, 청소년 가출예방, 건전한

시위문화 조성 운동 등 캠페인의 경우

•시민사회와 국가와의 관계

국가나 정부의 본질적 특성은 강제력 또는 권위를 들 수 있는 반면, 시민사회는 공공선의 문제를 자율성에 입각하여 해결하려 한다. 전통적으로 시민사회의 발전은 이와 같은 정치권력의 강제성으로부터 자율적 영역의 확보로 특징지을 수 있다.

한국 민주정치의 발전과정에서 국가로부터 시민사회의 자율성의 단계와 시민사회 분화의 단계에 대한 구분은 1987년 6·29선언을 분기점으로 들 수 있다. 즉 6·29선언 이전의 한국 시민사회 발전의 특징은 국가로부터의 자율성 확보와 국가를 상대로 한 시민사회의 민주화 투쟁단계로 파악할 수 있다. 그러나 6·29선언 이후는 시민사회 자체의 분화나 다원화로 인해 시민사회 내의 여러 집단상호 간의 갈등관계가 표면화되는 것을 그 특징으로 들 수 있다.

나아가서 다원화된 시민사회의 역할과 기능은 공공문제의 해결 과정에서 불가피하게 파생되는 문제들에 대하여 자율적 참여를 통한 해결이나, 기존의 국가가 추구하는 공공문제 해결방식에 대한 비판과 대안적 방안의 모색이라 할 수 있다.

•시민사회와 시장과의 관계

인간의 경제행위를 중심으로 하는 시장, 즉 경제관계는 시민사회의 자율적 활동영역의 중요한 부분이 되고 있으나 시민사회 전부를 대변할 수 없다. 시민사회는 경제관계 외의 사적영역과 사회윤리적 관계 및 공공이익의 문제를 자율적으로 해결하려는 공적영역을 포함하고 있다.

예컨대 지하철 노조의 임금인상 요구나 자본의 이익추구 활동 등 사적이성에 입각한 이익극대화 논리는 결국 일반시민의 공공요금 인상이나 환경파괴 등 공공이익의 창출 및 유지와 마찰관계에 서게 된다. 이러한 경제관계에서 해결할 수 없는 공공이익 문제 해결은 국가나 시민사회가 해결할 수밖에 없다.

예컨대 깨끗한 물, 국방, 소방 등 성격상 나누어 가질 수 없고, 무임승차자를 허용하기 때문에 시장동기에 의해 공급되기 어려운 공공재는 국가의 경제영역에의 개입을 불가피하게 하여 시민사회의 자율성을 침범할 수도 있게 되어 공공재에 대한 시민사회의 공적담론이 필요하다.

- **바람직한 시민사회의 방향**

첫째, 시민사회 자체의 문제를 자율적으로 해결할 수 있는 시민사회운동과 자치단체의 활성화 등 공공영역에서는 토론과 합의의 장소 및 방법의 개발이 있어야겠다.

둘째, 시민사회 자체의 분쟁과 갈등에 대한 해결은 혈연, 지연, 학연 등 연고관계에 의한 정서적 해결에서 합리적 해결의 과정으로의 전환이 필요하다.

셋째, 특정대형사건이 발생하여 사회적 문제로 부각되었을 경우에 시민사회의 비판과 분노가 표현되는데, 사전에 예방하기 위해 정책결정과정에 시민사회의 참여가 확대되어야 할 것이다.

2. 나아가서 시민사회 영역을 생활공간적인 측면과 역학적 측면으로 나누어 분석하려 한다.

존 로크를 비롯한 17, 18세기 서구 계몽시대의 사회계약론자들이 지녔던 부르조아 혁명사상과 민주주의론의 핵심사상은 국가권력을 시민사회에 종속시켜 시민사회의 자유와 안전 등 시민적 권리를 보호하는데 복무해야 하는 기구이며, 국가가 이를 제대로 수행하지 못하는 경우 시민들을 그 대리인을 비판하고 교체할 권리를 지닌다는 것이다.

근래에 와서 시민사회의 형성이나 성장, 활성화를 논할 때는 '생활공간'이라는 측면과 물리적 강제력과는 다른 여론이나 정신적인 신념이 발휘하는 것과 같은 '힘'이라는 역학적 측면을 분리해서 사고할 필요가 있다. (유팔무, 김호기 「시민사회와 시민운동」, 한울, 1999, p371~388)

시민사회의 공간적 측면은 자본주의 경제발전과 함수관계를 맺고 성장, 축소되는 것이며, 힘의 측면은 주로 국가권력과의 관계 속에서 성장 혹은 억압되기 때문이다. 우리나라에서 시민사회적 공간이 본격적으로 확대되고 전체적인 사회생활 과정에서 의미가 부여되기 시작한 것은 80년대 중반부터이다. 특히 1987년 6월항쟁과 7, 8월 노동자 대투쟁은 이 시기까지 누적된 자본주의적 고도성장의 효과를 혁명적으로 분출하게 만들었다.

그 결과 1985년부터 1991년 사이 그동안 적체되었던 노동자 임금인상이 대중적 수준에서 제조업 분야에선 1.6배, 중공업 분야에선 2.0배로 급속히 이루어지게 되었고, 그 여파로 대중적인 소비·문화·여가생활이 본격화하게 되었다.

시민사회의 역학적 측면은 국가권력의 억압적 성격이 강할수록 억압되고 위축되는 경향을 보이며, 그 반면에 권력의 정당성이 허물어지거나 공백상태에 빠질 때 급속히 활성화된다.

즉 시민사회는 80년 '서울의 봄' 시기에 활성화되다가 이내 군부 강압통치에 의해 위축되었으며, 87년에 제5공화국이 지배정당성의 위기를 맞으면서 다시 활성화되어 경제사회와 국가권력의 사이에 시민사회라는 구조뿐만 아니라 메커니즘으로도 확고하게 자리 잡기 시작했다.

87년 6월항쟁은 국가권력의 억압적 통치방법이 지니는 한계에 봉착하여 정치적·윤리적 정당성을 갖춘 여론정치인 헤게모니적 통치방법에 눈을 뜨게 하는 결정적인 계기가 되었다. 6월항쟁은 시민사회가 봉기한 것이며 (한완상, 1992. 11) 그 주체는 자신을 민중과 동일시한 민중적 지식인 활동가들과 일반시민이었으며, 기층민중의 핵심그룹에 해당하는 노동자 대투쟁은 그 후 8, 9월에 폭발하여 자본가와 대결하였던 것이다.

다시 말하면 경실련·사실련·참여연대·환경운동 등 새로운 시민운동은 민중운동과는 반대로 개량화와 관심변화, 변혁전망의 상실과 국가권력의 선별적 탄압이라는 요인들의 작용에 힘입어 급속히 활성화되었던 것이다.

과거 민중운동 내지 사회운동은 사회생활 과정에서 발생하는 사회문제를 문제로 삼고 이슈로 삼아 이를 해결하기 위해 사회구성원들이 벌이는 집단적 지속적인 활동이었다. 새로운 시민운동과는 이슈와 주체 그리고 목표와 방법의 면에서 구별된다.

첫째, 새로운 시민운동은 계급적인 민중적 이슈가 아니라 초계급적인 공공선을 추구하고 있다.

둘째, 민중운동의 주체는 기층민중의 일부 즉 노동자·농민·빈민 등과 학생·지식인·직업적 활동가 등 기층민중이 아니면서도 정신적으로 자기 자신과 동일시하는 사람들, 즉 기층민중적 주체성을 가진 사람들이었다. 그런데 새로운 시민운동의 성격은 민중적·계급적 주체성과 구별되어 초계급적 시민적 주체성을 가진다.

셋째, 민중운동은 사회체제의 근본변혁을 목표로 삼는 변혁적인 성격을 지니는 반면, 새로운 시민운동은 사회체제의 부분적인 변화를 목표로 삼는 개량적·개혁적인 성격을 지닌다.

넷째, 민중운동은 흔히 비합법적인 투쟁방법을 취해온 반면, 새로운 시민운동은 대개 합법적인 운동방법을 택해 오고 있다.

나아가서 한국의 새로운 시민운동이 서구의 신사회운동과 다른 점은, 서구사회는 환경·평화·애정·소공동체운동 등 증대된 탈물질적 관심으로 우리보다 훨씬 급진적이다.

그러므로 새로운 시민운동은 초계급적, 시민적 주체성을 가진 사람들이 국가권력을 상대로 시민권 즉 시민적 권리를 요구, 확대하는 운동이라 할 수 있다.

나아가서 시민운동은 행위자, 즉 운동주체들이 의도하는 바와 상관없이 국가권력이나 사회체제를 정당화하고 유지시켜주는 보수적인 이데올로기 기능도 수행하는 양면적 성격을 지닌다 할 것이다.

III. 시민사회의 활동주체

1. 시민사회란 하나의 영역으로서 내부적으로 활동하는 주체가 있다. 그 주체로는 좁게는 시민단체, 즉 NGO부터 넓게는 비영리 단체, 즉 NPO를 상정할 수 있다. 이러한 관련 분야의 개념을 정리하여 보고자 한다.

유럽과 미국 등 서구사회는 주로 1970년대 후반 이후 복지국가의 위기·신자유주의의 등장·참여민주주의의 발달로, 한국은 1980년대 군부 권위주의의 쇠퇴와 정치적 민주화의 진행과 함께 민영화·분권화·규제완화와 더불어 각종 결사체들이 폭발적으로 분출하게 됨에 따라 '시민사회'에 대한 관심이 증대하게 되었다.

최근 넓은 의미의 사회를 정부, 기업, 비영리부문(제3sector)으로 3분하고 있으며 주로 미국, 영국, 일본에서 NPO로 통칭되는 비영리 부문에는 NGO, 즉 시민단체뿐만 아니라 다양한 사회서비스기관, 공익재단, 학교와 비영리 의료법인, 학술 및 전문가 단체, 각종 종교기관, 노동조합과 사업자 단체, 동창회와 그 외의 임의 단체 등이 모두 포함된다. (정구현, 초대 한국비영리학회 회장, 「한국 비영리학회 소식 2001」 창간호)

따라서 비영리 부문은 정부와 기업에 대한 견제, 감시 기능과 사회개혁의 역할을 수행하는 일 이외에 우리 사회에 꼭 필요한 교육·의료·연구·복지·정신세계 등의 핵심적인 서비스를 효율적으로 높은 질을 유지하면서 제공해야 할 책임이 있다.

미국의 비영리 단체(NPO)는 정부와 기업을 제외한 공식적인 조직·자율관리·자원봉사·이윤배분금지 및 공익추구 등의 특성을 지니나, 한국의 비영리 단체에는 영리를 추구하지 않지만 공익도 추구하지 않는, 즉 단체 구성원의 공동이익을 추구하는 단체도 포함시키고 있다(예: 동창회 등).

초창기 NGO는 1949년 UN에 의해 공식적으로 사용된 이래, UN헌장 제71조에 의하여 UN하의 경제사회이사회에 협의적 지위를 갖는 등 국제적 수준에서 주권국가나 국제기구가 해결하지 못하는 각종 국제적 공동문제를 해결하기 위하여 자문 역할을 하는 소극적 개념이었다.

오늘날 NGO는 비정부성·공익성·연대성·자원성·공식성·국제성의 특성을 가진 시민단체를 말하며, 국제적인 영역뿐만 아니라 국내문제나 지역사회문제를 해결하는 단체로서, 그리고 정부나 기업의 비리를 비판하고 시민의 권리를 옹호하고, 사회적 약자의 이익을 대변하기도 하고, 사회적 갈등을 조정하거나 시민교육을 담당하는 단체로 그 범위와 역할이 확대되고 있다. 나아가 정부와의 협력을 통하여 각종 공공서비스를 제공하는 공공정책적 측면의 개념적 의미도 생겨나고 있다.

NGO의 범위는 국가마다 다른데 한국은 미국이나 일본과 같이 NGO를 NPO의 일부로 보고 있으나, 유럽에서는 NGO를 NPO와 같은 영역으로 넓게 인식하고 있다.

민간단체와 시민사회단체(CSO: civil society organization)는 영역적으로 비슷하여, NGO보다 넓은 개념으로, 비영리단체(NPO) 중에서 정책적인 고려에 의하여 국가와 협력관계가 긴밀하고 재정의 의존도가 높은 비영리 병원과 사립학교를 제외한 나머지 단체를 말한다. 역사적으로 NGO라는 개념은 국제사회에서 정부대표가 아닌 민간인들로 이루어진 단체로서, 정부가 하지 않는 일을 수행하거나 정부를 보조하는 역할을 수행하는 단체라는 의미를 가지고 발생되었다. 따라서 시민사회에서 국가와 상대하여 국가권력을 견제하고 시민권리를 옹호하는 시민사회단체라는 개념이 더 적절하다는 견해도 있다.

1980년대 후반 이후 한국에서 시민단체 혹은 시민운동이라고 할 때 시민은 사회의 모든 구성원이 아니라 깨어있는 시민, 즉 국가권력에 대한 저항의식과 개인의 권리의식이 강하여 각종 시민운동에 능동적으로 참여하고 협력하는 실천적 자세를 갖춘 사람으로 간주되었다. (박상필 「한국NGO학회 창립총회 및 창립기념 학술 세미나집」, 2000)

기타 관련 개념을 정리하면 아래와 같다.

* 민중단체: 궁극적으로 체제의 근본변혁을 추구(계급성을 기준으로 시민단체와 구별)
* 관변단체: 테러·데모·홍보·선거운동 등을 통하여 체제유지에 협력(국가와의 관계를 기준으로 시민단체와 구별)
* 정부에 의해서 조직된 NGO (government-organized NGO)
* 유사 NGO (Quasi-NGO): 단체운영에 필요한 재정의 상당한 부분을 공적기금에 의존
* VO (voluntary organization): 서구복지국가에서 정부의 재정지원을 받아 공공서비스를 전달하는 비영리단체
* CVO (community voluntary organization): VO 중에서 지방단위에 존재하는 단체
* 사회단체: 국가권력에 대한 견제와 비판을 통하여 사회변혁을 지향하는 진보적인 단체
* 공익단체: 일정한 사회단위 내에서 사회구성원 불특정 다수의 이익을 위하는 단체(예: 병원, 학교, 양로원, 예술문화 단체)
* 직능단체: 이익집단의 대표적 단체(예: 변호사회)
* 전문가단체: 직능단체의 한 유형

2. 나아가서 시민사회의 활동주체, 즉 NGO 지도자들에게 바람직한 리더십에 관하여 접근하여 보려 한다. (박두익, 「한국NGO 현실과 발전을 위한 세미나집」, 경희대학교 NGO대학원 지도자과정, 2000, p74~76)

   • 문제의 제기
   과거 군부 권위주의 정권 시절에는 민간사회단체에서 반독재 민주화운동단체가 갖는 지위는 비록 비합법적인 단체로 존재하더라도 크게 강화되고 있었다. 따라서 당시의 집단지도력, 즉 리더십(Leadership)은 당연히 투쟁경력이 다채롭고 강성의 인성 소유자로부터 비롯되는 경향이 많았다. 그러나 87년 민주화 시민항쟁 이후 군

부 독재정권시대의 전투적이고 급진적인 재야운동과 구별되는 합법적인 공간에서의 온건한 시민사회운동이 많이 출현하게 되었다. 민주화가 진전됨에 따라 정치적 차원에서의 저항적 시민사회단체의 합법적 출현뿐만 아니라 다양한 생활세계 영역에서의 모임체의 증대를 가져오고 있는 것이다. (조희연, 1999)

이렇게 시대적 상황이 바뀌는데도 아직도 과도기적으로 몇몇 시민사회단체에는 과거의 투사형 지도자가 그 권위를 누리고 있지만 향후 점진적으로 새로운 시민사회시대에 맞는 지도자상이 형성되어야 할 것이다.

• 리더십에 대한 사회학적인 접근

리더십의 유형은 집단의 목표를 총족시키는 데 주된 구실을 하는 수단적 리더십과 집단 구성원 사이에 조화와 애착심을 조성하는 데 주된 역할을 하는 표출적 리더십으로 구분할 수 있다. 그런데 이 두 가지 구실 가운데 어느 하나를 선택하지 않으면 안 되는 상황에서 대부분의 집단지도자들은 인기를 위해 수단적 리더십을 포기하는 경향이 있다. (김경동, 1991)

지도자의 자질로는 위와 대응하여 집단의 욕구를 충족시킬 능력이나 소양이 있다든지 남의 찬양과 존경은 받을 수 있어야 할 것이다. 어떤 사람이 지도자가 되려면 집단표준에 밀접하게 동조하여야 하며, 집단활동의 방향을 잡아주고 구성원 각자의 사적인 목적까지도 달성할 수 있는 환경을 만들어 주어야 할 것이다.

리더십의 스타일로는 집단의 결속을 유지하고 일을 성취하는 데는 민주적 리더십이 가장 효과적인 한편, 전제적이고 지배적인 지도자의 집단은 내부의 의견불일치로 엉망이 되어 버리고, 지나치게 관대한 자유방임형 지도자의 스타일로는 집단이 일을 별로 성취하지 못할 것이다.

• 리더십에 대한 행정학적인 접근

리더십, 즉 지도력이란 희구되는 목표를 달성하기 위하여 개인 및 집단을 조정하며 동작하게 하는 기술이라 할 수 있다. (박동서, 1994)

어떠한 사람이 지도자가 될 수 있으며, 어떠한 경우에 지도력이 형성되느냐에 관한 이론으로 자질론과 상황론을 들 수 있다. 자질론으로 활력과 인내·결단성·설득력·책임성·지적능력을 보유하여야 할 것이며 고위직으로 올라갈수록 쇄신성·판단력·상상력이 요청되며 우리나라의 경우 성실성·정직성이 많이 요구되고 있다.

상황론으로 바람직한 지도자란 그가 속한 조직이나 집단의 구성원들의 가치관 규범에 일치된 행동을 하며 그들이 바라는 것을 충족 구현할 수 있는 사람일 것이다.

- **새로운 시대의 리더십**

시대가 농부, 즉 Green Collar가 근면과 인내심을 덕목으로 주도하던 농업사회에서 기능사, 즉 Blue Collar가 숙련성을 위주로 주도되던 산업사회로, 다시 사무관리자, 즉 White Collar가 학벌, 경험을 중시하던 후기 산업사회로, 또다시 가치 창조자, 즉 Gold Collar가 신지식, 두뇌를 중시하는 정보사회로 급변하고 있다.

그리고 원료중심의 제국주의 사회에서 노동력 중심의 사회주의 사회로 다시 자본중심의 자본주의 사회로, 나아가서 상상력·창의력·문화력 등을 포괄하는 지식중심의 21세기 사회로 변천하여 가고 있다. (오세덕, 2000)

따라서 시대적 상황이 바뀌면서 그 시대에 바람직한 리더십도 피와 땀을 요구하던 Hard thinker에서 구성원을 성인으로 대접하던 Self-leader로 다시 즐거움을 주고 유연성 있는 Entertainer로 나아가 심판기능보다는 코치 기능을 요구하는 탈management적 리더십으로 발전하고 있는 것이다.

- **이 시대 NGO 지도자들에게 바람직한 리더십**

현존하는 NGO지도자들 중에는 극복해야 할 두 가지 모습이 어려 있다. 그 하나는 앞에서도 언급했듯이 과거 군부 독재정권시대 전투적이고 급진적 재야운동 경험을 가진 사람들과 다른 하나는 생래적인 사명감과 자부심으로 본인은 물론 주변 사람들의 자원까지도 고갈시켜가며 막대한 사재를 출연하여 시민사회 운동을 해온 사람들이다.

나는 후자에 속한 부류로서 전자와 함께 새로운 시대에는 바람직한 예가 되지 못할 것이다. 그렇다고 현재의 시민사회운동의 환경이 회원들의 회비나 시민들의 후원금이 적절히 납부되는 분위기도 아니다. 이런 차제에 법률 제6118호 「비영리 민간단체 지원법」이 제정되고, 2000. 11. 10. 한국 비영리 학회, 동년 11. 17. 한국NGO학회가 창립되고, 동년 11. 24. 전국 시민단체대회가 열리는 등 시민사회운동이 실제나 이론면에서 체계화되는 듯하다.

앞으로 이 시대를 사는 우리는 본인의 경제활동이나 가사활동에 충실하면서도

자원봉사활동이나 사회정의 실현에 참여하는 '선진국형 신사 숙녀' 사회를 이룩하는 풍토쇄신을 일으켜야 할 것이다.

이러한 일련의 과정에서 NGO지도자들에 필요한 바람직한 리더십은 원칙적으로 시민들의 자발적인 참여와 회비납부제도로 시민사회단체를 System적으로 건실하게 운용하여야 할 것이며, 병행하여 중앙정부나 지자체의 지원금 집행내역도 투명성과 책임성을 겸비하여 조화 있게 꾸려 나아가야 할 것이다.

IV. 시민사회의 주된 정신

시민사회의 주된 정신은 시민성이라 할 수 있으며 다음에 시민성에 대하여 이론적으로 접근하여 보려 한다.

시민성에 대한 논의는 크게 두 가지 흐름 속에서 진행되고 있다. 하나는 자유주의적 입장이며, 다른 하나는 공동체주의적인 입장으로 시민성은 근대이전에 인간관계의 결속을 유지해주던 종교가 세속화된 이후 인간관계를 통합시키는 종교로 등장하였다. (조영달, 「한국시민사회의 전개와 공동체 시민의식」 교육과학사, 1997, p7~98)

시민성의 어원으로 civil은 더욱 수동적이고 덜 정치적이고 사적인 맥락에서 사용되어 자유주의적 전통을, civic은 공동체에 대하여 더욱 긍정적인 태도□애국적인 태도를 고취하는 맥락으로 사용되어 공동체주의를 대변하고 있다.

여기서 시민(citizen)의 의미는 가장 단순하게는 도시의 거주자를 의미하였으나, 시민의 개념이 적용되는 지역은 계속 확장되어 오늘날은 도시 내의 거주민이 아니라 국가 내에 살고 있는 사람 혹은 세계 내에 살고 있는 모든 사람에 적용되고 있다.

자유주의적 시민성은 권리와 지위에 의해 잘 묘사될 수 있다. 권리는 법적·관습적 지위를 통해서 사람들에게 부여된 특정한 힘을 의미한다. 지위를 통해서 힘이 행사되는 이유는 지위가 사람들이 무엇을 할 수 있고 어떤 능력을 가질 수 있는가를 지시하기 때문이다. 따라서 어떤 사람에게 권리를 부여한다는 것은 지위를 통해 그 사람이 사회에서 어떤 힘을 행사할 수 있는 능력을 주는 것과 같다.

자유주의의 기본적인 특징은 개인에 앞서는 사회·문화·공동체 등을 거부하는 것으로 자유주의적 개인주의는 자유 그 자체를 최우선의 절대적 가치로 생각하는 데 반해, 자유주의적 평등주의는 자유가 타인과의 관계 속에서 제한될 수 있는 상대적 가치라고 주장한다. 자유주의적 평등주의는 기본권적 자유와 최소한의 기본 수요를 보장하고자 하는데, 이러한 보장을 위해서는 강제적인 제도가 요청되며, 현실적으로 그 강제제도는 복지국가의 형태로 나타난다.

공동체주의적 시민성은 공동체는 공동체의 유지와 발전을 위해 개인의 시간·자원 심지어 생명까지도 직접적으로 요구할 수 있다는 것이다. 이는 자유주의가 가진 난점들, 즉 자신의 이익을 극대화시키기 위해 타인을 파괴하는 행위, 불순한 의도로 자신의 이익을 가장하는 행위, 타인과의 공유점이 없는 뿌리 없는 인간이라는 전제가 갖는 모순을 해결할 수 있다.

공동체주의적 시민성이 갖는 난점은 첫째, 공동체가 필요하고 유용하다는 것이 특정의 공동체를 유지해야만 하는 강력한 근거가 될 수 있는가 하는 점이다. 오늘날 다양한 공동체들이 존재하고 있으며, 따라서 특정의 공동체가 당연한 것으로 받아들여야 할 이유가 없다. 둘째, 인간은 누구나 부당하고 억압적인 구속에서 해방을 바라는데, 공동체주의는 부당하게 자유를 제한할 가능성이 있지 않은가 하는 점이다. 공동체주의가 오늘날의 상황에서 적합하지 않은 측면을 제외하면서 새롭게 조정된 형태가 신공화주의적인 공동체주의에서 말하는 시민성이다. 이 입장은 중심된 공동체 하나만 유일하게 인정하는 것이 아니라 국가도 공동체 중의 하나라는 사고방식을 수용한다.

자유주의자들은 개인에게 이기적인 물질적 이득 추구가 허용된다면 시장은 보이지 않는 손에 의하여 자동적으로 균형이 이루어진다고 믿었다. 그러나 시장은 자원을 효율적으로 배분하지도 않으면서 윤리적이지도 않았다. 시장은 사람의 육체나 정신을 파괴하고 환경을 오염시키는 것으로 나타났는데 이러한 시장의 한계에 대한 대응으로 나타난 것이 사회주의로의 길이며, 다른 하나는 자본주의의 수정이었다. 그런데 극단적인 공동체주의의 이상을 내세웠던 사회주의는 계획경제의 비효율성으로 말미암아 발달정체로 1980년대 말 동구권의 붕괴와 함께 몰락하게 된다.

위에서 같이 자유주의가 가진 비현실성을 수정하면서 자본주의를 부정하는 사회주의에 대응하는 방식으로 조직자본주의가 시작되어 1880년대부터 독일과 미국에서는 테일러주의와 포드주의의 등장 및 기업의 합병과 카르텔화를 통하여 자본이 광범위하게 조직되었던 것이다.

다시 조직자본주의의 쇠퇴로 탈조직자본주의로 이행하게 되는데 이의 특징은 첫째, 신축성이 뛰어난 다품종 소량 생산을 가능케 하는 극소 전자기술의 발전과 함께 나타난 포스트 포드주의이다. 둘째, 기업이 초국가적으로 활동함으로써 기업에 대한 국가의 통제력 감소는 상대적으로 기업의 자율성 증대를 의미하고 이는 기업 간 경쟁이 세계적 수준에서 일어남을 의미하게 되었다. 셋째, 케인즈주의적 사회복지국가에서 슘페터적 근로복지 국가로의 지향을 들 수 있다.

결론적으로 자유주의적 개인주의와 극단주의적 공동체주의보다는 절충적인 입장들이 현실적으로 더 설득력을 얻어가고 있는 것 같다. 따라서 자본주의의 진행과정·정보화·세계화라는 현실의 커다란 흐름 속에서 궁극적으로 도달하게 되는 지점은 '공동체적 자유주의'라 볼 수 있다. 즉 '공동체적 자유주의 시민사회'는 개인의 자유와 권리가 보장되는 정의의 원리에 의해 지배되는 자유주의적 사회이고, 그 속에 가치관을 공유하는 성원들이 함께 모여 여러 소규모 공동체를 형성하는 사회이다. 여기서 형성된 소규모 공동체는 장기적인 이익을 위하여는 자신의 공동체만을 유일하게 고집하지 않는 '자유주의적 공동체'인 것이다.

소규모 공동체의 예로는 지역공동체·목적을 위한 일(과업) 공동체·직장공동체 또는 각종 비영리 민간단체(NGOs) 등을 들 수 있는데 효와 가족의 우애·약자에 대한 보살핌·공동체 내의 질서·환경보전 등은 이러한 소규모 공동체의 중요한 헌신 대상이 될 수 있다. 따라서 공동체적 자유주의에서의 시민성은 시민들의 기본수요를 포함한 기본적인 권리를 존중할 뿐 아니라, 자신들의 공동체에 헌신하면서도 타 공동체를 관용하고 존중할 수 있어야 한다.

V. 시민사회 영역 내부의 변화 과정

1. 사회운동이 시민운동으로 발전

1993년 소위 문민정부라는 김영삼 정부의 출범 이후 한국의 사회운동은 기존의 변혁적 민주화운동 단체들이 크게 약화된 반면 시민운동 조직들이 빠른 성장을 하였다.

1994년 현대사회연구소 자료에 의하면 특히 군 개혁과 금융실명제 등에 대해서 긍정적인 평가를 받았다고 보고 있으며, 이제 전국노동조합협의회(전노협), 전국농민회총연맹(전농), 전국교직원노동조합(전교조), 한국대학총학생회연합(한총련) 등 재야 사회운동조직들은 개혁정국에 의해 조성된 정치과정으로 인해 운동의 목표를 상실할 위기에 처함과 동시에 시민사회의 의식변화에 따라 그 대중적 기반도 동시에 상실할 위기에 처한 것이었다.

각 운동조직이 체재에 대한 도전에 몰두하던 방식에서 벗어나 좀 더 실제적으로 조직원의 현실적, 생활적 이익과 결부된 활동으로 변화를 모색하거나 합법적 틀을 갖춤으로써 제도권 내로 들어가고자 하는 노력을 반영하고 있었다.

변혁 지향적 재야 사회운동의 상황이 이러한 반면, 체제내적 수준에서 활동하는 시민운동의 조건은 시민사회의 정치권력에 대한 인식의 변화와 함께 확대 개선되었다. YMCA·흥사단·YWCA·경실련·사실련과 더불어 다양한 소비자 운동단체, 환경운동연합을 비롯한 환경운동 조직들은 운동의 정당성을 더욱 확대할 수 있는 시민사회적 기반을 마련하는 계기가 되었던 것이다.

문민정부 출범 이후 시민사회의 자율적 공간이 증대된 가운데 국회·지방의회 등의 국가부문 대의체와 그 담당자로서의 국회의원, 지방의회의원 그리고 국가와 시민사회를 연계하는 정당에 대한 불만의식이 다른 영역에 비해 높게 나타나, 전반적으로는 시민사회의 의견을 수렴하거나 반영해내는 대의체를 불신하는 것으로 나타났다.

결국 대안적 조직으로서의 시민운동조직이 활성화될 수 있는 계기가 되었으며, 이 시기에 시민운동조직들은 새로운 협의체까지 구성함으로써 시민운동단체들이 선도하는 공론 영역을 적극적으로 확장시켰던 것이다. (조대엽 「한국의 시민운동 — 저항과 참여의 동학」, 나남출판, 1999, p189~210)

우리 사회는 오랫동안 박정희, 전두환 정부 등 군부 권위주의체제가 지배해 왔기 때문에 시민사회의 자율성은 미약하였고, 시민사회의 욕구를 반영하는 대의체로서의 국회는 행정부의 시녀로 전락해 있었다. 따라서 새로운 문민정부가 출범했다고 하더라도 그것은 노태우 정부라는 과도기적, 군부 권위주의적 태내에서 출발했기 때문에 여전히 과거의 정치권력 집단에 의해 포위되어 있었던 것이다.

1993년 김영삼 정부 출범 초기 매우 높은 국민적 지지를 확보한 가운데 개혁작업을 시도함으로써 과거의 권위주의 체제와의 차별성을 보여주었다. 그러나 정권 자체가 가지고 있는 태생적 한계로 개혁작업은 제한적일 수밖에 없었다.

　특히 이전의 정치권력들이 창출되는 과정에서 발생한 탈법적인 사건들에 대한 진상규명은 보류되었고 전두환, 노태우 정권의 다양한 비리에 대한 해명도 다시 유보되었다. 나아가 개혁의 과정에서 추진된 사정 작업을 통해 부정부패가 척결되기보다 오히려 권위주의 체제 당시에 묻혀 있었던 사실들을 홍보하는 결과를 가져옴으로써 시민사회의 의혹을 더욱 자극하기도 했다.

　따라서 1994년에 들어 정부의 개혁이 갖는 한계적인 면들이 점차 시민사회에 인식되기 시작하면서 현실에 대한 만족도는 1993년에 비해 떨어졌다. 이러한 시민사회의 현실불만 의식은 다양한 정치적 기회구조와 1993년에 나타난 시민사회의 개혁에 대한 지지열망을 통해 일단 조직적 공간의 확장에 탄력이 붙은 시민운동 조직에는 개혁의 한계에 대한 지속적인 문제 제기를 가능하도록 하는 요인이 되기도 하였다.

　결론적으로 첫째, 1993년 문민정부 출범을 계기로 한국의 사회운동은 시민의식의 변화와 관련하여 기존의 변혁적 민주화운동 사회단체들이 크게 약화되는 반면, 온건 시민단체들이 빠른 성장을 보였다. 둘째, 1994년도에 들어 개혁의 한계에 대한 인식이 고조되면서 정치·경제·사회적 현실에 대한 불만을 체계적으로 체제내적으로 수렴할 수 있는 전문화된 시민운동단체가 필요하게 되었다.

2. 시민운동의 왜곡현상과 문제점

　소위 국민의 정부라는 김대중 정부의 출범 이후 시민운동은 소수의 각성된 시민들이 중심이 된 시민운동에서 온 국민이 다 같이 참여하는 시민운동으로의 커다란 전환이 이루어지고 있었다. 반면에 시민운동에 대한 문제 제기도 심각한 상황에 와있었다.

　그중에서 NGO 관련 학자들에 의해 일반적으로 제기되고 있는 비판적인 논점으로 첫째, 시민 없는 시민운동이다. 시민은 없고 시민운동 전문가가 모든 것을 결정한다는 것이다. 문제 제기는 옳지만 지나치면 시민운동의 본질을 왜곡시키게 된다. 일반시민은 때로는 우중(愚衆)이 될 수 있고 이익집단의 이해관계에 쉽게 매몰

되기 때문이다. 따라서 시민운동은 다중이 아니라 시민주권의식이 뚜렷하고 사회 비판 능력이 있는 깨어있는 역사주체로서의 시민을 대변하는 것이어야 할 것이다.

둘째, 시민단체는 정부와 기업의 지원을 받아서는 안 된다는 주장이다. 시민운동의 어려운 현실을 고려하지 않고 회원의 회비만으로 살아가야 한다면 극소수를 제외한 대부분의 시민운동은 고사(枯死)할 수밖에 없다. 그러므로 사업계획지원 결정의 투명성과 공정성이 보장되고 실제 사업진행 과정에 지원자의 눈치를 보는 일이 없으면 이를 문제 삼아서는 안 될 것이다.

셋째, 시민운동가의 도덕성 문제는 시민단체가 일반사회보다 더 높은 윤리기준을 가지고 있어야 하지만, 그간의 성희롱 문제와 사외이사 등 한두 가지 경우로 시민운동 전체가 매도되어서는 안 될 것이다.

넷째, 시민운동의 비정치성 문제인데 오히려 시민운동은 자신의 자유로운 판단 하에 정부의 위원회 등에 참가하여 영향력을 행사하기도 하고, 정부기구 바깥에서 자유롭게 비판할 수도 있어야 할 것이다.

나아가서 김대중 정부의 출범 이후 시민운동의 왜곡된 근본문제는 변화된 사회 환경 속에서 한국의 시민운동은 자유정신·비판정신을 상당 부분 훼손당하고 포퓰리즘(Populism, 민중주의)적 경향에 휩쓸림으로 해서 우리 사회 전체가 표류하게 되었다. 심지어 시민운동이 정부가 잘못하는 것을 비판하지 않고 정권의 앞잡이 역할을 하고 있다는 모욕적인 언사도 듣게 되었다. 이러한 현상이 야기된 데는 애초 시민운동이 보수야당보다 상대적으로 더 개혁적인 집권여당에 더 마음을 주게 되었고, 게다가 김대중 정부는 시민운동과의 파트너십을 분명히 하고 시민단체와의 협력관계를 강화하였기 때문이다. (서경석, 「한국 시민운동의 재정립을 위하여」 한국시민단체협의회, 2000, p23~29)

국민의 정부 출범 이후 시민운동의 왜곡현상과 근본적인 문제점은 다음과 같다.

첫째, 정부주도하의 통합적인 시민사회기구가 다양한 형태로 만들어진 결과 시민사회의 자발성과 경쟁관계가 크게 훼손되었다. 예컨대 반부패연대와 에너지 연대는 모든 운동을 통폐합하고, 자금을 독점하고 크고 작은 시민단체들의 다양한 자발적인 움직임을 고사(枯死)시켜 결과적으로 우리나라의 반부패운동과 에너지 절약운동의 활성화를 가로막고 있다. 또한 청와대 주도의 제2의 건국운동도 IMF 경제위기 시대라는 생활개혁의 절호의 기회를 놓치게 한 실패한 운동이다.

둘째, 김대중 정권 출범 이후 집권여당과의 관계정립에 우물쭈물하다가 권력에 대한 견제기능은 제대로 수행하지 못하였다. 예컨대 선거부정에 대한 검찰의 중립성 문제, 야당의 탄핵안 국회상정을 여당이 물리적으로 저지한 점, 연일 신문지상을 장식하는 특정지역 출신들의 대형부정부패 사건들을 들 수 있다.

셋째, 전통적인 시민운동의 원칙은 합법운동, 합리적 대안모색의 추구, 사회적 정론의 피력이었는데, 지난 16대 총선 시에 총선시민연대의 낙선낙천운동은 이러한 전통적인 합리주의를 일탈한 언론의 포퓰리즘, 즉 선정주의적인 여론몰이에 시민운동의 포퓰리즘이 영합한 운동이었다. 이는 시민운동이 정의의 잣대를 독점할 수 없다는 점에서, 낙선낙천운동이 탈법적인 방법으로 이루어져 시민운동이 국민을 향해 법과 질서를 호소할 수 있는 자격을 얻지 못하는 점에서, 공명선거의 확립·정책대결 등 정치개혁의 근본이슈를 잠재워 버리고 이슈를 부패·무능 등 개인의 문제로 축소해버렸다는 점에서 비판을 받을 만하다.

넷째, 경실련·환경운동연합·참여연대 등 요즈음의 대형시민단체가 1989년 이후 출범할 때만 하여도 경제정의실천이나 환경 운동에 앞장서는 등 시민운동으로서의 이미지가 산뜻하였는데, 이제는 권력의 속성과 대기업의 비리를 비판하면서 자체 기구가 커져 방만하여지면서 그들 스스로 비판대상을 닮아가는 경향이 역력하다. 파킨슨의 법칙(Parkinson의 法則)에서 시사하는 바와 같이 시민운동 업무량의 실질적 증가와는 무관하게 직업적인 시민운동가의 욕구에 따른 기구의 확대로 시민운동 내부에서 획일주의적 경향이 커지고 비판정신·자유지성이 크게 퇴색하였다.

VI. 그간 시민운동의 한계와 바람직한 방향

1. 중앙정부 비판형 시민운동에서 문명전환 운동으로

한국 시민운동의 기본적인 목표는 국가의 비합리적이고 권위주의적인 권력행사와 시장의 무지막지한 이윤추구의 논리 사이에 공공선의 증진이라는 가치를 공유하는 시민사회를 강화하는 것이다.

1960년 중반 이후 권위주의적 중앙정부를 비판하고 민주주의를 회복하려는 민주화운동이 한국 사회운동의 주류를 형성해 왔다. 1989년 경실련 출범 뒤이어 더 급진적인 참여연대의 운동 등 1990년대에 들어서 활성화된 시민운동도 실질적인 민주주의를 위하여 중앙정부 비판형 사회운동의 전통을 벗어난 것이 아니었으며 현재와 같은 시민운동은 정치세력화로 이어질 개연성이 많다.

모름지기 시민운동은 비정부(non-governmental)·비영리(non-profit)·비당파(non-partisan)라는 세 가지 원칙을 고수하는 독자적인 영역으로 남아 있어야 할 것이다.

앞으로 시민운동이 건강하고 강력한 시민사회 형성을 위해 지속적으로 발전하는 과정에서 부딪히는 문제들과 넘어야 할 장애물은 다음과 같다.

첫째, 그간 우리 사회를 지배해 온 이데올로기적 문화적 장애물은 개인·가족·친구 등 사적관계를 넘어서 공적인 문제에 관심을 가지고 참여하는 일을 꺼리게 하고 있다.

둘째, 대중소비사회의 엄청난 영향력은 근검절약보다는 현재의 자유와 소비를 중시하게 되고, 신세대들은 이념에 기초한 정치·사회적인 문제보다도 개인적인 행복의 문제에 더 큰 관심을 보인다.

셋째, 지방화 시대를 맞이하여 지역중심적 운동으로의 변화가 요구되며, 세계화가 진전되면서 시민운동의 국제적 연대가 중요해지고 있다.

넷째, 정보화 사회에서 문제인식의 수준을 글로벌한 수준으로 높여야 하며, 문제 제기의 방식이나 운동방법도 전 지구적 차원에서 만들어지는 운동의 규범을 무시할 수 없게 되었다.

다섯째, 언론 보도가 시민단체의 활동에 중요한 영향력을 발휘하게 되어 회원들의 활동을 진작시키고 기초조직을 튼튼히 하는 일보다는 언론을 염두에 두는 미디어 이벤트를 만들고 뉴스거리를 제공하는 일에 중점을 두게 된다. 따라서 언론의 시민운동에 대한 통제력이 커질 뿐만 아니라 시민들의 자발적인 참여에 기초한 조직의 활성화는 뒤로 물러나게 된다.

따라서 최근까지의 중앙정부 비판형 시민운동은 지역에서 전개되는 일상적인 삶의 영역에서 시민들이 직접 참여하는 시민운동의 양식을 개발하는 데 큰 힘을 기울이지 않았기에, 지역의 삶의 현장과 의식을 변화시키는 작지만 강한 주민자치운동을 활성화하여야 할 것이다. (정수복, 「한국사회의 미래를 위한 한국시민운동의 재정립방안」, 한국시민단체협의회, 2000, p8~22)

쉽게 가시화되는 독재자·부패한 정치인·비리재벌 및 비합리적 제도에 대한 비판은 쉽게 점화되었지만, 눈에 보이지 않는 방식으로 은밀하게 작동하는 잘못된 기존의 의식과 가치 및 규범과 관행이 지속적인 공격과 비판의 대상이 되어야 할 것이다. 예를 들면 청렴,공정사회 조성, 기초질서 확립, 민족정기 바로 세우기에 반하는 행위 등 사회정의에 역행하는 행위가 그것이다.

지금까지는 남북이 분단되어 있다는 전제 아래에서 각종 시민운동이 전개되었으나, 앞으로는 남북한 전체를 고려하는 새로운 비전과 프로그램을 수립해 나가야 할 것이다.

향후 이성의 산물인 과학기술·산업화·국민국가 등이 인간의 문제를 해결해 주는 데 한계에 직면하고 있다. 이제 시민운동도 중앙권력 비판을 넘어서 산업문명 자체를 비판하고 대안문명을 추구하는 방향으로 나아가야 한다. 이에 21세기형 시민운동이 지향해야 할 가치는 다음과 같다.

첫째, 인간과 자연이 공존하는 생태적 세계관에 터를 잡아야 한다.

둘째, 탈물질주의 세계관에 입각하여 '덜 소유하지만 더 행복한 대안적 삶의 양식'을 만들어 내는 일에 앞장서야 한다.

셋째, 현실 세계에 매몰된 시민운동이 초월적 영성을 중시하는 심신수련 문화와 유기적으로 결합해야 한다. 예를 들면 참선·명상·기공·단전호흡·요가 등 심신수련법을 통해 새로운 정신문명을 추구해야 한다.

넷째, 인간과 인간, 인간과 자연 사이를 지배와 정복의 관계로 설정한 남성주의적 시각에서 벗어난 모든 생명체 사이의 관계를 보살핌과 나눔의 관계로 보는 여성주의적 시각에 서야 한다.

향후 건전한 시민주체가 형성되기 위해서는 사회전체의 관점에서 자신의 이익추구를 고려하는 근대적 행위의 규범이 자리 잡아야 하며, 건전한 시민문화가 형성되기 위해서는 아무리 권력과 돈의 논리가 지배하는 세상이라 하더라도, 도덕적으로 건강하고 사회학적 상상력이 넘치며 상황의 변화에 민감하며 개혁 지향적인 시민사회 주체를 재생산하는 일이 중요하다.

시민운동은 국가와 시장의 논리에 대응하고 견제하는 제3의 세력이라는 정체성을 분명히 하여 구제도의 개폐와 구세력이 퇴진, 새로운 민주적 제도의 마련, 시민참여 확대의 방향으로 진행되어야 할 것이다. 국가와 시장은 시민사회를 포섭하기 위한 전략적 차원이 아니라, 시민사회의 자율성과 독립성을 존중하면서 시민사회와의 건전한 관계를 유지하여야 한다.

결론적으로 그동안 한국의 시민운동은 중앙정부 비판 사회운동으로 전개되면서 새로운 대안을 제시하는 문명전환 운동의 차원을 경시해 왔다. 향후 한국의 시민운동은 기존체제의 문제점을 비판하고 고쳐나가는 일과 병행하여, 패러다임의 전환을 일으켜 대안적 가치와 삶의 양식을 바탕으로 기존사회 영역을 새로운 가치와 비전으로 재구성해 나가는 문명전환 운동을 전개해 나가야 할 것이다.

2. 기업과 NGO 간의 파트너십 정립을 위하여

그간 NGO, 즉 시민사회단체가 정부 및 중앙정치와 재벌기업을 비판하여 강력한 개혁을 요구해 오면서, 특히 재벌개혁과 구조조정으로부터 소액주주운동에 이르기까지 기업과 NGO 간에 상호 대립과 갈등으로 비쳐 있는 것이 사실이다.

그러나 시민사회단체가 기업과 불편한 관계에만 머무르는 게 아니라 노인과 장애인을 위한 사회복지·청소년선도·환경보호·문화예술 등 무수한 영역에서 사회공익을 위해 기여해야 하는 사회적 책임을 공유하고 있기 때문에 공조의 관계를 맺는 것은 지구촌 어디서나 보편적인 추세에 있다.

퍼트남(Putnam, 1993)에 따르면 시민사회를 이루는 구성원들 간의 미시적 협력을 기초로 형성되는 자발적이고 협력적이며 수평적인 연결망·규범·신뢰 등을 사회적 자본(Social capital)으로 규정하고, 이러한 사회적 자본이 공동의 이익을 위한 협력과 참여를 창출함으로써 민주주의를 심화시킨다. 이러한 시민사회의 성숙이 시장의 기능을 활성화하는 데 매우 중요하며, 성숙한 시민공동체에 기반한 사회적 자본의 축적은 시장의 자생적 발전에 핵심적 조건이 되는 것이다.

시장 특히 그 속의 핵심적 경제주체인 기업이 시민사회에 재화 및 서비스 그리고 임금을 제공해 왔다면, 시민사회는 시장에 노동력과 제품의 수요 그리고 사회적 신뢰를 제공해 왔다. 다른 한편으로, 시장과 시민사회는 상호견제 또는 갈등의 관계를 형성해 왔다. 시장, 즉 기업이 시민사회에 경쟁의 규율을 강제함으로써 시민사회의 합리성을 제고시켜온 반면에, 시민사회 내 NGO, 즉 시민사회단체는 다양한 시민운동을 통해 대기업의 지배구조 개선을 위한 소액주주운동 등 시장의 자기파괴적 경향에 대한 적극적인 개입과 저항을 모색해왔던 것이다.

최근 통계에 의하면 한국의 기업부문은 다른 나라에 비해 우리 사회 내의 희소한 자원을 거의 독점적으로 사용하고 있으며, 그것도 사적소유권에 의한 직접적 통제가 잘 작동하지 않는 방식으로 사용하고 있다. 이에 따라 한국의 기업부문은 막대한 사회적 책임을 지고 있으며, 정부와 시장과 시민사회의 견제와 균형이 제대로 작동하지 않아 투명성과 책임성이 견지되지 않으면 1997년 IMF 경제위기와 같은 사태가 발생할 개연성이 내재해 있는 것이다.

재벌개혁의 내용은 첫째, 방만한 사업영역을 수익력을 갖춘 소수의 업종으로 전문화하는 사업구조 개선. 둘째, 과다한 부채 비율을 낮추는 재무구조 개선. 셋째, 재벌총수가 의사결정권을 독점하는 기업지배구조 개선이며, 그간 구조조정 과정에서 기업·노동자·채권자·납세자 등을 총체적으로 접근하여야 했는데, 기업과 지배주주를 동일시하는 인식으로 기업 자신은 물론 시민사회에 커다란 폐해를 낳고 있다. (김상조 「기업과 NGO, 파트너십의 의미 및 조건」, 한국비영리학회, 2001, p23~41)

최근 시민단체들이 공격하는 기업의 약점은 기업의 도덕성 결여에서 연유되었다기보다는 시장이 억압된 결과 생겨난 것들이다. 따라서 부패방지의 해법은 시장규율이 작동할 수 있도록 정부의 억압으로부터 시장을 자유롭게 하여 시장의 햇볕이 골고루 들도록 하여야 한다. 시민단체의 목표는 시민들의 이익을 대표하는 것이 아니라 대변하는 것이다. 시민들의 이익을 대표하는 것은 보통선거를 통해 구성된 의회의 역할이지 시민단체의 역할은 아니다. 2001년 초 특정 시민단체가 소액주주의 위임을 받아 특정인사를 삼성전자의 사외이사로 추천한 것은 소액주주의 대변을 넘어 대표로 행동한 것이나 다름없다.

바람직한 기업과 NGO 간의 관계유형으로는(Burbidge, 1997) 첫째, 재벌개혁과 환경감시 등 영리추구와 이해관계에 대한 비판. 둘째, NGO들의 공공 캠페인에 대한 기업의 지지 혹은 후원, NGO에 대한 기업의 재정지원, 기업과 NGO의 사회공익 마케팅에서의 협력관계, NGO의 연구조사 활동에 기업의 참여, 기업 간부들이 NGO 이사회에 참여, 기업 임직원의 시민사회 봉사활동 등 영리추구 경제에 대한 협력. 셋째, 한국을 비롯한 세계적 추세가 NGO들이 기업보다 정부에 재정지원을 의존하고 있는데 그 자율성 침해문제. 넷째, 전통적인 영리추구 경제에 대안으로 NGO는 기업으로부터 혜택은 누리지 못하는 실업자를 대상으로 하는 고용·교육훈련·일자리 제공 등 다양한 서비스 제공 역할을 맡는다. (주성수, 「기업과 NGO, 대립에서 협력으로 가는 글로벌 동향」 한국비영리학회, 2001, p43~61)

결론적으로 내가 생각하기에는 기업과 NGO 간의 파트너십 정립을 위해 NGO, 즉 시민단체가 종전 중앙정부의 권력부패나 대기업의 비리에 대한 비판은 계속 유지하되 첫째, 시민단체를 선봉으로 하고 가정주부를 포함하는 시민사회 전체 구성원은 자유시장 경제질서와 법치주의라는 헌법의 기본원리를 준수하고 그 범위 안에서 기업의 이윤추구와 경쟁의 원리를 인정하는 시장경제 활성화에 기여해야 한다. 따라서 소액주주 운동과 같이 시장역행적인 민(民)에 의한 자본통제라는 오해는 야기하지 말아야 할 것이다.

둘째, 시장, 즉 기업 측에서는 공급자의 입장에서 그들의 재화 및 서비스를 수요하는 시민사회에서 무엇이 논의되고, 무엇을 추구하고 있는가라는 시민사회의 인간 존중인식, 나아가서는 앞장서고 있는 시민단체의 NGO마인드(mind)를 기업경영에 적절하게 반영하여야 당해 기업이 시민사회의 수요에 생동감 있게 뻗어 갈 것이다.

3. 향후 NGO는 자본주의 폐해를 치유할 중심세력이 되어야

'자유주의 확산'에 맞서 '시민 NGO 르네상스 현상'은 신자유주의 확산으로 시민사회가 국가와 대립하면서 시민들이 NGO활동에 주목하고 있기 때문에 일어나는 것이다. NGO가 '신사회 재정치화'를 통해 저지하고, 더 나아가서는 자본주의의 각종 폐해를 극복하는 데 앞장서야 한다. (시민의 신문, 「독일 좌파 지식인 대담」, 2001. 11)

최근 국가는 시민사회를 포함하고 있는 것처럼 보이지만, 시민사회는 국가에 대립하고 있는 것이 특징이다.

한국의 정치학자나 사회학자들이 NGO에 대해 높은 기대를 하는 것 같고, 1980년대를 기점으로 생각할 수 있을지 모르지만, NGO의 역사는 그보다 훨씬 오래되었다고 볼 수 있을 것이다. NGO를 새로운 현상이라고 말하기보다는 NGO가 새로운 의미와 기능을 수행하기 시작하였다고 보는 것이다.

현대에 들어와서 정부 비판적인 시민사회의 역할이 증가하고 있고 이러한 면에서 시민사회의 새로운 정치적인 공간이 증가하는 중이다. 시민사회 스스로 변화가 일어나고 있는데 그것은 바로 시민사회의 재정치화라고 볼 수 있다.

NGO에는 개혁 지향적인 NGO도 있지만 보수적인 NGO도 있다. 그 보수적인 NGO들은 국가의 기능을 보완하는 역할을 수행하기도 한다. 그리고 정부로부터 보조금을 지원받기도 한다. 그러한 NGO들이 전 세계적으로 보면 대다수를 차지하고 있다.

한국에서는 종합적인 NGO가 활발한 반면에 독일에서는 '종합적'인 NGO는 별로 의미가 없다. 독일에서는 사회복지영역이나 경제영역은 전혀 NGO의 활동 대상이 아니다. 독일의 NGO들은 특수한 영역에만 국한되어 활동하고 있다. 한국의 NGO들은 1987년 민주화 운동 이후 중요해지기 시작하였다. 독일과 한국에서 공통적으로 발견되는 재미있는 현상은 비판적인 시민들이 분명한 정치적 목적을 관철시키려고 한다는 점이고 그것은 민주화운동이라고 이해할 수 있다.

NGO는 자본주의 사회가 만들어내는 문제를 해결하는 주된 세력이 되었으면 하는 것이다. 작은 규모의 사회운동들과 과거 노동운동들을 이끌어 나아갈 새로운 시민운동의 형식이라고 본다.

NGO의 영역은 매우 다양하고 복잡하지만 자본주의 사회의 문제 제기라는 점에서 공통점을 발견할 수 있다. NGO의 발전을 위해서는 NGO의 발전과정을 계속 지켜보고 그 과정과 더불어 성장할 전문화된 인력이 필요하다. NGO가 국내적인 사안에만 머물지 않고 국제적인 사안에 전 지구적인 연대를 어떻게 형성해 나아갈 수 있는가도 매우 중요한 관건이다.

4. NGO의 자치참여가 활성화되어야

시민사회의 기본단위인 NGO의 지방자치 참여를 활성화해야 하며 NGO의 지방정치 직접 참여는 이를 위한 방안이 될 수 있다. 또한 NGO는 정부가 미처 신경 쓰지 못한 분야에서 지역민을 대변해야 하며 경우에 따라 정부와 선택적인 협력관계를 유지하여 지역의 이익에 기여해야 한다. (시민사회단체연대회의, NGO와 지방자치 간담회, 2002. 1)

민주적인 시민사회의 기본단위는 NGO다. NGO는 주민들의 입장을 대변하고 여과할 수 있는 단위이기 때문에 지역의 문제에 참여해야 한다. 또한 기존 정치체계에서 대변할 수 없는 입장을 NGO는 대변할 수 있다.

실례로 미국의 경우 주택보급 프로젝트를 정부가 수행할 때 지역 NGO가 그 실효성에 대해 평가하고 대안을 제시한 적이 있다. 또 '할당제'를 통해 NGO가 참여하는 지역위원회가 연방정부 또는 정부 정책의 기초 기획단계부터 참여하는 경우가 많다. 지역민들이 NGO가 지역의 필요에 즉각적으로 반응한다는 인식을 하고 있다. 이에 따라 미국의 주정부들은 주택보급, 근로자 교육, 지역개발 등의 정책 수행 시 NGO에게 많은 권한을 양도한다. 근로자 교육을 예를 들자면 지역 NGO가 직접 실시하기도 하지만 고용주들과 연계해 그 지역의 고용주가 필요로 하는 근로자를 육성하는 교육도 한다. NGO가 고용주와 근로자의 중간단계 역할을 하는 것이다.

외부기금에 의존하면 자율성이 침해될 수 있다. 특히 정부가 지원하면 더욱 그러한데, 지원금에 대한 분별력과 관리가 필요하다. 정부와의 선택적 협력관계냐 자율성 확보냐의 선택문제는 고민해야 할 문제다. 또 관료화가 돼가는 것에 주의해야 한다. 한국의 경실련이나 환경운동연합과 같이 규모가 커질수록 관료주의가 정착되기 쉽고 일반시민과 유대가 어렵다. 사실련과 같이 규모를 키우는 것보다 작은 형태로 주민들과 유대를 키워가야 한다.

우선 시민의 참여를 확보하고 NGO 활동을 제도화시키는 노력이 필요하다. 이를 위해 다양한 그룹의 목소리를 효과적으로 반영해야 한다. 미국의 경우 과거에 비해 지역문제에 대한 관심도가 떨어진 상태다. 주민이 참여해도 정책적인 결정에 변화가 없다는 인식으로 참여도가 떨어지고 있다. 무관심을 극복한 주민들의 권한에 영향력을 불어넣는 NGO가 되어야 할 것이다.

VII. 결론: 이 땅에 사회정의를 실현하기 위하여

• 개인적 정의가 너무 지나치다

우리나라의 앞날이 크게 걱정이 된다. 요즈음 사회는 오로지 나만의 이해득실만 측정하느라 급급하고, 자기 남편이나 아내 그리고 자식들만 끼고도는 판국이다. 나아가서 외형적으로는 자기가 속한 지역사회나 직장, 정당 등의 이득을 너무 과도하게 추구하고 있고, 내면적으로는 혈연, 지연, 학연 등으로 얽혀져 서로 밀고 당기는 갈등관계가 확연하다.

시민사회 영역에서 시민성이란 크게 자유주의적인 입장과 공동체주의적인 입장으로 나눌 수 있다. 특히 자유주의적 개인주의로 편향된 '개인적 정의(個人的 正義)'에 입각한 일련의 사회행태가 자기가 속한 집단이나 우리 국가사회의 건전한 발전으로 가는 길로 잘 통합조정이 되면 다행인데 그렇지 않다는 것이 문제이다.

최근 우리 시민사회에서는 IMF, 세월호 참사, 전염병 메르스 사태 후유증이 너무 커서 아직 경제환경이 그 활력의 가닥을 잡지 못하고 있는데도 향락산업이 급증하고 있다고 한다. 여야 정치권에서는 나라의 장단기 굵은 정책현안을 놓고 진지하게 논의를 하는 풍토는 멀리하고 상대 정파의 '말초신경 집적거리는 문화'로 일관하고 있다. 이러한 현상은 정치권 내부에 국가장래를 위한 사명감 있는 유능한 인재가 없어 각종 정치적 결단이나 정책결정을 할 때 균형 잡힌 감각으로 대처하지 못한 데서도 그 원인이 있겠다.

일부 언론매체는 전관예우를 받는 변호사들의 수임료, 벤처 및 증권이나 프로야구 및 일류배우들의 몸값을 크게 부각해 일확천금을 거머쥔 사람들의 이야기가 전국을 가로질러 정말 묵묵히 정직하고 열심히 일하는 사람들이 살맛 안 나는 세상을 만들고 있다.

• 청렴·공정한 사회분위기를 조성하여야

역사적으로 대부분의 왕조나 국가가 몰락한 이유는 외세의 침략에 의한 경우보다 지배집단의 부정부패에 의해 저절로 무너진 경우가 더 많다. 일찍이 로마는 유럽은 물론 아프리카 북부까지 이르는 대제국(大帝國)을 형성하였으나 말기에 이르러 사치와 환락에 빠져 오도아케르가 이끄는 47명의 민병대에 의해 멸망하였다. 우리의 경우도 통일신라 말기의 환락상, 고려 말의 부정부패현상, 근세조선 말기 지배계층의 부정부패 현상은 극도에 달하였으며 각각의 왕조가 붕괴하는 결정적인 원인이 되었던 것이다.

최근에 와서는 정치권과 정부 고위층에서의 부정부패가 규모나 횟수로나 극심하여 여론의 지탄을 받다가 선거법령의 엄정집행 등으로 많이 청렴해지고 있다. 그러나 원전비리, 방위산업비리, 문화예술계 비리 등 잠복성으로 질적으로 지능화, 심화된 경향도 있다.

청렴(淸廉)이란 성품과 행실이 맑고 깨끗하며, 재물 따위를 탐하는 마음이 없음을 말하며, 공정한 사회란 합리적인 법제도 운영으로 부패가 없는 사회이며, 균등한 기회와 권리가 보장되고 건강한 시장경제로 활력이 있는 사회를 말한다. 향후 우리 사회에 청렴·공정한 사회분위기가 조성되어야 할 것이다.

그리하여 우리 사회도 개인적 정의를 뒤로 하고, 개인의 자유와 권리가 보장되는 정의의 원리에 의해 지배되는 자유주의적인 사회이고, 그 속에 가치관을 공유하는 성원들이 함께 모여 여러 소규모 공동체를 형성하는 '공동체적 자유주의 시민사회'에 입각하여 '사회정의(社會正義)'를 실현한다면 민주통일 국가로 뻗어 갈 것이고, 그렇지 않으면 그 반대의 현상이 야기될 것이다.

• 긍정적인 사회분위기를 조성하여야

우리는 각종 대형사건, 사고로 인해 침체된 사회 분위기가 어느 정도 지속되다가 어느 시점에 가면 다시 국운(國運)이 융성하리란 기대 섞인 전망을 한다. 그러나 각 정권 후반기부터 나타나는 레임덕 현상과 무엇이든 안 된다는 부정적인 사회분위기가 겹치면 문제가 심각하다.

이러한 현상에 대하여 사회심리학적으로 우리나라 국민성의 양면성에 대한 냉철한 진단이 필요하다. 우리 국민은 긍정적이고 진취적인 자세로 임하여 과거 새마을운동, 외환위기 극복을 위한 금모으기 운동, 올림픽 및 월드컵 성공 신화 등 우리 사회에 기적적인 성과를 이룩해왔다. 그러나 부정적이고, 소극적이고, 침체된 자세로 임하면 그 반대 현상을 야기하였던 것이다.

그간 우리 사회는 수시로 불어 다치는 정·재계의 사정(司正) 칼날 바람과 인터넷 문화 및 무한 경쟁 시대에서 상하 간 동료 간 소통부족으로 만성피로에 빠져 침체된 분위기에 휩싸여 있다. 따라서 긍정적이고 활기차고 능동적이고 품격 있는 사회분위기를 형성하기 위해 규제혁파, 공정하고 투명한 업무 프로세스, 합리적 인사 및 조직관리, 불합리한 특혜소지 제거 등 근본적인 개혁이 필요하다.

• 사회자본이 축적되어야

그간 한국경제의 핵심적인 성장요인으로는 헌신적인 관료들과 왕성한 투자의욕을 가진 기업가들, 밤을 낮 삼아 일에 몰두해온 부지런한 근로자들의 단결과 국민적 통합이었다. 그런데 이러한 정신적 요소들이 파괴되면서 IMF 사태를 불러일으켰고, 10여 년에 걸쳐 과도기적 혼란 속에 정체를 거듭하고 있다.

이에 대한 대안으로 전통적 생산의 3요소인 토지·노동·자본을 들다가 다시 노동을 인적자본으로 승격시켜 그 중요성을 강조하고, 나아가서 시민들의 참여와 연계망을 '사회자본'이란 개념으로 보편화하고 있다.

사회자본(社會資本)은 사회기관들의 네트워크·규범·상호이익을 위한 협력과 조정을 촉진하는 사회적 신뢰 등을 그 특징으로 한다. 최근에 사회자본과 경제발전 간의 긍정적 관계가 잘 알려졌으며, 특히 시민의 자발적 참여가 높은 지역공동체일수록 도시빈민·교육·건강·범죄·마약·실업 등의 문제를 보다 성공적으로 해결해 낸다고 본다. 그리하여 우리나라도 과거 경제성장 위주의 정책에서 사회경제적(Socioeconomic) 접근으로 사회자본의 축적에 역점을 두어야 하겠다.

- **기초질서확립은 국가경쟁력 제고에 바탕을 제공**

한국에서 생산된 각종 제품의 기술수준은 대단히 우수하나 한국이란 시민사회의 교양수준을 문제 삼아 대외적으로 국가경쟁력이 떨어지는 사례가 많다.

기초질서(基礎秩序) 위반행위는 근본적으로 사회 전반에 걸쳐 만연해있는 불법과 탈법, 사회지도층 인사들의 부도덕성으로 인한 법질서의 혼탁함이 그 주된 원인으로 하겠다. 선진국형 시민사회에서 말하는 교양수준이란 들여다보면 우리 사회의 기초질서 준수 여부라 하겠다.

교통질서 위반행위·쓰레기나 담배꽁초 마구 버리는 행위·노상 대소변 행위·뱉는 행위·금연 장소 흡연행위 등은 우리 주민생활 속의 작지만 기본적인 기초질서 위반행위로, 쾌적하고 안정된 생활에 역행하는 생태적으로 나쁜 습관이기에 당장 고쳐야 할 것이다.

- **남북한 실질적인 통일을 위하여 민족정기 바로 세우기 운동으로 한반도 정서 동질화를**

민족정기(民族正氣)란 국가의 민족문화에 내재하는 발전의 근원적 정신으로 우리나라의 경우 역사적으로 홍익인간정신·화랑정신·선비정신·의병정신·선열의 순국정신에 뿌리를 둔 우리 민족의 공통의지로 자유·평화 민주주의를 실현하려는 이상이다.

새삼스럽게 민족정기를 바로 세우자고 하는 것은 민족자존 의식의 확립을 통해 국가발전의 토대를 마련하고, 고도의 산업사회 개인주의 및 물질만능주의를 극복하고, 세계화 시대의 변화와 개혁에 대비하여 민족의 정체성을 확립하기 위함이다.

최근까지 남북의 이념대결은 머리에서 가슴으로 창자로까지 내려가 이데올로기의 혈친화 현상이 있다. 남북 간에 외형적으로는 이산가족상봉·문화예술 교류 등을 활발히 하고, 그 중심에는 민족정기 바로 세우기 운동을 내포하여 한반도 정서 동질화를 꾸준히 추구하는 일은 물리적 통일 이후 실질적인 체제 초월적인 통합사회를 구축하는 지름길이 되겠다.

- **남을 배려하는 작은 관심으로 사회정의를 실현하여야**

우리 인간에게는 대의를 추구하는 본능이 있는 반면, 자기 이익과 반사회적 행동을 추구하는 면도 있다. 다행한 것은 베스트셀러 『게놈』의 저자인 매트 리들리에 의하면, 상습적이고 비열한 배신보다는 상대방을 배려하고 우호적인 처신이 진화적으로 더 유리하다고 한다.

공자께서도 60에야 이순(耳順)이라 했다니, 남의 편에 서서 생각한다는 것이 얼마나 어려운 일인가를 알 수 있겠다. 바쁘고 총총한 출퇴근 길에서 이웃이 던진 밝은 미소가 우리의 아침을 환하게 만들며, 복잡한 전철역 입구에서 살짝 비켜서 준 작은 배려가 우리를 기분 좋게 하고 살맛 나게 할 것이다.

'사회정의 실현(社會正義 實現)'이란 서로 협력하여 공동생활을 하는 인류의 집단에서 사회통념에 입각하여 올바른 도리를 나타내는 것이다. 이기심이 우리를 각박하게 하는 대신, 남을 배려하는 작은 관심은 세상을 아름답게 하고 주변을 훈훈하게 하여 결과적으로 사회정의가 실현되는 토양을 구축하게 될 것이다.

〈국내 문헌〉
· 김상조, 「기업과 NGO, 파트너십의 의미 및 조건」, 한국비영리학회, 2001. p23~41
· 박두익, 「한국 NGO 현실과 발전을 위한 세미나집」, 경희대학교 NGO 대학원 지도자 과정, 2000, p74~76
· 박상필, 「한국 NGO 학회 창립총회 및 창립기념 학술세미나집」, 2002, p1~20
· 서경석, 「한국 시민운동의 재정립을 위하여」, 한국시민단체협의회, 2000, p23~29
· 유팔무, 김호기, 「시민사회와 시민운동」, 한울, 1999, p371~388
· 이신행 외 「시민사회운동 – 이론적 배경과 국제적 사례」 p46~71
· 정수복, 「한국사회의 미래를 위한 한국 시민운동의 재정립 방안」, 한국시민단체협의회, 2000, p8~22
· 조대엽, 「한국의 시민운동 – 저항과 참여의 동학」, 나남출판, 1999, p189~210
· 조영달, 「한국시민사회의 전개와 공동체 시민의식」, 교육과학사, 1997, p7~97
· 조성수, 「기업과 NGO, 대립에서 협력으로 가는 글로벌 동향」, 한국비영리학회, 2001, p43~61

〈외국 문헌〉
· Bella, Robet, Habits of the Heart : Individualism and Commitment in American Life, NewYork : Harper & Row, 1985.
· Boggs, Carl, "The Great Retreat : Decline of the Public Sphere in Late Twentieth – Century America" Theory and Society 26 1977 : pp741~80
· Habermas, J. Theorie des Kommunikativen Handelns, Bd.2, Fr.a.M. 1988.
· James, Estelle "The Nonprofit Sector in Comparative Perspective" In Walter W. Powell(ed), The Nonprofit Sector, 397~415, New Haven : Yale University Press. 1987.
· Putman, R, Making Democracy Work, Princeton : Princenton University Press, 1993.
· Oldfield, A, "Citizenship : An Unnatural Practice?" The Political Quarterly, Vol.61, 1990.
· Runyan C. Corporations target NGOs World Watch, 2001.
· Scott, A. "Ideology and New Social Movements" London : Unwin Hyman, 1990.

청렴·공정한 사회

대만 「중국시보」의 보도에 의하면 시진핑 중국 국가주석이 중국 공산당 상황을 국민당과 공산당 간의 국·공 내전에서 패해 대만으로 쫓겨 가기 직전인 1948년 국민당에 비유하여 반(反) 부패의지를 강조했다고 한다. 과거 장제스(將介石) 정부가 마오쩌둥(毛澤東)에게 패배한 것이나 자유월남이 패망한 원인은 군사력이 약해서가 아니라 부정부패의 취약성 때문이었던 것이다.

역사적으로 대부분의 왕조나 국가가 몰락한 이유는 외세의 침략에 의한 경우보다 지배집단의 부정부패에 의해 저절로 무너진 경우가 더 많다. 일찍이 로마는 유럽은 물론 아프리카 북부까지 이르는 대제국(大帝國)을 형성하였으나 말기에 이르러 사치와 환락에 빠져 오도아케르가 이끄는 47명의 민병대에 의해 멸망하였다. 우리의 경우도 통일신라 말기의 환락상, 고려 말의 부정부패현상, 근세조선 말기 지배계층의 부정부패 현상은 극도에 달하였으며 각각의 왕조가 붕괴하는 결정적인 원인이 되었던 것이다.

과거에는 정치권과 정부 고위 관료층에서의 부정부패가 규모나 횟수로나 극심하여 여론의 지탄을 받다가 선거법령의 엄정 집행 등으로 많이 청렴해지고 있다. 그러나 방위산업, 원전, 문화예술계 비리 등 잠복성으로 질적으로 지능화 심화된 경향도 있다.

우리나라가 후진 개발도상국일 때에는 완만한 인플레와 경미한 부패 관행은 경제성장에 순기능을 한다는 일부 학설도 있었지만 최근 대기업들의 지배구조 비리는 그 도를 넘고 있어 경제계 체계를 흔들고 있다.

청렴·공정사회와 경제 민주화를 과도하게 추진할 경우 기업하기 좋은 나라를 만드는 데에 역행한다고 볼 수도 있다. 그러나 중장기적이고 활기찬 정·재계의 사회분위기 조성은 청렴·공정한 사회의 기반 위에서 구축되어야 할 것이다. 나아가서 국제사회에서 대한민국을 경제 강국으로 발전시킨 기업가 및 근로자와 함께 3대 축으로 우리 사회를 역동적으로 주도하여 온 공직사회가 다시 국민으로부터 신뢰받고 존경받는 청렴·공정한 사회로 거듭나야 할 것이다.

청렴(淸廉)이란 성품과 행실이 맑고 깨끗하며, 재물 따위를 탐하는 마음이 없음을 말하며 공정한 사회란 합리적인 법제도 운영으로 부패가 없는 사회, 균등한 기회와 권리가 보장되고 건강한 시장경제로 활력이 있는 사회를 말한다. 사회가 건강해지려면 상식과 순리가 통해야 한다. 상식은 사회생활에서 구성원 모두가 공감하는 보편적인 가치를 말한다. 그래서 합리적인 사회란 상식과 순리가 지배하는 사회라 할 수 있다.

우리 사회에서 시급히 요구되는 것은 정의의 수립과 가치관의 회복인데 법치주의란 공정과 공평이 생명인 사회정의를 실현하는 유일한 수단이기도 하다. 절제와 검소한 생활기풍의 확립도 상식적인 삶은 살아가는 행동철학이다. 이런 덕목들은 어릴 때부터 생활화하지 않으면 안 된다. 자기절제와 자기통제를 모르고 사는 사람에게서 공동체의식은 기대하기 어렵다. 정직한 사람이 존경받고 주위로부터 대접을 받으려면 모든 부문에서 경쟁과 창의가 중시되는 사회분위기가 중시되어야 한다. 다시 말해 페어플레이 정신이 존중되고 정의가 지배하는 사회풍토가 이루어져야 한다.

끝으로 최근 우리 사회는 수시로 불어 닥치는 정·재계의 사정(司正) 칼날바람과 인터넷문화 및 무한경쟁 시대에서 상하 간 동료 간 대화와 소통부족으로 만성피로에 빠져 매사에 소극적이고 침체된 분위기에 휩싸여 있다. 따라서 활기차고 능동적이고 품격 있는 사회분위기를 형성하기 위해 규제혁파, 공정하고 투명한 업무프로세스, 합리적 인사 및 조직관리, 불합리한 특혜소지 제거 등 폭넓고 근본적인 개혁이 필요하다. 그리하여 자신이 소속된 사회를 긍정적이고 진취적으로 인식하고 개개인의 잠재능력을 개발하여 열린 심성의 높은 의식을 고취하여야 할 것이다.

강연요지(2)

과학·기술 분야에서 영웅 한 사람을 띄워야

내가 최근까지 사외이사, 감사위원장으로 근무한 D건설 S 전 사장님께서 SNS에 다음과 같은 글을 게재하셨다.

[경제포커스] 의대(醫大) 가는 한국 천재, 공대(工大) 가는 중국 천재

연암(燕巖) 박지원의 『열하일기(熱河日記)』를 보면 청나라의 선진 기술을 칭송하는 장면이 곳곳에 등장한다. 이를테면 여행 중 민가(民家)를 구경하다 기와집 건축 기술에 감탄한다. 방수(防水)를 위해 기와 밑에 진흙을 두껍게 덮는 조선과 달리, 기와만으로 방수가 잘돼 지붕이 가볍고, 굵은 기둥을 안 써도 돼 건물이 날렵하다고 평가한다. 온돌 구조도 비교 분석한다. 조선 구들장은 진흙과 돌을 대충 깔아 잘 갈라지고 열효율이 떨어지는 반면, 청의 온돌은 벽돌을 바둑돌 놓듯 깔아 열기가 잘 퍼지고 오래간다고 부러워한다.

235년 전 조선 천재의 부러움을 샀던 대륙의 기술은 이후 역사적 격동기를 거치며 진화의 맥이 끊긴다. 공산 혁명, 문화대혁명 등으로 중국이 헤매는 사이 한국은 산업화에 매진, 단군 이래 처음으로 기술 역전에 성공했다. 하지만 극적 반전은 당대에 막을 내리고 있다. 시장경제로 재무장한 중국이 어느새 기술 대국으로 굴기(崛起)하며 우리를 추월하고 있기 때문이다.

5대 수출 산업 중 조선·철강·석유화학은 이미 치명타를 입고 있고, 반도체·자동차까지 위협받는 상황이다. 중국은 첨단 기술이 필요한 고속철, 160인승 여객기까지 만들어 전 세계에 수출하기 시작했다. 시진핑 정부는 향후 5년간 항공기 엔진, 뇌 과학, 심해 기술, 로봇 등 최첨단 기술을 상용화하기 위한 R&D(연구·개발)에 천문학적 재원을 투자할 계획이다. 중국이란 호랑이 등에 올라타 기술 우위로 재미를 봐 온 한국 경제는 중국에 기술을 역전당하는 순간 미래가 암울해진다.

서울대 공대 교수 26명이 쓴 책, 『축적의 시간』에서 진단한 중국 기술 굴기의 위협은 공포스러울 정도다. 반도체 설계 분야 석학 서울대 이종호 교수는 "반도체 분야의 회로, 소자(素子) 관련 최고 저널이나 콘퍼런스에 베이징대나 칭화대 사람들이 서울대 사람들보다 논문을 훨씬 더 많이 발표하고 있다"고 전한다.

"중국의 우수 학생들은 대부분 공대에 갑니다. 14억 인구 중에서 선발돼 베이징 대, 칭화대 등 9개 최고 명문대로 진학하는 학생만 2만7,000명에 달합니다. 한국의 5,000만 인구 중에서 3,000등 안에 드는 학생들은 대부분 의대로 갑니다. 이런 인원을 제외하고 서울 공대에 온 1,000명이 2만7,000명과 경쟁할 수 있을까요?" (서울대 전기정보공학부 설승기 교수)

의대로 가는 인재 3,000명이 의료·의학 관련 산업을 일으킨다면 또 모르겠지만, 영리 병원 등 의료의 산업화는 규제에 가로막혀 한 발짝도 못 나가고 있다. 그 결과 "똑똑한 인재들은 다 의대에 가고 병원에 있는데, 전혀 창의적이지 않은 일에 몰두하고 있다."(서울대 화학생물공학부 현택환 교수)는 한탄이 나온다.

유럽 역사를 보면 프랑스가 산업혁명에서 뒤처지고, 가난한 농업 국가였던 스위스가 제조업 강국으로 거듭난 것은 손재주 좋은 위그노(Huguenot: 칼뱅파 신교도) 기술자들의 이주 때문이었다. 프랑스의 종교 박해를 피해 제네바 등지에 정착한 위그노 장인들이 스위스 시계 산업을 일으켰다. 산업 경쟁력의 요체는 결국 사람이다. 핵심 기술 인력 양성과 기술 우위 확보에 한국 경제의 사활이 걸렸다. 서울 공대 교수들의 진단에 따르면, 대륙 천재들의 추격을 피할 시간은 기껏해야 5년 정도 남았다.

나는 위의 글을 수차례 감명 깊게 읽다가 바로 댓글을 달았다.

"S사장님께서 게재하신 글을 잘 읽었습니다. 제가 정책전문위원 시절 정책조정실장인 S국회의원님에게 과학기술분야에 영웅 한 사람을 띄워야 한다는 논지를 강력히 전개했었는데 채택되지 않아 지금도 미련이 많습니다."

몇 년 전에 국토교통부 NGO정책자문위원으로서 강원도 어느 수력발전용 저수지를 답사한 일이 있었다. 굉장히 높다랗게 쌓아 올린 제방을 고개를 젖혀 올려보면서 "이 땅에 이공계통에 종사하는 분들! 대단히 존경합니다." 차렷 거수경례를 하면서 크게 외쳤던 사실이 있었다.

가치관 가치 서열 매김에서 어느 것 하나 중요하지 않은 것이 있으련만 장기적인 국가사회 장래로 보아서는 "의대 가는 한국 천재, 공대 가는 중국 천재"는 조금 곤란하지 않나 생각한다. 대한민국의 건전한 장래를 위해 젊은 세대들에게 올바른 가치관 정립을 위하여 과학기술 영웅을 부각해야 한다. 현재 그럴만한 대상이 없으면 역사적인 인물을 찾아서라도, 인위적으로 모델을 만들어서라도 말이다.

경제학적으로 전방 연관 효과와 후방 연관 효과가 큰 사업에 역점적으로 투자를 해야 하듯이 과거 과학기술분야에 종사한 학자들이나 정책가, 정치가 등 이 분야에 걸출한 인물을 부각함으로써 미래에 많은 인재를 배출할 수 있게 되는 우리 국가 발전에 커다란 계기가 될 것이다.